光文社文庫

馬疫《ばえき》

茜　灯里

光　文　社

目次

馬疫

登場人物

一《いち》ノ《の》瀬《せ》駿《とし》美《み》　日本馬術連盟の登録獣医師。国立感染症研究所で博士研究を行っている

一ノ瀬駒《こま》子《こ》　駿美の姉。実家の一ノ瀬乗馬苑を手伝う。総合馬術の五輪候補選手

一ノ瀬徳《とく》郎《ろう》　駒子と駿美の父。一ノ瀬乗馬苑を営む。障害馬術で二度五輪に出場した

利《と》根《ね》豊《ゆたか》　日本馬術連盟の登録獣医師。エクセレント乗馬クラブの獣医師

三《み》宅《やけ》俊《とし》次《つぐ》　日本馬術連盟の登録獣医師。農業共済組合出身のフリーの大動物獣医師

遊《ゆ》佐《さ》大《だい》騎《き》　エクセレント乗馬クラブ社長。日本馬術連盟の獣医委員長

中《なか》園《ぞの》肇《はじめ》　東京オリンピック馬防疫委員長。NRA（日本競馬会）の防疫課長

新《にい》山《やま》透《とおる》　NRA競走馬総合研究所の研究員

森《もり》秀《ひで》樹《き》　国立感染症研究所のインフルエンザウイルス研究センター第四室長

桐《きり》谷《たに》誠《まこと》　国立感染症研究所の獣医科学部主任研究員

平《ひら》原《はら》弘《こう》治《じ》　国立感染症研究所の獣医科学部第二室長

滝《たき》沢《ざわ》正《まさ》人《と》　国立感染症研究所のポスドク（博士研究員）

坂《さか》井《い》泰《やす》士《し》　農研機構・動物衛生研究部門で博士研究を行っている。駿美の大学の同級生

若《わか》宮《みや》敦《あつ》子《こ》　農林水産省畜産局のキャリア官僚。駿美の大学の後輩

第一章　常《なみ》歩《あし》―Walk―

一

隔離馬房《かくりばぼう》の五頭の馬が、激しい咳《せき》をしながら一斉に前掻《まえが》きする。前掻きは、馬が何かを強く要求する合図だ。示し合わせたように、五頭の蹄《ひづめ》がカッカッと不満のリズムを刻《きざ》む。

一ノ瀬駿美《いちのせとしみ》は、手近な馬の首筋をポンポンと叩《たた》いてなだめた。馬体は熱っぽい。首には白く泡《あわ》立った汗が浮かんでいる。

(もしかして、馬インフルエンザ?)

馬インフルエンザは、二〇〇七年に大流行して以来、日本では発生していない。だが、今日は複数の馬が同時に、激しい咳と発熱、発汗を見せている。単なる風邪《かぜ》とは思えない。

「……クイック・チェイサーは持ってきていませんか? 手持ちになくても、北杜《ほくと》市の保健所なら持っているはずです」

駿美がインフルエンザ診断キットの取り寄せを主張すると、目の前の一頭が、同意するようにブフフーンと鼻を鳴らした。

馬に使う五十ml注射筒《シリンジ》を満たすほどの多量の洟水《はなみず》が飛び散る。駿美と、居合わせた利根《とね》豊《ゆたか》と三宅《みやけ》俊次《としつぐ》は、マスクを手で押さえて反射的に後退《あとずさ》った。

二〇二四年一月。山梨県北杜市小淵沢町《こぶちさわちょう》にある馬術競技場では、オリンピックの近代五種競技に提供する候補馬の最終審査が実施されていた。

駿美たち三人は、日馬連《にちばれん》（日本馬術連盟《にほんばじゅつれんめい》）の登録獣医師だ。馬術大会に呼ばれて、試合の前後で馬の健康チェックをしたり、ドーピング検査用の検体を採取したりする。トラブルがあれば診療も行う。

今日は、オリンピックでの獣医師の作業の予行演習も兼ねている。大会で顔を合わせる機会が多い三人だが、普段の生活は三者三様だ。

駿美は、八年前に都《みやこ》大学で獣医師免許を取得後、感染研《かんせんけん》（国立感染症研究所《こくりつかんせんしょうけんきゅうじょ》）で馬のウイルス病の研究をしている。実家が乗馬クラブで、馬場馬術競技の元全日本チャンピオン。オリンピック出場も夢ではない成績を上げていた。

獣医師仲間や乗馬関係者からは、馬の品種に擬《なぞら》えて「サ《サ》ラ《ラ》ブレッド先生」と渾名《あだな》を付けられている。輝かしい経歴が由来だと思いたい。だが実際のところは、筋トレが趣味で百六十七㎝・五十五kgの細マッチョな体型をしていることを揶揄《やゆ》されているようだ。

利根は、競馬好きが高じて馬の獣医師になったらしい。「馬を診ても馬券は勝てない」といつもボヤいている。駿美と同い年で、乗馬はできない。全国に十五ヶ所ある最大手の乗馬施設『エクセレント乗馬クラブ』に、最近、転職したばかりだ。小柄な身体《からだ》つきなので、仲間内では名字と当歳馬を掛けて「とねっこ《とねっこ》先生」と呼ばれている。

三宅は、家畜の獣医師を多く抱える農業共済組合の出身で、十年前に四十歳で独立した。馬だけでなく、牛や豚も治療する現場叩き上げの大動物《だいどうぶつ》獣医師だ。「馬のまち」を前面に出す小淵沢に住み、近辺を往診している。大柄でむっちりした体型なので、関係者からは「肉用馬のブルトンのようだ」と囁《ささや》かれている。

利根が何かを呟《つぶや》いた。だが、マスク越しで聞こえづらい。二〇二〇年のコロナ禍以来、マスク着用が常識とはいえ、診療方針をテキパキと話したい時には煩《わずら》わしい。

「とねっこ先生、何か言った？　マスク越しで聞こえなかったから、もう一度お願い」

駿美が促《うなが》すと、代わりに三宅が怒鳴る。

「『今年は東京オリンピックだから、検査して、馬インフルエンザが出てきたらマズい』って言ったんだ！」

利根がマスクをはずして補足する。

「コロナが収まらないパリの代わりに、東京で二回続けてオリンピックをやるんだよ。『日本の馬に感染症発生』なんて、聞こえが悪すぎるよ」

(聞こえが悪いからって、病気を隠していいわけがないでしょ！)

納得がいかない気持ちを込めて利根と三宅を睨《にら》むと、二人は無言で目を逸《そ》らした。

オリンピックでは、馬を使う競技が二つある。馬術競技と近代五種競技だ。

馬術競技には、馬場、障害、総合の三種目がある。選手は一つの種目に出場し、自分の持ち馬で競技を行う。勝負は、人間よりも馬の能力が決め手となりやすい。

一方、近代五種競技は、フェンシング・ランキングラウンド、水泳、フェンシング・ボーナスラウンド、馬術、レーザーラン（ピストル競技）の五種目を一人で行って、総合点を競う。馬術は障害のみを行い、「百二十cmの障害を飛べる貸与馬」で競技を行う。騎乗する馬は抽選で決まる。なるべく馬の能力の差をなくし、人間の技術だけを評価したいからだ。

近代五種の国際大会では、貸与馬は開催国が用意する規則だ。二〇二四年の東京オリンピックでは、乗馬クラブなどから約四十頭が選ばれる予定になっている。これは、二〇二一年の東京オリンピックの時と同じだった。

持ち馬がオリンピックに参加すれば、乗馬クラブはこの上もない名誉と宣伝効果が得られる。二〇二一年五輪の後も、「オリンピックに出場した馬で競技会に出られる」と会員に触れ回って荒稼ぎしたクラブが、ずいぶんとあったようだ。

二〇二四年の近代五種の貸与馬も、提供したい乗馬クラブが全国から名乗りを上げた。だが、オリンピック直前に山梨県馬術競技場で一ヶ月間、調教合宿を行う事情を理由に、「小淵沢近辺で馬を集める」と地元の乗馬クラブが押し切った。

「馬インフルエンザが発生したら、東京オリンピック馬防疫《うまぼうえき》委員会が調教場所を変更するかもしれない。『うちの馬を選べ』って、全国のクラブがまた大騒ぎするよ」

利根は、さっきよりも語気を強めた。

利根が勤めるエクセレント乗馬クラブの社長は、全国乗馬倶楽部振興協会の会長で、日馬連の獣医委員長でもある遊佐大騎《ゆさだいき》だ。遊佐の面子《メンツ》を潰《つぶ》しかねないインフルエンザ検査は、断じて拒否したいらしい。

（人の都合で隠すことばっかり考えて。馬を犠牲にするつもり!?）

「だいたい、馬インフルは一週間もすればケロッと治るし、人には感染《うつ》らない。最近は、鳥インフルエンザやＣＯＶＩＤ‐19が話題になったせいで、みんなは動物由来の感染症に必要以上に敏感だろ？　日本の馬が世界に批判されたら、一ノ瀬先生は責任を取れるの？」

苛《いら》つく三宅の言葉に駿美は一瞬、気圧《けお》された。

目の前の馬の咳がさらに激しくなり、ぜいぜいと喉《のど》をならす。「獣医なら何とかしてくれ」とすがってくる大きな瞳を見て、だが、気合いを入れ直す。

「馬インフルエンザは届出伝染病です。家畜《か》保《ほ》健衛生所に届け出る義務があります。何より、凄《すさ》まじい感染力だから、早く馬の移動を制限しないと日本中の馬が罹患《りかん》しますよ」

二〇〇七年に競走馬を中心に大流行した時は、数百頭が発症したそうだ。その影響で、北京オリンピックの予選会も中止になったはずだ。

三宅は、わざとらしく首を振った。

「大袈裟《おおげさ》な。感染研の学者先生は、暗記している教科書どおりに物事を考えるから……」

駿美がカチンときて言い返そうとした時、隔離馬房の入口から声が聞こえた。

「駿美ちゃん。ステファンたちは大丈夫？」

年子の姉の駒子《こまこ》だ。息せき切って、駆《か》け寄ってくる。

（まさにアンダルシアンね）

美人でグラマーな駒子は「世界一妖艶《ようえん》」と言われる馬の名が愛称になっている。筋肉質で気の荒いサラブレッドがニックネームとなっている自分とは大違いだ。

（そんなことを考えている場合じゃない）と振り払うように、駿美の口調はきつくなる。

「ここは立入禁止よ。来ちゃダメ！」

「獣医さんが馬体検査をしてくれないと、貸与馬の審査会が始められないって、オーナーさんたちが困っているよ」

駒子が隣に来ると、三宅は露骨に相好《そうごう》を崩した。

「駒子ちゃんは、さすがに一ノ瀬乗馬苑《じようばえん》の後継ぎだ。乗馬関係者の気持ちが、よくわかっているね。オリンピック出場も、ほぼ決まりだろう？　有望だった一ノ瀬先生が、資格取りに失敗したから、駒子ちゃんは頑張らないとね。『小淵沢の星』だから」

「総合馬術の最終選考は六月ですから」

駒子は駿美をちらりと見て、遠慮がちに応《こた》える。

（私がオリンピックに行けなくなった事情を知っているくせに。嫌味《いやみ》な人）

駿美は、うつむいて気持ちを懸命に抑え込んだ。

駒子が慌てて病気の馬に話し掛ける。

「あっ、ステファン。辛《つら》そうね。早く良くなってね」

駿美は、さっき首を愛撫《あいぶ》した馬が、実家の所有馬と知った。

栗毛に大きな作《さく》の入った、少しとぼけた顔のステファンを、改めて念入りに観察する。

熱は四十℃だった。急な発熱、発咳《はつがい》、洟水。感染力の強さ。どう見ても、馬インフルエンザだ。

駒子は「馬となかよし」とアピールするように、わざわざマスクをはずしてステファンの鼻筋に接吻《せっぷん》した。

駿美は思わず大声を上げる。

「駒子がやると、乗馬クラブの会員さんも真似《まね》するから止《や》めて！　鳥インフルとか、コロナとか、人獣《じんじゅう》共通感染症って聞いたことあるでしょ。動物と濃厚接触はダメだよ」

「ごめん、ごめん、つい癖で」

悪びれずに応える駒子に、駿美は怖《こわ》い顔を作ってみせる。

「それに、その馬、十中八九、馬インフルだよ。コロナと同じ、感染症だよ！」

利根と三宅がギョッとした顔をする。駒子は可憐に小首を傾《かし》げる。

「馬インフルって、人には感染《うつ》らないでしょ。前に駿美ちゃんが教えてくれたよね」

「確かに、馬インフルは感染らない。だけど、馬から人に感染る病気だって、たくさんあるんだから」

「たとえば？」

駿美は咄嗟《とっさ》に言葉が出た。

「変異型のベネズエラ馬脳炎とか」

「……ここは日本だよ」

「人間から馬に感染るものもあるよ。ええと……虫歯とか」

駿美がしどろもどろになると、駒子は「ウンウン」と頷《うなず》いた。

「私は勉強が苦手だし、難しいことはわからない。でも、駿美ちゃんが一生懸命、馬の病気と戦っているのはわかる。可愛がるにしても線引きが大事なんだよね。気をつけるね」

「うん、ありがとう。できれば、駒子から会員さんにも説明してあげて」

利根が横から口を出す。

「でも、実際のところ、乗馬クラブではお客さんの濃厚接触は止められないよ。日本の乗馬業界は立場が弱いから、乗馬好きを何とか増やして盛り立てていないと」

日本では、競馬業界が圧倒的に力を持っている。乗馬業界は、競馬の収益から補助金を貰《もら》っているし、オリンピックを取り仕切るのも競馬関係者ばかりだ。

三宅がしたり顔で頷いて、話に加わる。

「だから、乗馬の立場が、これ以上に弱くなるような事態は避けないとな。乗馬に感染症が発生するとか」

「でも、馬インフルを隠した事実を知られたら、余計に乗馬業界の立場が悪くなると思いませんか？　真実は隠しちゃダメです。どんなに辛い状況でも真実は貫かないと、後からもっと酷《ひど》い事態になりますよ」

　間違ったことは言っていない。でも、場が白けたような気がする。駿美がさらに言葉を重ねようとすると、クラクションが鳴った。

　馬運車《ばうんしゃ》が隔離馬房に横付けする。運転席から転がるように降りてきたのは、佐々木哲也《ささきてつや》だ。

「放馬《ほうば》だ！　うちのが逃げた！」

「どっちに行った」と尋ねる三宅に、佐々木が「耐久競技《エンデュランス》のコース。競技場の外に出そうだ」と答える。

「警察に連絡は？　誰か馬を追っていますか？」

　駿美の問いに、佐々木は二度コクコクと頷いた。

「連絡済。競技場で手の空いているヤツが、馬運車で追ってくれている。捕まえる時に鎮静薬が必要かもしれないから、獣医を連れて行けって言われた」

「逃げた馬の品種は何ですか？」

「サラブレッド」

　佐々木の答えに、駿美はげんなりとした。

海外にこんな諺《ことわざ》がある。『馬が驚くのは、たった二つのものだ。一つは動くもの。もう一つは動かないもの』。つまり、「何を見ても驚く」と言いたいのだ。まさにサラブレッドの特性を示している。

サラブレッドは、競馬のために生産される。日本では、比較的温厚な性格のサラブレッドが、競馬を引退した後に乗馬クラブに引き取られて、一般向けの乗馬になるケースも多い。

海外の乗馬関係者には「日本は、F1レースの車を自動車教習所で使う」と揶揄される。それくらい、サラブレッドを乗馬初心者が乗りこなすのは、本来、難しい。そもそも、早く走らせるために三百年間、ピリピリとキレ易《やす》い性格になるように育種・育成されてきたのだ。

「どんな性格の馬ですか？」

「かなり神経質で臆病。馬運車も嫌《い》いで、乗せる時にいつも苦労するんだ。だから、今日は仲の良い馬を連れてきて、先に馬運車に乗せておいた。でも、逃げた。乗馬クラブと競技場しか知らないから、外に出たらパニックになるかも」

佐々木が早口で状況を説明する。馬運車が苦手なら、車両で追い詰めるのは逆効果だろう。

「近くの乗馬クラブに連絡して、パトロールの馬を出してもらいましょう。帯同馬は今、どこにいますか？」

「この馬運車に積んだまま。捕まえる時に見せたら、落ち着くかと思って」

耳を澄ますと、馬運車の中から小刻みに前掻きの音が聞こえる。窓から覗《のぞ》くと、腰の部分に特徴的な水玉模様を持つ馬がいる。

「佐々木さんのところのアパルーサなら、トレッキング・ホースですね。良かった。私が騎乗《きじょう》してもいいですか」

競技会に出る馬を、野外で乗り回して怪我《けが》をさせるわけにはいかない。だが、トレッキング・ホースは、お客さんがのんびりと外乗《がいじょう》（野外騎乗）するための馬だ。

「もちろんいいけど、こんな駄馬《だば》で大丈夫？　サラ先生の腕前でも、大したスピードは出ないよ」

「逃げた馬の友達が一番ですよ。逃げた馬に近づけたら、鎮静薬を打って、競技場まで引いてきます。余裕があれば佐々木さんに電話します」

駿美は肩越しに三宅に声を掛ける。

「メデトミジンを持っていきます」

獣医委員会の薬箱から鎮静薬のメデトミジンの小瓶《こびん》を取り出して、ウエスト・ポーチに入れる。注射用のシリンジと針、アルコール綿も準備する。

「サラ先生！」と、唐突《とうとつ》に佐々木が呼ぶ。

「大事なことを忘れていた。うちのサラブレッド、熱が三十九℃で下がらないから、審査会に出ないで帰るところだったんだ。道端《みちばた》かどこかで、熱でへたり込んでいるかも」

佐々木はカウボーイ・ハットを脱いで、申し訳なさそうに頭を下げる。

(三十九℃の熱？　まさか、逃げた馬もインフルエンザ？)

駿美は難しい顔をしたようだ。佐々木は手を合わせて、さらに頭をぐっと下げる。

「放馬なんて初めてだ。獣医さんは審査会で忙しいのに、本当に申し訳ない」

幼い頃からカウボーイに憧《あこが》れていた佐々木は、定年後に小淵沢町で馬と暮らす生活を始めた。五年前にはウエスタン乗馬のクラブを作って、今でも毎日、野山を走り回っている。

「無事に捕まえることだけ、考えましょう。駒子、角砂糖か黒糖を持っている？」

「両方あるよ。他に、私にできることはある？」

駒子から馬の好物を受け取りながら、駿美は考えた。

「佐々木さんの馬は、私とパトロール隊でどうにかできそう。ここにいる病気の馬たちを何とかしたいの。インフルエンザの検査を、駒子からもお願いして」

「三宅先生、とねっこ先生、お願いします！　このとおり！」

駒子は潤《うる》んだ目で三宅と利根を見つめて、身を乗り出した。三宅と利根は、顔を見合わせて苦笑する。

「三宅先生、ここは折れましょう。知られちゃったんだから、どちらにしても広まりますよ。駒子ちゃんの色仕掛けで折れないと、サラ先生の鍛え抜かれた足でキックされますよ」

利根の言葉に、三宅が渋々同意する。駿美は利根を軽く睨んだ。

「とねっこ先生、遊佐先生に『一ノ瀬が、競技場の馬がインフルエンザ疑いだと言っている』って、連絡してもらえる？」

「わかった。任せて」

「それから、駒子。検査が終わるまでは、候補馬たちは全頭、競技場から動かしたくないんだ。熱が三十九℃以上あったり、咳や洟水を出していたりする馬は、隔離馬房まで連れてきてほしい。……オーナーさんたちに伝えたら、OKしてくれるかな」

「大丈夫でしょ。放馬でどのみち、審査会どころじゃないし。遊佐先生と、家にいるお父さんにも協力をお願いしておく」

駒子は、のんびりとした声で答えた。

「ありがとう。よろしく。三宅先生、北杜市の保健所に……」

「わかっている。簡易検査キットだろ。遊佐先生が来る前に、持ってこさせる。その代わり、逃げた馬が子供の頭を蹴《け》ったりする前に、必ず捕まえてくれよ」

（相変わらず一言多いなあ）

駿美はスルーした。

「とねっこ先生には、逃げた馬の現在地の情報もお願いしていい？」

「たぶん、大会本部がトランシーバーで、パトロール隊と連絡し合うよね。本部棟で待機して、サラ先生から電話があったら教えるよ」

競技場の本部棟二階には、百人の講習会が開ける会議室がある。捜索本部を置くのにぴったりだ。

「助かる。あとは万が一、馬が怪我をしていた場合のサポート体制を相談しておいて」

駿美は皆を見回してお辞儀をした。続いて、馬装《ばそう》に取り掛かる。悪路に備えるため、競技場内で馬場馬術をする時よりも、拳《こぶし》一つ分くらい鐙革《あぶみかわ》を短くする。

馬装を終えると、駿美は颯爽《さっそう》と乗った。常歩《なみあし》で準備運動を始める。反応の良い、素直な馬だ。この馬ならきっと、逃げた馬を根気よく探すのを手伝ってくれる。

「佐々木さん。この馬、物見《ものみ》はしますか？」

佐々木は、駿美の騎乗をじっと見ている。目が合うと、笑顔を見せた。どうやら合格のようだ。

「水溜《た》まりと動物。サラブレッドじゃないから、葉っぱが落ちてきたくらいじゃ、驚かない」

駿美は空を見上げた。雲一つない。水溜まりの心配はしなくてよい。

「動物だけ心配ですね。鹿《しか》や猪《いのしし》に会わないように、祈っていてください」

馬の腹に圧を掛けて、歩様《ほよう》を速歩《はやあし》にする。皆の前で一周、輪乗りをしてから、駿美は逃げた馬の行き先へ向かった。

二

アパルーサに騎乗した駿美は、森の奥へと進んだ。

自分で歩く時よりも一m近く高い目線で、風を切って走る。土と下草の香りが混じった匂《にお》いが、蹄を着くごとに舞い上がる。

馬は、自分の頭の高さまでの障害物は避ける。だが、騎乗者への配慮はない。だから外乗では、目の前に現れる枝を潜《くぐ》ったり払ったりする。競技場では味わえない醍醐味《だいごみ》だ。

数ヶ月ぶりの外乗の楽しさに頰《ほお》が緩む。慌《あわ》てて気を引き締める。

(今は、非常事態よ。馬を捕まえるまで油断大敵！)

駿美は馬場馬術が専門だ。この競技は、二十m×六十mの競技アリーナ内で、演技の正確さや美しさを競う。馬は、常歩、速歩、駈歩《かけあし》の三種の歩様を使って、様々なステップを踏んだり、図形を描いたりする。

馬とコミュニケーションを取り、「この合図をしたらこの動作」という約束事を決める。一つ一つの動作が、雄大で美しくなるように、人馬一体で努力する。駿美は、そんな馬場馬術のトレーニングが好きだった。

とはいえ、馬の見栄《みば》えの良さと、素質次第の競技でもある。調教技術だって、歴戦のオリンピック出場馬を作ってきた海外の凄腕《すごうで》トレーナーには、とうてい敵《かな》わない。

駿美は二年前に、世界選手権で銅メダルを取ったブケパロス号を「凄腕トレーナーの今後二年間の調教付きで、三億円」という破格の安値で打診された。相手の厩舎《きゅうしゃ》は、「今後の日本人顧客への宣伝になれば」と採算度外視で提案したようだ。

馬術競技は、国際大会にしか出ない有力選手も多い。駿美は自分で調教した「一億円の馬」のフランシスコ号で、全日本チャンピオンになった。オリンピックの最低基準点も突破した。だが、もっと良い馬を持つ日本人選手と、オリンピックへの切符を賭《か》けて勝てるかと言えば、かなり際どかった。

もし、駿美がブケパロス号と調教師を手に入れていれば、オリンピック出場は間違いなかっただろう。あるいはフランシスコ号のままライバルと戦って負けたとしても、納得はできただろう。

（でも、人生では、思いも寄らない事態が起きるわ）

しんみりとした気分になる。我に返ると、アパルーサの動きが重くなっている。うわの空で騎乗していた駿美に、抗議しているようだ。

馬上から首筋をポンポンと叩いて、馬を元気づける。辺《あた》りを見回すと、樹木の下には熊《くま》笹《ざさ》が生い茂っている。そろそろ森も抜けそうだ。

電話をかけるために馬を止める。手綱《たづな》を緩めて、馬の首を自由にしてやる。アパルーサは熊笹を引きちぎって、美味《おい》しそうに食べ始める。

「とねっこ先生？　こちら一ノ瀬。今、森を抜けるところ。逃げた馬の現在地は、わかった？」

木に遮《さえぎ》られているせいか、利根の声が途切れ気味に聞こえる。

「一般道に出て、北に向かっている。さっき、小淵沢乗馬クラブさんの前で、道の両端《りょうはし》を馬運車で封鎖したんだ。でも、駈歩ですり抜けられたって」

「品種がサラだから、無理させないで」

サラブレッドの肢《あし》は、ガラスのように脆《もろ》い。他の品種と比べて、すぐに腫《は》れたり骨折したりする。

腕時計を見る。騎乗し始めてから三十分。サラが逃げ出してから一時間近く経《た》っている。熱があるし、これ以上、興奮して全力疾走《しっそう》させたら、転倒リスクもある。

「町の人も心配ね。とねっこ先生は、何か聞いている？　人に被害は、ない？」

「小淵沢だから、警察もちゃんと動いてくれている。年に何回も、公道で耐久競技《エンデュランス》をしているから、町の人たちも慣れているよ」

耐久競技は、いわば馬のマラソンだ。長ければ百二十㎞、百六十㎞の距離を競う。山の中だけでなく、街の中も馬が走り回る。

利根の声が続いて聞こえる。

「ちょっと待って……今、ウエスタン・ランチさんの三百ｍくらい東を、ウロウロしているって。馬パトロール隊が出会ったけど、逃げられたみたい」

ウエスタン・ランチは佐々木の乗馬クラブだ。

「本部からパトロール隊に、『ウエスタン・ランチを中心に馬で取り囲んで』って伝えてもらえる？　『決して近づきすぎずに遠巻きに』って。私もすぐに向かうから」

手綱を引いて、アパルーサの頭を熊笹から離す。馬は、不満そうに鼻を鳴らす。

「仕事よ。捕まえたら、たっぷり食べさせてあげる」

駿美は相棒を励まして、道を急いだ。

三

問題の馬は、ウエスタン・ランチから、ほんの五十mほどの道路上で座り込んでいた。体調不良と緊張で、立っていられなくなったようだ。パトロールの馬が、それぞれ百m程度の間合いを取って遠巻きにしている。

(気つけ薬も持ってくれば良かった)

アパルーサが僚馬を見つけて、嘶《いなな》いた。サラブレッドも返事をしようとする。だが、激しく咳き込む。

やはり、馬インフルエンザのようだ。パトロールの馬にも感染したかもしれない。アパルーサを連れて、サラブレッドに近づくべきか。

躊躇《ちゆうちよ》もあるが、馬が道路に座り込んだままでは埒《らち》が明かない。駿美は下馬した。意を決して、アパルーサを引いて向かっていく。

サラブレッドは、腹を地面にペタリとつけて前肢《まえあし》を畳《たた》んでいる。アパルーサが、さらに長い嘶きをする。応答できないのがもどかしいのか、サラブレッドはますます激しく咳をする。

二頭が出会って、鼻と鼻を突き合わせて挨拶《あいさつ》する。リラックスした仕草を見て、駿美はサラブレッドに、予備の引き手を注意深く付けた。

遠巻きに見ているパトロール隊に向かって、呼び掛ける。

「引き手、付きました。立たせるのを手伝ってください。まず、オーナーに電話をかけたいので、どなたか、馬を持っていてもらえませんか」

名前を知らない若い男が下馬して、引き手を預かりに来る。駿美は会釈して渡して、すぐに佐々木に電話をかけた。

「サラ先生、そっちの様子は？」

ワン・コールも数えないタイミングで、佐々木が電話を取る。

「捕まえました。無事です。ただ、他の馬に感染《うつ》る病気のようなので、隔離したいんです。今、佐々木さんの乗馬クラブの近くです。クラブには、他の馬はいますか？」

「サラ先生、馬を競技場まで連れてきて！　佐々木さんの馬を探したパトロールの馬も！」

佐々木の電話から、利根の声が聞こえる。

「とねっこ先生？　焦《あせ》った声でどうしたの？　連れて行くのは了解。でも、今、ウエスタン・ランチだから、病気の馬と一緒なら、小一時間は掛かりそう」

利根が切羽《せっぱ》詰まった声を出す。

「早く帰ってきて。遊佐先生が、オリンピック馬防疫委員会のメンバーと来るって。サラ先生に事情を聴きたいって言っている。検査キットは使い始めた。ほぼ陽性！」

携帯電話を持ったまま、駿美はその場に立ち尽くした。

四

駿美が競技場に戻ってきたのは、出発してから概《おおむ》ね三時間後だった。遊佐はまだ、到着していない。

駿美は、三宅と利根の了解を得て、隔離馬房で逃走した馬の診療を始めた。

サラブレッドだから、驚かせると蹴りが飛んでくる。後肢《あとあし》で蹴れる距離を予測しながら、尻《しり》に近づいていく。低い声でなだめながら尻尾《しっぽ》を摑《つか》み、水銀体温計を肛門《こうもん》に挿す。

体温計の端には、糸とクリップが付いている。検温の最中に糞《ボロ》をしても、体温計を地面に落とさないためだ。駿美はクリップを尻尾に止めた。

五分後、体温計をそろりと抜くと、熱は三十九・七℃だった。

「水様性の洟水に発咳。下顎《かがく》リンパは腫れていないし、若馬じゃないから馬鼻肺炎《うまびはいえん》ではない。風邪であってほしいけれど、インフルエンザの検査キットで要確認」

独り言《ひとりごと》を呟きながら、さらに馬の様子を観察する。

馬は走り回ったせいか、脱水症状で皮膚がたるんでいる。駿美はバケツに水と湯を半々に入れて、粉末の電解質も入れた。馬の鼻先に持っていくと、喉を鳴らして一気に飲み始める。

(自力で飲めるなら、取り敢《あ》えず大丈夫そう)

駿美は、飲んだ分の水を注ぎ足して、バケツを馬房に吊《つ》るした。

少し離れた馬房から、アパルーサが前掻きで自己アピールする音が聞こえてきた。

念入りに手洗いをする。霧吹きで手にアルコールを噴射して擦《す》り込む。丁寧に消毒をしてから、駿美はアパルーサに声を掛けた。

「そういえば、たっぷり食べさせてあげるって、約束したね」

そうは言っても、オーナーの許可なしに飼葉《かいば》を付けるわけにもいかない。乾草置き場から、アルファルファを一掴み取る。おやつくらいなら許されるだろう。埃《ほこり》を払って、水で湿らせてから、アパルーサに与える。

アパルーサが食べている隙《すき》に、手早く検温をする。三十八・五℃。判断が難しい体温だ。馬は人よりも、約一℃体温が高い。馬の三十八・五℃は、人になぞらえると三十七・五℃。微熱と言える。

候補馬の合宿は、今日が七日目で最終日だ。インフルエンザの感染方法は、飛沫《ひまつ》やエアロゾルだ。感染すると、二、三日で症状が出たり、無症状でもウイルスを撒《ま》き散らしたりする。

四十頭が一週間、一緒に行動していた。だから、全頭が感染している可能性は、大いにある。

(せめてもの救いは、全頭がインフルエンザ・ワクチンを接種しているって、証明されていることね)

駿美は、佐々木が馬房の脇《わき》に置いていった、馬の健康手帳をめくった。

競走馬や競技馬は、必ず健康手帳を持っている。手帳には、馬の特徴や移動歴、ワクチン(予防接種)を打った履歴が記されている。

競馬や馬術競技会の会場では、事前検査で獣医師が手帳をチェックする。インフルエンザに関しては、競技場に入る六ヶ月十二十一日以内にワクチンを接種していなければ、出場できない。今回の審査会でも、同じ段取りになっている。

ワクチンを打っていれば、たとえ発症しても重症化しない場合が多い。むしろ、無症状でウイルスを撒き散らしている可能性もあるから、気をつけなくてはならない。

駿美の携帯電話が震えた。「何にでも驚く」馬を取り扱っている時は、必ず着信音は切っておく。

「遊佐先生と馬防疫委員長がいらした。本部棟の大会議室に来て」

利根の緊張が、電話口から伝わってくる。

オリンピックの馬防疫のトップが来たなら、想像以上の大事《おおごと》になりそうだ。

「ちょっと、励ましてくれる？」

電話を切って、馬房を振り返る。アパルーサは、つぶらな瞳で駿美を見て、前掻きをする。

「うん。元気が出た」

駿美は馬の頭を撫《な》で、角砂糖を一個与えてから、本部棟に向かった。

五

会議室の後扉を開けて、一歩中に入ると、皆が一斉に駿美を見た。

ホワイトボード前に立つ遊佐が、指揮者のように両手を振り上げる。

「一ノ瀬先生、よくぞ、いち早く気づいてくれました。ここにいる全員が一丸となって、日本馬術界の威信を懸けて、馬インフルエンザを封じ込めましょう」

(乗馬神ウラヌス氏!)

マスク越しでも、朗々としたテノールだ。次いで、舞台挨拶のように深々とお辞儀をする。

駿美は曖昧《あいまい》に微笑《ほほえ》んで、同じ深さでお辞儀を返した。

遊佐は、乗馬界の「神」だ。日本最大の乗馬クラブチェーンを経営しているだけではない。一族から、何人もオリンピック選手を輩出《はいしゅつ》している。

遠い親戚には、一九三二年のロサンゼルス五輪の障害馬術でウラヌス号に騎乗して優勝した『バロン西《にし》』こと西竹一《にしたけいち》男爵すらいる。だから、バロン西のウラヌス、天空神ウラヌスに因んだ渾名を付けられている。しかも、生まれてこのかた六十年間、一度も人の悪口を言ったことがない、と信じられているほどの人格者だ。

けれど駿美は、できすぎた人物像が作り物っぽく感じて、遊佐のことは苦手だった。

駿美が居心地悪く着席すると、遊佐はさらに演説を始めた。

「パリでは今なおコロナが蔓延《まんえん》しているため、二〇二四年も東京でオリンピックを行う事態になりました。日本馬術界は、二〇二一年の汚名を返上するチャンスです。是が非でも、成功させねばなりません」

「特に、今回の近代五種の障害馬術は、日本の貸与馬で必ず成功させなければなりません。説得を続けていますが、馬術競技の会場はデンマークに持っていかれそうなので、なおさらです」

東京オリンピック馬防疫委員長の中園肇《なかぞのはじめ》が、言葉を継ぐ。

中園の本業は、ＮＲＡ（日本競馬会）の防疫課長だ。

中央競馬では、海外で活躍する馬が日本のレースに参加したり、逆に、日本の競走馬が海外レースに挑戦したりするケースも多い。だからＮＲＡには、馬の感染症の防疫のノウハウが蓄積されている。二〇二一年のオリンピックに続き、ＮＲＡ関係者がこのポストに就《つ》くのは当然と言えた。

「以前から国際馬術連盟内で、そのような意見があるとは聞いていましたが、馬術競技だけ他国で開催なんて……。オリンピックなのに許されますか？　医療関係者の尽力で、日本ではコロナ禍も去っていますよ」

遊佐の咎《とが》めるような口調に、中園のトーンも下がる。

「コロナの封じ込めで、人の医療の印象は良いと思います。けれど、前回のオリンピックで熱中症で馬が三頭も死んだ事故のイメージが、なかなか払拭できません。しかも、死んだ馬の一頭は、英国王室のオリヴィア王女の馬だったんですよ。馬の医療では、日本の印象は最悪です」

英国馬術連盟の名誉会長でもあるオリヴィア王女は、早くから国際馬術連盟に「日本で馬術競技をするなら、イギリスは馬術に人馬を出さない」と表明していた。他のヨーロッパ諸国のトップ・クラスの選手も追従して、大問題になっている。

中園は、重々しく続ける。

「実際のところ、馬術競技の日本開催は諦《あきら》めています。ですが、日本で馬の感染症が蔓延して、近代五種の馬術まで行えなくなる事態は、断じて阻止しなければなりません。来年には『レーシング・ホース世界選手権《せかいせんしゅけん》』が始まるんです。馬の感染症が収まらなければ、海外から競走馬が来てくれません」

駿美は隣の利根を突っついた。声を潜《ひそ》めて「『レーシング・ホース世界選手権』って、何？」と尋ねてみる。

「国際競馬統括機関連盟《こくさいけいばとうかつきかんれんめい》って組織があってね。そこが認定する世界一のG1レースにするために、NRAがアラブ首長国連邦《しゅちょうこくれんぽう》のシェイク・ザイヤーンと手を組んで行うレース。世界各国の年度代表馬が出場する予定。馬の感染症が流行している国なんかに、超のつく優良馬は来てくれないよ」

「ごもっともだけど、そんなに問題になるの？」

「大問題だよ！　このレースの収益は、日本で一番収益が多い『有馬記念《ありまきねん》』と同額と想定されている。約五百億円。それがパーになるんだぜ」

利根の得意げな講釈に、駿美は生唾《なまつば》を飲み込んだ。

「しかも、引退すれば種牡馬《しゅぼば》や繁殖牝馬《ひんば》として期待されている馬ばかりだ。高熱で無精子症にでもなったら、補償問題が勃発《ぼっぱつ》するよ」

「種牡馬って、どれくらいの値段なの？」

「今のところ、日本最高額は、伝説的な名馬の『ディープインパクト』。引退して種牡馬になる時、五十一億円で取引された」

駿美はあっけにとられた。

「そんな法外な値段で、元は取れるの？」

会議室では、馬術競技のデンマーク開催に納得のいかない遊佐が、経過の議事録を求めていた。三十代後半くらいのライトグレーのスーツの男が、黒光りする革鞄から資料を取り出している。神経質そうで銀行員のような風貌《ふうぼう》だが、中園の同伴者のようだ。

しばらく時間が掛かりそうなので、駿美と利根はひそひそ話を続けた。

「サラ先生は驚いているけど、ディープインパクトは六十口《くち》のシンジケートを組んだんだ。一口、八千五百万円ずつの負担だから、そこまで滅茶苦茶《めちゃくちゃ》な値段でもない。ディープは、一回三千万円で二百四十頭に種付けした年もある。だから、一年で元は取れる。通常、十年以上は種牡馬でいられるから、オーナーは丸儲《まるもう》けだ」

「そうか。公営競馬の競走馬は本交《ほんこう》しか認められていないから、種付け料が高騰するのね」

馬術競技馬の世界では、体外受精も認められている。優秀な牝馬が、競技生活を送りながら、借り腹で子供を得るケースも珍しくない。

しかし公営競馬の競走馬は、「本交」と呼ばれる、実際の交尾《こうび》で生まれた馬しか認められない。

利根の左隣に座っていた三宅が、突然、口を挟んだ。

「競走馬は面倒くさいな。黒毛和牛なら凍結精子を使えるから、チャンピオンの種でも三千円だぞ」

駿美と利根は、同時に噴き出した。前方にいる馬術界の重鎮《じゅうちん》たちに見つかる前に、駿美は急いで表情を引き締める。

「そんなに繁殖価値の高い馬ばかりが日本に来るんだ。じゃあ、日本で感染症のせいで繁殖能力を失ったら……」

駿美の問いかけに、利根は厳《いかめ》しい顔をする。

「オリンピックで馬三頭が死んだどころの騒ぎじゃないね。国際的にヤバい状況になるのは間違いない。日本は世界の馬業界で孤立するよ」

「馬インフルエンザを封じ込めて、病気がなくなったと国際獣疫事務局《OIE》に清浄化宣言をしないと、日本は意に沿わずに『馬の鎖国』状態になるかもね」

ひそひそ話が一段落する。ちょうど中園が室内に向けて話し始めた。

「遊佐先生と相談しました。インフルエンザ簡易検査キットで、四十頭中の三十三頭が陽性でした。念のため、全頭を二週間、この競技場に留め置きます。今からオーナーを全員集めて、遊佐先生から伝えます。事務局の方、手配をお願いします」

貸与馬審査会の事務局員二人が、慌ただしく部屋を出る。

「なお、近隣の馬の罹患状態を調べたり、競技場内の馬の健康管理をしたりする獣医師は、エクセレント乗馬クラブが協力してくれます。利根先生、オーナーとの話し合いに出席してください」

「利根先生、簡単で良いから、至急、資料を作ってください」

遊佐の言葉に、利根は「マジか！」と呟いて、大慌てで立ち去った。

「インフルエンザの確定検査は、NRA競走《きょうそう》馬《ば》総合研究所《そうごうけんきゅうじょ》で行います。競技場内の馬には、今日から七日目と十四日目に再検査をします。本日お集まりの獣医師、事務局の方々は、一週間後、再びここにご参集願います。毎週土曜日に、進捗《しんちょく》状況と今後の対策を報告します」

「マスコミには知らせるんですか？」

聴衆の誰かが尋ねた。中園と遊佐は顔を見合わせた。一呼吸を置いて、遊佐が口を開く。

「現時点では必要ないと考えます。世間は馬に対して、ほとんど興味はありません。この審査会にも、取材は来なかったでしょう？　コロナ以来、国民は『感染症』に敏感になっています。馬だけの病気だと言っても、自分たちも罹《かか》ると思いかねません」

会場から反論は出なかった。中園が続ける。

「今は、感染経路の特定と、病気の封じ込めが最重要です。急いで発表して記者に彷徨《うろつ》かれるよりも、二週間後に『馬インフルエンザが発生していたが、沈静化した』と発表するほうがよいでしょう。情報漏洩《ろうえい》防止にご協力ください。以上です」

中園が頭を下げたのを合図に、一同も立ち上がって礼をした。

ざわつく会場から、人が減っていく。

山梨に残って診療しなくてもよいとわかり、駿美はいったん、東京に戻ることにした。

荷物をまとめていると、「一ノ瀬先生」と背後から呼ばれた。

振り返ると、先ほど遊佐に資料を渡していたライトグレー氏が立っている。

「急いでいますので、今は名刺だけ。いずれ、先生のご助言をいただきに、感染研まで出向くかもしれません」

場違いな明るい口調に戸惑いながら、駿美もネームタグの裏から儀礼的に名刺を取り出した。男は、受け取った名刺を嬉しそうに掲げて、すぐに立ち去った。

(初対面のはずだけど……。学会で会ったことがあるのかな)

名刺を見ると、所属は、NRA総研（NRA競走馬総合研究所）の分子生物研究室。馬のウイルス性疾患の診断、治療、予防をする最前線の施設だ。

男の名前は、新山透《にいやまとおる》だった。

六

駿美が本部棟の外に出ると、候補馬のオーナーたちが険《けわ》しい顔をしてやってきた。集団の中ほどに駒子がいる。

「ちょっと来て」

手招きして、道の脇の木の下に呼び寄せる。

「駿美ちゃん、何が起こっているの？　調子の悪い馬が、どんどん増えている。ステファンも、先刻《さっき》より苦しそう」

駒子が泣きそうな顔をしているので、駿美は馬を愛撫するように、首筋をポンポンと叩いた。

「今から、遊佐先生が説明してくれるって。馬の治療は、エクセレント乗馬クラブの先生たちがしてくれる。でも、駒子も、しばらくは競技場に通わなくちゃならないと思うよ。私は一週間後に来るようにって言われたから、一度、東京に戻るね」

「じゃあ」と手を振って駿美が駐車場に向かおうとすると、駒子が駿美のパーカーを引っ張った。

「駿美ちゃん、お父さんには会っていかないの？」

駿美は軽く受け流した。

「……今回は、いいや。感染研の実験室に、早く戻らなくちゃ」

「笑ってごまかさないの。お父さんをまだ許せないの？」

追及は聞こえないふりをする。駒子はさらに続けた。

「私のことも許せない？」

顔を動かさずに目の端で駒子を見ると、真顔を通り越して怖い顔をしている。

困った駿美は、向き直って、勢いをつけて駒子の両肩を叩いた。

「変なことを言ってないで、会場に行きなよ。説明、始まっちゃうよ。セバスチャンの世話、しっかりね」

駒子の返事から逃げるように、駿美は駐車場に向かった。

七

駿美は、夜七時過ぎに、東京都武蔵村山《むさしむらやま》市の感染研村山《むらやま》庁舎に到着した。

村山庁舎は、二〇一五年に国内初のバイオセーフティレベル（ＢＳＬ）４の施設として稼働《かどう》した。BSLは、細菌やウイルスなどの病原体を取り扱う施設の格付けだ。

病原体は、危険度が低い順にレベル1から4に分けられている。レベル1は、人には無害な病原体だ。レベル2にはインフルエンザ・ウイルスなど、レベル3には結核菌や狂犬病ウイルスなどが含まれる。

最高のレベル4には、致死率が高く感染しやすいのに、予防・治療法がない病原体が分類される。エボラ・ウイルスやラッサ・ウイルスなどが該当する。取り扱えるのは、最上位のBSL4の格付けを持った施設のみだ。国内二番目のBSL4の施設は長崎《ながさき》大に造られているが、稼働前なので、現在は村山庁舎でしか扱えない。

だが、村山庁舎の周辺には、住宅や団地が立ち並ぶ。施設の近くには小学校もある。だから海外から「レベル4のウイルス」を初めて輸入した二〇一九年には、事前告知や住民説明会を念入りに行ったそうだ。

駿美は、大学を卒業して獣医師免許を取った後に、五年間は競技生活に専念していた。三年前に博士号取得のために、都《みやこ》大から外研《がいけん》（研究指導委託）で村山庁舎の「ウイルス第一部」に来た。

研究しているのは、馬の流行性脳炎だ。原因ウイルスは、レベル2から3に分類されるから、BSL4の施設は必要ないが、国内最高峰の研究者が集まっている環境に魅力を感じて、わざわざ感染研での外研を選んだ。

自分の実験室に戻る前に「インフルエンザウイルス研究センター」に向かう。目当ては第四室長の森秀樹《もりひでき》だ。

「森先生、こんばんは」

机の三面にバリケードのように本を積んで囲いの中に潜んでいる森は、退屈そうにデスクワークをしていた。

六室構成の同センターで、第四室は季節性や動物由来のインフルエンザの研究と、ワクチンの開発をしている。

「インフルエンザ博士」と呼ばれている森は、もともと鳥の獣医師だった変わり種だ。四十五歳で一念発起して博士号を取得した後、野鳥のインフルエンザの研究が認められて、今のポストに招聘《しょうへい》された。

「最近は、新型インフルエンザのせいで、鳥がすっかり悪者にされて悲しいよ。実験する時間もなくて、講演スライドか解説文ばかり作っている。君は、……『馬脳炎サン』だったな」

森の言葉に、駿美は苦笑した。

森は学生のことを、研究している病名か病原体名で呼ぶ。駿美は『大腸菌クン』と呼ばれている先輩よりは、まし」と諦めている。

「都《みやこ》大から外研で来ている一ノ瀬です。日馬連の登録獣医師なので、馬の病気全般に興味があります。馬インフルエンザが山梨県で発生しました。森先生のお力をお借りするかもしれませんので、挨拶に伺《うかが》いました」

森は顎鬚《ひげ》を撫でて思案顔をする。

「馬インフルエンザか。俺の出る幕はなさそうだな。突然変異して、人に感染《うつ》る状況になったら、声を掛けてくれ」

「縁起でもないですよ！　今年はオリンピックもありますし、先生が想像されるよりも現場は大変なんですよ」

駿美がむくれると、森は笑い出した。

「悪い、悪い。君は、博士の学生か。ちょうどいい。今、一般向けのインフルエンザの解説文を書いているから、手伝ってくれよ」

森は、返事を待たずにPCの画面を読み始める。

『全てのインフルエンザは、元を辿《たど》れば鳥インフルエンザに行き着く。野生の水鳥が腸内に持っているインフルエンザ・ウイルスは、水鳥には悪さをしない。しかし、水鳥からニワトリへ感染するようになると、神経症状や呼吸器症状が現れた』

森は顔を上げて、駿美の反応を窺《うかが》う。

駿美は「わかりやすいです」と気持ちを込めて大きく頷く。

『さらに、ニワトリから人に感染したのが、人のインフルエンザの起源とされる。鳥や人以外の、犬、馬、豚、クジラ、アザラシなどの動物にも、インフルエンザはある。しかし、今のところ、人に感染するのは、人のインフルエンザ以外では、鳥や豚由来のインフルエンザの一部である』

森の解説を聞いて、駿美は獣医師国家試験の時に勉強した内容を思い出した。

インフルエンザは、高い感染力と、変異しやすい性質を持つ。人類にとって最も厄介《やっかい》な感染症と言える。二〇〇〇年代以降は、従来型の「季節性インフルエンザ」以上に、動物由来の「新型インフルエンザ」が問題となっている。

新型インフルエンザは、例えば「豚の体内で、鳥と人のインフルエンザが混ざり、人への感染力を持った」タイプだ。初めて直面するタイプなので、人は免疫《めんえき》を持っていない。ワクチンもない。だから重症化しやすく、全国的に急速に蔓延する可能性が高い。

「この先、どう文章を続けたらいいかな」

駿美は、今考えていた内容を言ってみた。

「新型インフルエンザを、変異のしやすさや、免疫獲得と絡めて説明するといいと思います」

「なるほど、参考にするよ」

森は大きく伸びをした。帰ろうとする駿美を引き止める。

「これからが君の本題でしょ。山梨の馬インフルエンザの型は？　どれくらい広まっているの？」

駿美は前のめりになった。

「今日、発生が確認されたので、まだ、簡易キットによる検査だけです。陽性は四十頭中のうち三十三頭でした。NRAの総研がRT−PCRかウイルス分離で型を確認するはずです」

「馬インフルエンザの一般的な型は？」

「A型ウイルスのH3N8型のみです。二〇一六年から、ワクチンはフロリダ亜系統の二株を使っています。H7N7型もありましたが、五十年ほど前を最後に、見つかっていません」

森は、思い出すように目を眇《すが》めた。

「H3N8型は、人では百年以上前の一八九〇年前後に流行したらしいけど、最近は見られない。二〇〇〇年代になって、アメリカで馬から犬への感染があったはずだ。念のため、犬にも注意しておくといいね」

馬のオーナーは、たいてい動物全般が好きだ。乗馬クラブや馬の牧場では、犬を飼っている場合が多い。

「馬インフルエンザは、日本では馬から犬に感染した例はないし、馬や犬から人に感染した例もない。馬だって、何日か発熱して洟水を出すくらいでしょ。あまり考えすぎないほうがいいよ。感染の広がりを食い止めるのが第一だよ。気になることがあれば、またおいで」

不安が顔に出ていたのだろうか。駿美は森に礼を言って、退室した。

八

次に、馬脳炎ウイルスを培養している実験室に向かう。だが、今聞いた話を思い返すと、気も漫《そぞ》ろになる。

(実験は中断しようかな。山梨に遠出するたびに、研究室メンバーにウイルスの世話を頼むのも気が引けるし。馬インフルエンザが、山梨県以外にも広がるかもしれないし)

しばらく歩くと、廊下の前方のセミナー室から、桐谷誠《きりたにまこと》と坂井泰士《さかいやすし》が出てきた。桐谷と坂井も駿美に気づいて手を振っている。

「久しぶり。ウイルス第一部で研究しているんだっけ？　同じ感染研でも、庁舎が違うと、なかなか会わないね」

桐谷が気さくに話し掛けてくる。駿美は慌てて会釈した。

駿美よりも七歳上の桐谷は、東京都新宿区にある、戸山《とやま》庁舎の獣医科学部で研究している。テーマは、「コウモリによる人獣共通感染症の解明」だ。駿美と坂井が大学生の頃、助教として実習の面倒を見てくれたので、頭が上がらない。二年前に都大《みやこ》から感染研に移り、主任研究員になった。

坂井は、駿美の大学時代の同級生だ。茨城県つくば市にある農研機構《のうけんきこう》の動物衛生研究部門で、豚熱の研究をしている。実家は宮崎県の大規模な養豚場だ。大学卒業後に実家に帰ったが、もっと研究がしたいと大学院に戻ったらしい。

「桐谷先生と坂っちは、今日はセミナーですか？」

「今日のセミナーは、ワクチン開発の最前線のリポートだったんだ。豚熱は最近、また流行している。ワクチン対策で頭が痛いから、ヒントを得られればと思って来たよ」

坂井の返答に、駿美は首を傾げた。

「豚熱って、ワクチンがあったよね」

「もちろん。ずいぶん前からあるよ。でも、豚熱は、家畜の豚だけじゃなく、野生の猪にもワクチンを与えなければならないんだ。一頭ずつ捕まえて注射するのは難しいんだよ。馬は、野生の馬が山中をウロウロしていたりしないから、羨《うらや》ましいよ」

「なるほどね」と駿美は納得した。坂井は続けて話す。

「インフルエンザでも、豚インフルは人に感染《うつ》るけれど、馬インフルは感染らないだろ。馬は人にとって『綺麗《きれい》な動物』でいいよね」

馬インフルエンザ。駿美は気が重くなった。

人を含む他の動物にとって、馬が「綺麗」なままでいてくれればいい。競馬やオリンピックのビッグマネーが絡むから、馬だけでも大変なのだ。

「僕もワクチン開発の話を聞きに来たんだ。コウモリ媒介の病原体って、ワクチンのない厄介なものが多いから」

桐谷が会話に入ってくる。

「レベル4のウイルス」であるエボラ・ウイルスやマールブルグ・ウイルスなどは、コウモリ由来だ。

(私が一番、研究したかった、馬の「最強・最悪」の病原体「ヘンドラ・ウイルス」も、コウモリ由来でワクチンがなかったな)

駿美は「ヘンドラ・ウイルスを研究テーマにしたい」と告げた時の、指導教員の呆《あき》れ顔を思い出した。いくらBSL4施設でも、博士学生が「レベル4のウイルス」を扱いたいと訴えるのは、常識外れだったようだ。

ヘンドラ・ウイルスは、一九九四年に突如、オーストラリアに現れたウイルスだ。オオコウモリから馬、馬から馬、馬から人へと感染する。

馬や人が感染すると、重い肺炎や神経症状を示し、死亡する場合もある。さらに、有効な治療法や予防法がない。

桐谷は人懐《なつ》っこい笑顔で、話を続ける。

「そうだ。時間があったら、一ノ瀬さんも来週の戸山庁舎のセミナーを聞きに来てよ。二〇一三年の三宅島《みやけじま》の噴火の映像を解析したら、オオコウモリらしい動物が映っていた事例の報告なんだ」

「オオコウモリって、日本では小笠原《おがさわら》諸島にしかいないと思っていました」

「正確には、小笠原と南西《なんせい》諸島以南だね。でも、本州の鹿児島市内でも見つかった事例があるから、北上していると思う」

コウモリ類には、オオコウモリ類とココウモリ類がいる。日本では、約百種の哺乳《ほにゅう》類のうち、コウモリ類が三分の一を占める。ほとんどがココウモリ類で、オオコウモリ類は熱帯性の離島にしかいない。

だが、病原体の宿主《しゅくしゅ》として世界的に注目されているのは、オオコウモリ類のほうだ。

「桐谷先生、でも日本では、コウモリ由来の危険な病気ってないでしょう？」

坂井が口を挟む。

「狂犬病やSARSを媒介すると言われているけど、報告はないね。一ノ瀬さんが興味を持ちそうなのは、オーストラリアのヘンドラ・ウイルス感染症かな。そういえば、感染研もヘンドラ・ウイルスを導入したね」

さり気なく付け加えられた桐谷の言葉は、耳を疑うものだった。

「ヘンドラってレベル4のウイルスですよ！　感染研が近隣住民に説明したとか、ホームページに掲載したとか、今まで聞いた憶《おぼ》えがないです。本当なんですか？」

大声を咎めるように、坂井が駿美を突っついた。駿美は慌てて非礼を詫びた。

「僕がコウモリの研究者だと知って、村山庁舎の先生が話してくれたんだ。だから確かだよ。なぜ、市民に導入を伝えなかったのか。……エボラ・ウイルスなんかと比べて、一般市民に馴染《なじ》みがないから、かな」

「それでもレベル4導入なんて、後から住民が知ったら、却って大問題になりませんか？今どきはネットで知識を得られますし」

駿美が指摘すると、二人は顔を見合わせて考え込んだ。

しばらくして、坂井は「わかった」と得意げに語り始めた。

「レベル4ウイルスの報告義務は、海外から輸入した場合だ。ヘンドラ・ウイルスは、国内から来たんだよ」

「ありえない。ヘンドラ・ウイルスは、オーストラリアでしか見つかってないわ。近縁種の豚と人に発症するニパ・ウイルスだって、マレーシアやバングラデシュだよ」

坂井は顔をしかめて唸《うな》り始める。今度は、桐谷が「閃《ひらめ》いた！」とアピールする。

「ヘンドラやニパって、レベル3から4に、後から格上げされたウイルスだよね。元々、導入していたBSL3の施設が、持て余して感染研に譲ったんだろう。坂井君がいる農研機構や、NRAの総研なら、かつて持っていたかもしれない」

「それだ！　さすが桐谷先生」と、坂井はいささか大げさに賛同する。

「馬の病気の研究なら、感染研よりも農研機構やNRAの総研のほうが得意です。だから、レベル3時代にヘンドラ・ウイルスが、その二ヶ所にあって感染研にはなかった可能性は、充分にありそうですね」

駿美も同意しながら、綯《な》い交ぜになる二つの気持ちを持て余す。

(研究者としては、貴重なヘンドラ・ウイルスを感染研に導入するのは大歓迎。でも、馬術大会の運営側になった今は、馬と人の致死率が高いウイルスなんて、日本に置かないで

ほしい）

我に返って、感染研の近隣住民の気持ちを後回しにしている自分に気づく。

（研究者としても、馬関係者としても、私って自己チューだな）

駿美は自己嫌悪した。

第二章　速《はや》歩《あし》―Trot―

一

一週間後。駿美は山梨県馬術競技場に再びやってきた。今日は、馬インフルエンザの七日目の経過報告会だ。

駐車場に入ると、周囲が見渡す限り真っ白い。車を駐《と》めて外に出る。「白」の正体は、消石灰《しょうせっかい》（水酸化カルシウム）だ。

消石灰は、家畜の消毒に使う。強アルカリで、ウイルス、細菌、ダニ、カビなどに効果がある。安価なため、牧場への入退場時に足や車両タイヤを消毒するのに使う。しかし、通常であれば、出入口から数mの範囲にしか使わない。

首を捻《ひね》りながら、駐車場に隣接する外来厩舎に向かう。審査会の時に、最初に馬インフルエンザの兆《きざ》しが見えた馬を隔離した厩舎だ。

白い粉は途切れなく続く。やがて、工事現場にあるような立入禁止柵が現れる。金網が背丈ほどまで付いていて、出入りを断固として拒否している。

駿美は耳を澄ませた。鼻でも、馬の体臭や乾草の香りを探す。馬の気配はしない。帰宅を許されるには、まだ早い。馬インフルエンザは発生から二週間は、罹患馬を隔離するはずだ。競技場内の別の厩舎に移動させたのだろうか。

さらに進み、馬術競技場の正門の前まで来る。場内も真っ白だ。

少し歩くと、再び立入禁止柵が現れた。奥から白い防護服に身を包んだ男が近づいてくる。ゴーグルとマスクで、顔がよく見えない。

「近づかないでください。警戒中です」

思ったよりも声が若い。駿美は遠慮なしに尋ねた。

「日馬連の獣医師の一ノ瀬です。先週の審査会で馬インフルエンザを確認しました。今、何が起こっているんですか？　馬たちは、どこですか？」

男は慌てて弁解し始めた。

「エクセレント乗馬クラブの者です。状況は遊佐が説明します。一ノ瀬先生は直接、会議室にいらしてください。世話をしている私たち以外は、誰も馬に近づかせないようにと命じられています」

「馬のオーナーも近づけないんですか？」

「例外はありません」

馬房の様子を感じ取りたい。目をつむって集中する。

（生き物の気配は、辛《かろ》うじてある。でも、咳が聞こえない。咳も困難なほど、衰弱しているの？）

駿美は、得体《えたい》の知れない病魔に追い立てられるように、遊佐がいる本部棟へと駆け出した。

二

会議室には、審査会に来ていた馬のオーナーたち以外にも、近隣の乗馬クラブの経営者たちが集まっていた。

五十人くらいいるのに、話し声がまったくしない。みんな疲れ切った顔をしている。駒子はまだ来ていない。

駿美は佐々木を見つけて、他のオーナーにも聞こえるような声で尋ねた。

「何が起きているんですか？　今、厩舎に行ったけれど、立入禁止でした。オーナーも馬に会えていないと聞いたんですが……」

「暴《あば》れた馬がいるらしいよ。厩務員《きゅうむいん》に『危ないから、近づくな』って言われた。俺たちもわけがわからないよ」

状況をじっくりと考えたい。駿美はオーナーたちから離れて、一番後ろの席に座った。定刻近くなると、新たな集団が入室した。駒子もいる。後から来た者たちは、なるべく前方の席を探して着席する。

やがて、遊佐と中園が現れた。利根とスーツ姿の女性を従えている。

（あの女性、どこかで見た気がするけど、思い出せないな。私より少し年下に見えるけど……）

演壇に遊佐が立ち、マイクを握る。静かな聴衆は、さらにシンとなる。

「先週、この場所で、東京オリンピックの近代五種の貸与馬審査会が開かれました。その際、競技場内で馬インフルエンザが発生しました。経過の報告は、後ほどします。まず、わざわざいらしてくださった、農林水産省《のうりんすいさんしょう》畜産局の若宮敦子《わかみやあつこ》先生から、処分についてご説明いただきます」

場がざわめく。「処分」の言葉に反応して、「馬インフルエンザの発症って、オーナーに罰金はあったか？」と尋ねる声もする。

若宮は、場違いなハイヒールの音をカツカツと立てて、演壇に近づいた。

(思い出した! 大学の二年後輩だ。たしか、専門は、小動物の薬理学だったはず)

農水省のキャリアだと、三十歳そこそこの女性でも、家畜トラブル発生時の説明役に抜《ばっ》擢《てき》されるらしい。駿美は感心して、若宮を挙動を見守った。

若宮は演壇に着くと、礼もせずに聴衆を一瞥《いちべつ》した。

「農林水産省畜産局からの通達です。馬インフルエンザの清浄化宣言が完了するまでは、競技場内にいる馬の移動を禁じます」

ざわめきは、さらに大きくなる。

「はい」とアピールして、佐々木が挙手する。

「清浄化宣言を行う目安って、いつ頃なんですか?」

「最終発生が確認されてから、およそ半年後です」

事もなげに若宮が回答する。『ザ・官僚』といった突慳貪《つっけんどん》な対応に、オーナーたちの不満が爆発する。

遊佐があたふたと、若宮からマイクを譲ってもらう。

「東京オリンピックの開催が近づいています。一刻も早く、『日本は、馬インフルエンザの清浄国である』とOIEに宣言しなければなりません。『発生を競技場付近で抑え込めれば、三ヶ月で清浄化宣言が可能かもしれない』と、若宮先生は仰《おっしゃ》っています」

「遊佐先生、ＯＩＥって何ですか？　インテリの言葉は俺たちにはわからないよ」

会場からの質問に、若宮が遊佐からマイクを奪った。

「国際獣疫事務局。馬に携わっているならば、それくらい勉強しておいてください。オーナーの防疫意識が低いから、馬の感染症が蔓延するんです。密を避ける。消毒する。コロナの教訓を忘れたんですか？」

高飛車《たかびしゃ》な物言いに、オーナーたちが呆気《あっけ》にとられている。駿美は思わず立ち上がった。

「ちょっと言いすぎなんじゃないですか？　十七年ぶりの馬インフルエンザ発生なんて、オーナーさんたちは予見できないですよ。それに、オーナーも馬に近づけないなんて、何か隠し事をしているみたい。農林水産省《のうすい》の見解を、ちゃんと説明してください」

若宮は、駿美に目を向けた。まじまじと見つめて、見覚えがあるような素振りをする。獣医学科は一学年三十人の小さな学科だ。在籍期間が被《かぶ》っていれば、若宮も駿美を覚えていて当然だ。

若宮はすぐに表情を引き締めて、眼鏡の奥から駿美を睨みつけた。

「あなたは馬のオーナーですか？　違うなら、部外者は黙っていてください」

（何なの、この人。感じ悪い）

負けずに若宮を睨む。遊佐が、丁重な態度で若宮をなだめて、マイクを返してもらう。

「私も、乗馬クラブの経営者です。オーナーの皆さんのお困りは、痛いほどわかります。しかし、ここは日本国とオリンピック成功のために、涙を呑《の》んで協力しましょう。農林水産省の助言を受け入れて、馬を競技場に留《とど》めましょう」

遊佐は、聴衆の善意を受け止めるように両手を開いた。即座に、オーナーの一人が立ち上がる。

「遊佐先生、あんたは乗馬界の神とか言われているけど、騙《だま》されないぞ」

他のオーナーも追従する。

「うちみたいな零細乗馬クラブは、審査会に連れてきた馬がエースだ。エクセレントさんのように、一億円、二億円の馬を何頭も持っている乗馬クラブとは違う。百二十cm飛べる馬が足止めを食らったら、会員がその間、競技会に出られない」

会場に、賛同の声が広がる。何人かは立ち上がって主張する。

「オリンピック出場の名誉と、調教期間を含めての数十万円の貸馬代が得られる。遊佐先生、あんたは、わしらにそう確約した。そんな旨味《うまみ》より、半年もの間、稼《かせ》ぎ頭《がしら》の馬がいなくて、会員の足が遠のくほうが大問題だ」

「今後の半年間は、国体や全日本ジュニアの予選もある。出場できないと、大学の馬術推薦入学のチャンスも潰れる。子供たちに『大学入学は諦めろ』と言いたいのか」

遊佐は顔を引き攣《つ》らせながら、「仰ることはわかる」と頭を下げ続けた。

駿美は、駒子の反応が気になった。実家の一ノ瀬乗馬苑のステファンも、競技場に足止めされている。けれど、後ろ姿しか見えないので、駒子の表情はわからない。

「関係ないような顔をして立っているが、中園君、これは競馬開催のための措置だろう？」

最前列から、穏やかな声で仁科敏行《にしなとしゆき》が発言した。

仁科は、競走馬にとっての最大の栄誉である「三冠馬」を二頭育成した、伝説の調教師だ。七十歳で厩舎を息子に譲り、小淵沢に移り住んだ。今は子供たちに乗馬を教えながら、悠々自適《ゆうゆうじてき》に暮らしている。

先日の審査会には、仁科の乗馬クラブは馬を出していなかった。だが、小淵沢の乗馬クラブ連合の会長なので、頼まれて駆けつけたらしい。ＮＲＡのお偉方の中園すら、仁科には頭が上がらない。

中園は顔を歪《ゆが》めて、仁科を見つめている。

「私は、馬インフルエンザは、二〇〇七年の流行も、その前の一九七一年の流行も知っている。一九七一年は、全国で六千四百頭が発症した。関東では九週間も、競馬を開催できなかった」

オーナーたちは、仁科の説明に聴き入っている。

「もし今、競走馬で流行して全国で競馬ができなければ、NRAは一週につき、四、五百億円の損失になる。そりゃあ、小淵沢の馬は、一歩たりとも動かしたくないだろう」

中園は、気が進まない様子で、のろのろと演壇に立った。

「今回の馬インフルエンザは、驚異的な感染力です。三日前に、清里《きよさと》の観光牧場の馬も感染している事実がわかりました。北杜市内で封じ込められなければ、一九七一年の二の舞でしょう。皆さんの乗馬クラブに残っている馬にも、今後、検査が必要です。競馬開催も大事ですが、乗馬を守る措置です」

仁科はさらに追及する。

「そもそも、馬インフルエンザは、全快までに二週間も掛からない。何で半年間も移動禁止になるんだ？　それに、オーナーは三日前から、競技場に置いている馬の世話を禁止された。いったい、どういう状況なんだ」

遊佐と中園は顔を見合わせた。どちらも答えるのを躊躇しているようだ。業を煮やした若宮がマイクを奪う。

「お答えします。今回の感染症で七頭死んだからです。海外では、馬はペットと同じ扱いですから、残念ながら全頭殺処分するわけにはいきません。オリンピック前に『日本は野蛮だ』と批判されるのは避けなくてはなりません」

駿美は、ようやく先ほどの異様な光景に合点《がてん》がいった。あの大量の消石灰は、致死性のウイルスを競技場内に封じ込めるためだったのだ。

(でも、馬インフルエンザで、死ぬ？)

「おい、今、馬が死んだって言ったな。俺たちは聞いてないぞ。何でオーナーに、真っ先に知らせないいんだ」

先ほど遊佐に噛みついたオーナーたちが、一斉に気色《けしき》ばむ。

「馬の死亡は、皆さんのショックが大きいと思って、全体説明の後に報告する予定でした。昨日以前に死んだのは、エクセレントの馬です。今朝以降に発見された死亡馬については、対応した利根先生が説明します。さあ、利根先生、早く」

遊佐からマイクを押し付けられた利根が、泣きそうな顔で説明する。

「ええと……先ほど若宮先生が仰ったとおり、今日までに七頭が死亡しました。でも、インフルエンザが死因かどうかは、まだわからないです。……心不全かもしれないですし」

「関係ないわけが、ないだろう！」

熱《いき》り立ったオーナーたちが、口々に怒鳴る。利根は反射的に肩を竦《すく》めた。

「各馬のこの一週間の状態を、一覧表にしました。ただいま配布しますので、ご確認ください」

「死亡馬だけでも、口頭で説明しろよ！　舐《な》めとんのか、コラ！」

恫喝《どうかつ》された利根は、つっかえながら死亡馬を読み上げる。オーナーの悲鳴や、啜《すす》り泣きが聞こえる。プリントに書いてある以上の、詳細を尋ねる声が止《や》まない。

前方の席から配られたプリントが、駿美のところにも回って来た。

一ノ瀬乗馬苑のステファン号は、○印だ。「検査で陽性だが、昨日付で臨床症状なし」の意味だ。

佐々木のサラブレッドとアパルーサは一印。「発生時から今まで、検査で陰性」。だから、逃走時にサラブレッドに近づいたパトロール隊の馬は、競技場に留め置かれずに済んだようだ。

気になる馬の確認を終えて、駿美は一覧表の全体をざっと見た。
△がインフルエンザ発症中で、×が死亡の意味だ。重篤《じゅうとく》な症状の馬は▼印がついていて、症状と投薬履歴も簡単に記してある。
駿美は「洟水が粘稠《ねんちゅう》性」の記述に目を止めた。細菌の二次感染が起きた証拠だが、抗菌薬を注射していない。

（注射は簡単なのに、診療する獣医師の数が、足りてないのかな）

マイクを通して、遊佐と若宮がやり取りする声が聞こえる。どうやら若宮は、退出の時間が来たようだ。

「馬のオーナーは、くれぐれも手洗い、消毒を徹底してください。競技場の厩舎は立入禁止です。守らない場合は、乗馬クラブの営業停止もありえますから」

若宮は、タクシーの時間を気にしながら出て行った。

駿美は、ため息をついた。会議室内を見回すと、若宮の態度に毒気を抜かれたのか、あれだけ騒いでいたオーナーたちが今は落ち着いている。

遊佐は注目を集めるために、わざとらしく咳払いをした。

「もう一つ、皆さんにご報告があります。馬インフルエンザの感染源が、判明しました。オーナーに、悪意があったわけではない。むしろ、オーナーは誰よりも辛い被害者です。皆さん、このような苦境ですが、どうか人馬を責めないでいただきたい」

遊佐は、再度、両手を大袈裟に広げる。

（遊佐先生の態度は、良い人ぶったパフォーマンスと思っちゃう私って、性格が悪いのかしら）

駿美は、げんなりとした。

「では、利根先生、検査結果を報告して」

またもや遊佐に役目を押しつけられて、利根は諦め顔でマイクを受け取った。

「先週、競技場で感染馬が発見された当日と翌日に、集まった馬の所属クラブ内でも、インフルエンザの簡易検査を行いました。臨床症状がある馬はいませんでした。けれど、ある乗馬クラブには、競技場に来ていないのに陽性の馬がいました」

室内は、水を打ったように静まり返っている。

遊佐が、利根からマイクを借りる。だが、マイクを額に押し当てたまま、話さない。

優に一分は過ぎてから、遊佐は悲痛な顔で切り出した。

「その後、その馬の海外渡航歴を調べたり、NRA総研で確認診断をしたりしました。皆さん、ご存知のとおり、日本では馬インフルエンザは十七年間も発生していません。つまり、馬インフルエンザ・ウイルスを、流行している国から日本に運んだ馬がいるのです」

オーナーたちは、真剣な表情で続きを待つ。

遊佐は再度、マイクを額に押し当てて、考え込んだ。

「……やはり、インフルエンザを小淵沢に持ち込んだ馬の名前を言うのは、止《や》めておきましょう。オリンピック選考に影響したら、大事《おおごと》です」

先ほど遊佐を糾弾《きゅうだん》したオーナーが、不満の声を上げる。

「遊佐先生、隠さないでほしい。被害を受けた俺たちには、知る権利があるだろ？」

他のオーナーも口々に同意して、すぐに推理合戦が始まった。

「おい、遊佐先生は今、オリンピック選考って言ったぞ。小淵沢でオリンピック候補なんて、駒子ちゃんかサラ先生しかいないぜ」

「サラ先生の馬は、もういないだろう」

「このあいだ、駒子ちゃんの馬が、外国から戻ってきてなかったか？」

若い男が、携帯電話を持った手を突き上げた。

「ネットを見たら、去年の十月に、イギリスとオランダで馬インフルエンザが発生したってニュースがあったぞ。駒子ちゃん、どこの国の厩舎に馬を預けていたんだ？」

聴衆の視線が、駒子に一気に集まる。

「イギリスですけれど……、セバスチャンは、これまでの間、熱も洟水も出していませんー！」

遊佐が、重々しく応える。

「駒子さんは、不顕性《ふけんせい》感染を知っていますか？　罹った馬には症状がないのに、周りにウイルスを撒き散らす、一番厄介なタイプの感染です」

駒子は懸命に弁解する。

「でも、輸入検疫はパスしました。今は、着地検査中です」

馬は、入国するとすぐに「輸入検疫」を受ける。隔離された馬房で、特定の感染症に感染していないかを調べる。検疫では、馬インフルエンザも検査に含まれている。

輸入検疫で陰性の馬のみ、次の段階の「着地検査」へ進める。着地検査は、移動先の家畜保健衛生所《かほ》の管理下で、経過観察を受ける。セバスチャンは現在、一ノ瀬乗馬苑が所有する隣接の育成牧場に繋養《けいよう》されている。

（オーナーたちが駒子を睨んでいる。いつも、小淵沢のアイドルだって、チヤホヤしているのに）

駒子も、憎しみのこもった視線に気がついたようだ。怯《おび》えるように身を縮める。

「わかって。セバスチャンは、悪くない」

顔を覆《おお》って机に突っ伏す駒子に、駿美は駆け寄った。

「駒子、帰ろう！　馬の世話をしなくちゃ」

駿美は駒子を抱きかかえるようにして、部屋の出口に向かった。

三

会議室を出ると、すぐに駒子が泣き出した。駿美は叱咤激励しながら、駒子を建物の外に連れ出した。

「一面の消毒の粉。セバスチャンのせいなんだね」

駒子は暗い声で呟いた。

「セバスチャンのせいじゃないよ。もちろん、駒子のせいでもない。輸入検疫にパスしたなら、その時は兆候《ちようこう》がなかったんだから、検疫官のせいでもない」

駿美は、駒子にも自分にも言い聞かせた。「ただ、運が悪かっただけ」と続けようとして、言葉を飲み込む。馬が死んでいる状況だ。慰めるためとはいえ、当事者がこの言葉を使うのは不謹慎だ。

「当然、東京でオリンピックの総合馬術競技があると思って、セバスチャンを帰国させたのに。馬術だけ日本以外で開催が濃厚って噂《うわさ》だから、帰国が仇《あだ》になっちゃった」

駒子が肩を落とす。

駐車場までの道程《みちのり》を、駿美は駒子を励まし続けた。

「駒子、オリンピックの海外開催が正式に決まったら、なるべく早く、セバスチャンを出国させたほうが良いと思うよ。代表選考が終わってなくてもね」

馬インフルエンザが発生したから、日本から来た馬は輸入検疫の係留期間が長くなりそうだ。

「他の馬が死ぬ原因になったのに、オリンピックなんて考えたら罰《ばち》が当たるよ。競技なんて、もう、どうでもいい」

「何を言っているのよ！　オリンピックに出場したくて、どれだけ大勢の人が、努力を重ねていると思っているの？　出場がほぼ確定な、恵まれた状況なのに、諦めるなんて軽々しく言わないで！」

思いのほか、強い口調になる。聞こえるか聞こえないかの声で「ごめんなさい」と言ったきり、駒子は黙り込んだ。

正門を出て、灰色の一般道を渡る。しばらくすると、また、真っ白な駐車場が現れる。

駿美はますます気が重くなった。さっきの、きつい口調を謝りたい。でも、この真っ白な消石灰を見ると、掛けるべき言葉が見つからなくなる。

「私、もう大丈夫だから」

車の前で駒子が口を開く。一人で帰るという意思表示だ。

（自分の車を置いて、駒子の隣に乗る？　それとも、自分の車で駒子を追いかける？）

迷う駿美に、後ろから声が掛かる。

「お話し中に、すみません。一ノ瀬先生、ですよね」

駿美は振り向いた。ライトグレーのスーツを着た男が、じっと見つめている。

（誰だっけ？）

男は駿美の態度を見て、あからさまに落胆した。

「覚えていらっしゃらないかな。先週、名刺交換をした、NRA総研の新山です。ここで、ずっとお待ちしていました。でも、決してストーカーではありませんので……」

語尾が、ごにょごにょと消え入る。

「思い出しました！　すみません、新山先生」

「一ノ瀬先生に相談したいことがあって、ここまで来ました。できれば、お時間をいただきたいのですが……」

駿美が新山に返事をする前に、駒子が車に乗り込みドアを閉めた。

「私、帰るね」

「あとで連絡する」

駿美の声が聞こえたかどうかのタイミングで、駒子は発車した。

新山が申し訳なさそうな顔をする。

「邪魔をしたようで……。追うのでしたら、僕も付いて行きます。どうぞ、ご遠慮なく」

「いいんです。ちょっとした姉妹喧嘩《きょうだいげんか》ですから」

「重ねて恐縮ですが、内密の相談なんです。僕が来ていることは、中園先生や遊佐先生に知られたくないんです。それで、ここで一ノ瀬先生を一時間ほど待ちました。場所を変えてお話をしませんか」

一時間と聞いて、駿美は少し迷ってから承諾した。

「じゃあ、清里に出ましょうか。同じ北杜市内だけど、小淵沢の馬関係者は滅多《めった》に来ません。冬でも遅くまでやっているカフェもあるし」

新山は大真面目《おおまじめ》な顔をして、「『サラ先生』とカフェ・デートですね。よろしくお願いします」とお辞儀をする。

(何か、変わっているな、この人)

「……先導しますので、付いてきてください」

駿美は新山の返事を待たずに、自分の車に乗り込んだ。

四

競技場から車を二十分ほど走らせて、駿美は山小屋風のショコラティエの前に駐車した。新山も、車を横付けする。

「チョコレートの専門店ですか？」

「何か疲れちゃって。甘くて美味しいものが欲しくなったんです。甘いもの、お嫌いでしたか？」

「大好きです。こういう店って、男一人では入りづらいから、楽しみだな」

二人は店内の喫茶スペースに入った。注文を済ませると、駿美は早速、切り出した。

「ご用件を伺ってもよろしいですか？」

新山は反射的に辺りを見回して、声を潜める。

「先週、馬インフルエンザの発生と聞いて、中園先生と競技場に駆けつけました。検査キットで陽性の馬だけでなく、あの場にいた四十頭全ての鼻腔《びくう》スワブを持ち帰りました」

鼻腔スワブは、馬の鼻の穴に綿棒を挿し入れ、鼻粘膜の奥を拭《ぬぐ》って取った液だ。呼吸器系の疾患を同定する時に使う。

「それで、RT－PCRとウイルス分離をしたんですが、どうやらH３N８型じゃないんです」

予想外の言葉に駿美は眉《まゆ》を顰《ひそ》めた。

「じゃあ、五十年前を最後に発生していない、H７N７型だったんですか？」

日本中の馬に予防接種をしているのは、H３N８型のワクチンだ。型が違えば、効くわけがない。ワクチン接種の習慣がないために六千四百頭が発症した、一九七一年の二の舞になる。

新山は、テーブルに身を乗り出した。さらに囁き声になる。

「それも違います。総研はH７N７型も判定できます。該当《がいとう》しませんでした」

「つまり、全世界が未経験の、新しい型の馬インフルエンザの可能性があるって意味ですか？」

新山は、驚く駿美の目を見据えて頷いた。

「だけど、上層部が『再検証する』って、サンプルを全部持っていきました。その後、知らせはありません。H３N８型でもH７N７型でもない、という結果が出たため、内部では箝口令《かんこうれい》が敷かれています」

「万が一、高病原性だったら、一刻を争いますよね？　日本中の馬が免疫を持っていません。だから、病馬を封じ込めるなり、健康な競走馬や競技馬を退避させるなり、急いでしないと」

「それもだけど、僕は馬インフルエンザの型を同定したいんです。ＮＲＡでなくても一ノ瀬先生が所属する感染研のインフルエンザウイルス研究センターなら、可能です。型がわからなくては、ワクチンも作れないですし。……まどろっこしいから、敬語はお互いに止《や》めませんか？　込み入った話になりそうだし」

駿美は同意した。ちょっと馴れ馴れしいなと思わなくもないが、新山には気分よく話してもらって、できる限りの情報を得たい。

（帰ったら、すぐに森先生に相談しよう。新型の馬インフルエンザ・ウイルスの同定なんて、森先生の助けを借りないと無理だし。あれ？……世界中が未経験の、新型？）

駿美は、新山に尋ねた。

「ついさっき、会議室で、イギリスでも馬インフルエンザが流行しているって聞いたのだけど……」

「あの国は、小規模だけど毎年のように流行するんだ。一、二週間、競馬開催が中止になる場合も多い」

「馬インフルエンザの型は？」

新山が訝《いぶか》しげな顔をする。

「当然、H3N8型だよ。一ノ瀬先生も知っているでしょ？　現在は、馬インフルエンザはH3N8型しかないって」

『小淵沢型』以外はね、と、新山は付け加えた。

「じゃあ、セバスチャンがウイルス導入の元凶とは、決めつけられないじゃない！　『小淵沢型』が、イギリス由来だという証拠が見つからない限りは！」

店内だから必死に声を抑える。却ってドスの効いた怨嗟《えんさ》の声となる。

「セバスチャンって、一ノ瀬先生に関係ある馬なの？」

心なしか、新山がビビっているように思える。駿美は水をぐいっとあおって、気持ちを落ち着けた。

「私の実家は、乗馬クラブなの。さっき一緒にいた姉の駒子と、父が切り盛りしていて。セバスチャンは駒子の総合馬術馬で、今年のオリンピックにも出られそうな名馬」

新山が不思議そうな顔をする。

「セバスチャンって、先週の近代五種の貸与馬を選ぶ審査会に来ていたの？」

「連れて行かないわよ。総合馬術は、競技の中に馬場、障害、クロスカントリーが入っているから、セバスチャンも貸与馬の条件の百二十cm障害は、当然飛べる。だけど、億の値が付くオリンピックの個人競技用の馬を、近代五種には提供するわけがないの。そもそも、イギリス帰りの着地検査中で動かせないし」

乗馬業界の常識を知らなそうな新山に、なるべくわかりやすく説明すると、新山は真顔になった。

「ならば、総研はセバスチャンの検査はしていないよ。僕は今朝、RT－PCR検査の履歴を確認した。先週、競技場で採取した四十頭分以外は、三日前に『清里ファミリー牧場』で採取した五頭分のサンプルだけだったよ」

「総研なら、所内にRT－PCR装置は複数あるでしょ？　遊佐先生は、近隣の乗馬クラブで採取したサンプルも、総研で調べてもらったって説明していたから、セバスチャンの検査も、その一環なんじゃない？」

駿美の説明に、新山はさらに硬い表情になる。

「じゃあ、なおさらありえないよ。近隣の乗馬クラブの馬なら、百頭以上になるだろ？　他の研究室の装置で、コソコソと検査できるわけがない」

二人は顔を見合わせた。

「何か、不自然よね。エクセレント乗馬クラブ、つまり遊佐先生の乗馬クラブが絡んで、嘘《うそ》の情報を流しているってこと？」

「解明するにも、鼻腔スワブやウイルス分離のサンプルは、上に取り上げられた。競技場内に留め置かれた四十頭の馬たちも、エクセレント乗馬クラブの関係者がガッチリと管理しているから、サンプルを貰えるとは思えないし」

「今、競技場にいるのは四十頭じゃなくて、正確には三十三頭ね。七頭、すでに死んでいるから。……えっ？」

駿美は、困惑した。

「あれ？　おかしいな。先週のインフルエンザ発生がわかった時に、競技場内にいた馬は四十一頭のはずよ。佐々木さんは審査馬に帯同馬を付けていたもの。病気のサラブレッドを探すために私が騎乗した、アパルーサなんだけど」

「馬が四十一頭いたのに、サンプル提出は四十頭分だったってこと？」

「ちょっと待って。今日、配られた『競技場に留め置かれた馬の状態リスト』がある。これを、『審査会の初日に登録した馬』のリストと比べれば……」

駿美は鞄から二つのリストを取り出した。二人で、一頭ずつ両方のリストに載っているか、照らし合わせる。

「今日のリストには、『ウエスタン・ランチのアパルーサ種』がたしかに掲載されているね。審査会初日のリストには……」

新山の言葉を駿美が引き取る。

「アパルーサがいなくて、代わりに『エクセレント乗馬クラブ八王子《はちおうじ》校のセルフランセ種』が載っている！　この馬は、どこに消えたの？」

つまり、八王子校が、審査会の間にこっそりと連れて帰ったことになる。怪しい。

さらに考え込んでいると、新山が遠慮がちに話し掛けた。

「馬が消えたのは、たしかに不思議だね。でも、僕たちがまず解決すべきは、馬インフルエンザの型の同定と、感染経路になった馬の確定だよ。どちらも嘘の情報が流されていて、真実は隠蔽《いんぺい》されている」

「一ノ瀬乗馬苑の馬の鼻腔スワブなら、提供できるわ。でも、こうなると、そもそもセバスチャンが馬インフルエンザなのかも怪しいね。型を同定するには、確実に馬インフルに罹っている馬が必要だから……、エクセレント乗馬クラブの息が掛かっていなくて、ウイルスのサンプルが取れる馬なんているかな……」

言い終わる前に閃いた。今までの話の中にヒントはあったのだ。

「新山先生、ソフトクリームが溶けかけている。さっさと食べて、サンプル採取に行きましょう」

新山は首を傾げながら、素直にソフトクリームを食べるスピードを上げる。

駿美は改めて、新山の様子を窺った。

（第一印象は『変わった人』だったけれど、ちゃんと話したら、研究熱心な先生で良かった。馬インフルの真実を見つけるための、良い相棒になってくれそう）

新山は、駿美の視線に気づかず、食べかけのソフトクリームをうっとりと見つめている。

「このソフトクリーム、白いのにチョコレートの味がする。美味いな。芸術だよ。かの名店、ル・ショコラ・シャルル・ルイ・ベルナールのグラースにも負けずとも劣らぬ芳醇《ほうじゅん》な味わいだ」

「何？　ル・シャルルララ……、新山先生、詳しくてすごいね」

駿美が何の気なしに言うと、新山は目を輝かせた。

「ありがとう。チョコ好きを褒《ほ》めてもらったのは初めてだよ。……それで、サラ先生は、どこに採取に行きたいの？」

「さっき、新山先生が言っていたでしょ。清里ファミリー牧場よ。報告会でも、『清里の観光牧場の馬も感染していた』って中園先生が仰っていたの、思い出した」

駿美は清里ファミリー牧場に電話をして、訪問の約束を取り付けた。電話を終えて、残っていたショコラを一気に飲む。

カップを置くと新山の熱い視線に気づいた。

「何、まじまじと見ているの？」

「そっちも味見したかったな」

駿美ではなく、カップを見ていたようだ。

「ソフトクリームとチョコケーキを食べたのに、足りなかった？　……そういえば、さっき『サラ先生』って呼んだ？　なんでその渾名を知っているの？」

新山は噴き出した。

「なぜって、競技場の関係者や獣医さんは、みんなそう呼んでいたから」

「うちは、父も駒子も乗馬の指導者で『一ノ瀬先生』だから、渾名になっちゃうのよね。『トシミ』って言いにくいし。でも、私は『サラ先生』って呼ばれるのは、あんまり好きじゃないの。私の身体が競走馬みたいにムキムキだからそう呼ばれているんだ。美人の駒子は、『アンダルシアン』っていう真っ白い綺麗な馬みたいだって言われるのに」

「サラ先生の引き締まった身体は、かっこいいよ。チョコを食べても筋肉質でいられるなんて、羨ましい」

駿美の中で、新山の好感度がグンと上がった。馬好きで筋肉好きなら、気が合わないわけがない。

「筋トレなら、いつでも教えてあげる。さあ、行こう」

店を出ても、チョコの甘い香りは、しばらく二人を追ってきた。

五

道の脇に、馬のキャラクターの看板が現れる。ペンキの剝《は》げた看板は、「左折後、三百m先」と告げている。

駿美はバックミラーで新山を確認した。ちゃんと付いてきているようだ。

さらに進むと、「清里ファミリー牧場」「ふれあい無料・引き馬十分千円」と書かれた、傾いだ看板が見えた。けれど、入口は封鎖されている。

車を停めて携帯電話を取り出していると、車の窓をノックされた。窓を開けると、

「駿美ちゃんでしょう？　さっきは電話をありがとう。まあまあ、ずいぶんと立派になって」と、頭にタオルを巻いた作業着姿の老女がニッコリと笑った。口から、黄色いすきっ歯が覗く。

駿美は慌てて車から降りた。

「井川《いがわ》のおばさん、お久しぶりです。大変な時に、突然お邪魔をしてすみません。おじさんは？」

「夕飼中《ゆうがい》。エクセレントの獣医さんに、病気の馬とそれ以外を、できる限り離して飼えと指導されたの。だから、餌《えさ》やりが大変。車は好きなところに駐めて。どうせ、お客さんはいないから。そっちの方は、駿美ちゃんの彼氏さん？　駿美ちゃんも駒子ちゃんも、そろそろお嫁に行かないと……」

駿美は拳を握ってから、「敬老精神」と念じて心を鎮《しず》めた。笑顔が引き攣らないように努力する。

「嫌だなあ、おばさん。私も駒子も、馬が彼氏で子供なの。一緒に来たのは、馬の研究所の先生。病気の馬が早く良くなるように、一緒に検査するね」

「新山です。馬には敵わなくて彼氏さんではないのですが、よろしくお願いいたします」

いつの間にか車から降りていた新山が、深々と頭を下げる。

駿美と新山は、白衣と長靴を着けた。続いて必要な検査道具と薬箱を車から取り出す。何十頭もいるわけではないので、小さめのクーラーボックスにすっぽりと入るサイズだ。

準備が終わると、入口にある踏み込み消毒槽《そう》に案内される。元酪農家らしく、消毒習慣はしっかりしているようだ。

清里ファミリー牧場は、元々はジャージー牛の牧場だった。

井川憲一《けんいち》・加代《かよ》夫妻が高齢になり、二十年ほど前に観光牧場に転じた。父が格安でポニーを譲った縁で、子供の頃は駿美も何度か遊びに来たことがある。

親子連れがピクニックを楽しめる芝生広場には、壊れた象の遊具があった。

(お父さんと来た時に、抱き上げて乗せてくれたっけ)

加代は機嫌よく場内を説明しながら、二人を牧場の最奥にある厩舎に案内する。

「今は、ポニーが三頭いるの。それから、駿美ちゃんが来ていた頃はいなかったけれど、ミニミニ・ポニーが二頭」

「ミニミニ・ポニー?」

駿美が尋ねると、加代は「うーん」と唸《うな》った。

「何て名前だったっけ。犬っころくらいの、小さい馬」

「もしかして、ミニチュア・ホース……ファラベラ種ですか? 成馬になっても、体高が五十cmくらいの」

「そうそう、それ。最近、番《つがい》で飼い始めたの。『日本で人気が出てきたから、ブリーダーをしたら儲かる』って遊佐先生に勧められて。何でも、チャンピオンの血筋なんだって。増やしたら、エクセレント乗馬クラブが買ってくれるっていうから、父ちゃんも張り切っているの」

ミニチュア・ホースは、まさに、ぬいぐるみに見える世界最小の馬だ。成長しても大型犬よりも小さく、人に懐きやすい。だから、アメリカでは盲導犬の代わりに使われ始めている。

「へえ。犬くらいの大きさなら、僕も飼えるかな」

新山が口を挟む。駿美は苦笑した。

「都心で四畳半の部屋で飼う人もいるけど、止《や》めておいたほうがいいよ。そもそも高価だし。おばさん、チャンピオンの血筋の仔《こ》なら、一頭が百万円くらいになるでしょう？」

「そうねえ。一般の方にお譲りするなら、それくらいだねえ。遊佐先生は『アルゼンチンのブリーダーから、この番《つがい》を三百万円で買った』って自慢してたし」

新山が「乗れない馬でしょ？」「ありえない」などと、ブツブツ呟いている。やがて、駿美たちは厩舎に到着した。

馬が壁を蹴っている音が聞こえる。ずいぶんと、しつこく蹴り続けている。

(まさか疝痛《せんつう》でも起こしているの？)

駿美は、立ち止まって耳を澄ました。

「ポニーが数日前から、インフルエンザなの。暴れ出して大変よ。エクセレントの獣医さんには、危ないから近寄らないでくださいって注意されて」

申し訳なさそうな加代の言葉に、駿美と新山は顔を見合わせた。

馬インフルエンザは、普段よりも沈鬱《ちんうつ》になるはずだ。少なくとも、狂騒型は聞いた経験がない。

(新しい型は、インフルエンザ脳症で神経症状を起こすの？　それとも、別の病気？)

厩舎の入口で、駿美は加代に「ここで待っていてください」と伝えて、新山と中に入る。

暴れる音を頼りに問題の馬房を探す。三頭のポニーの様子がおかしかった。

一頭目は、血走った目で前を見据えたまま、左後肢で壁を蹴り続けている。二頭目は、馬房内をぐるぐると徘徊《はいかい》し、思い出したように前掻きをする。三頭目は荒い息で咳き込みながら、左右の壁に体当たりしている。

「私が、馬に無口頭絡《むくちとうらく》を着ける。新山先生は、無口の鼻の部分の左右にある金具に引き手を付けて。両手で保定《ほてい》を、よろしく」

新山が情けない声を上げる。

「ちょっと待って。僕、獣医師じゃないし、乗馬もしない。保定なんて無理だよ。馬栓棒《ませんぼう》に繋《つな》いでおけばいいでしょ？」

「獣医じゃないなら、なおさら、暴れている馬からサンプル採取はできないでしょ？　病気の馬だから、負担になる鎮静薬は使いたくないの。それに、馬栓棒に繋いだら、馬が暴れて引っくり返ることもある。いざという時は保定を外せるように、人が持つのよ。お年寄りに保定はさせられない。新山先生が頑張って」

馬房の横に吊ってある無口を掴む。馬栓棒を潜って、最も暴れて壁を蹴っている馬に近づく。様子を見ていた新山が、弱々しく呼び掛ける。

「サラ先生、止《や》めようよ。中に入ったら危ないよ」

「無口を着けないと、何の作業もできないでしょ」

駿美は残りの馬にも、次々と無口を着けた。馬房の外に出て深呼吸して、いったん緊張を解く。

検査や治療は、最も煩《うるさ》い馬からするのがセオリーだ。他の馬の治療で獣医師の気配を察したら、余計に扱いづらくなる。

「一頭につき、鼻腔スワブを二サンプルと、真空採血管で採血をノーマル一本分、採取するから。新山先生は保定をよろしく。なるべく頑張って、馬が動かないようにして。あっ、でも、馬が怪我をしそうになったら、手を離してね」

新山のために無口に引き手を二本、付けてやる。新山は引き手を見つめてぐっと握る。

「念のために注意するけど、引き手を自分の手に巻いちゃダメよ。馬に持っていかれた時、怪我をするから」

「わかった。よし、来い。採血が終わるまで、絶対に離さないぞ！」

「うん、任せた。頑張って！」

駿美は、まず馬房の外から、綿棒を馬の鼻腔の奥に入れた。底の粘膜に三十秒間、押し付ける。二本目の綿棒でも同様にする。

案の定、馬は首を上げて抵抗する。

「新山先生、上出来。次は針を刺すから、もっと抵抗するよ」

綿棒を手早く輸送用培地《ばいち》に入れて、採血の準備に取りかかる。

「サラ先生、危ないよ。採血も、馬房の外からできないの？」

馬房内に入ろうとする駿美に、新山が慌てて声を掛ける。

「無理。外からだと、馬が暴れた時に注射針が折れて身体に残る可能性があるの。前肢に踏まれない、壁に押し付けられない、の二点に気をつければ、平気」

とはいえ、競走馬や競技馬よりも、ポニーの採血は難しい。ポニーは皮下脂肪があって、血管の場所がわかりにくいのだ。

駿美は、ポニーの首筋をじっと見つめた。馬をなだめながら、血管を指で浮かす。

(よし、一回で仕留めるわよ！)

目測した場所をアルコール綿で軽く拭う。針を刺し、真空採血管を押し込む。

血液が自動的に吸い上がる。駿美は抵抗する馬の動きに沿って手を動かし、針が抜けないようにした。

採血が終わると、馬体から即座に針を抜く。針にカバーをして馬房から出る。出ながら無口のナス環《かん》を外し、馬房の外から無口頭絡を回収する。

「新山先生、あと二頭、同じやり方だから」

駿美は、新山の手を見た。

「引き手を握り締めすぎて、真っ赤になっている。大丈夫？」

新山は、ブンブンと首を縦に振る。

「サラ先生の頑張りに比べたら、大した仕事はしていないよ。馬が先生に、絶対に危害を加えないようにする」

駿美は、残りの二頭のサンプルも採取した。

ミッションクリア。やっと落ち着いて、馬を観察できる。

発熱、発咳、洟水。インフルエンザの症状に加えて、狂騒している状態に、やっぱり違和感を覚える。今は真冬だ。蚊《か》がいる時季ではないから、日本脳炎の併発はありえない。

新山が、考え込む駿美の肩を叩いた。

「サンプルは、保冷剤と一緒にクーラーバッグに入れた。でも、なるべく早く運ぼうよ。鼻腔スワブは二本ずつあるから、念のため総研でも分析する。でも、感染研での分析がメインだ」

「そうね、考え事は後でもできるね」

駿美と新山は、道具をまとめて厩舎から出た。外では、加代が待ち構えていた。

「駿美ちゃん、ポニーの様子は、どう？　すぐに治りそう？」

「これから東京で分析して、一番良い治療法を探してくる。おばさんにお願いがあるの。今日、私たちが来たって、誰にも言わないで。特に、遊佐先生やエクセレント乗馬クラブの先生には、内緒にしてほしいの」

加代は怪訝《けげん》な顔をする。駿美は、何気ない調子で付け加える。

「獣医師も、縄張り意識があるの。詳しい検査は、私や新山先生がいる研究所のほうがいい。でも、遊佐先生のプライドを傷つけないようにしなくちゃ。ね？」

遊佐が何か隠しているなら、駿美と新山の動向を知られると厄介だ。

「わかったよ。獣医さんも色々と難しいんだね」

加代は何も疑わずに、ニコニコしながら頷いた。

「そうだ、駿美ちゃん、ミニミニ・ポニーも診《み》てくれるかい？」

「ミニチュア・ホース？　見たいけど、ちょっと急いでいるの。今度ね」

加代は、がっかりした顔をする。

「忙しいなら仕方ないね。あの小さい馬たち、来た時から病気だったんだよ。咳をしながら、馬房を走り回っていたの。最近、やっと落ち着いたと思ったら、今度は元からいたポニーが同じ症状になったの。心配だから獣医の先生に、本当に治っているか診てもらえばと思ったんだけど……」

新山が後ろから駿美の肩にそっと手を置く。手が震えている。駿美は振り返らずに、小さく頷いた。

（ミニチュア・ホースが感染源で、ポニーに感染したんだ！）

「おばさん、ミニチュア・ホースがこの牧場に来たのって、いつ？　元々は遊佐先生のところにいたの？」

「来たのは、この間の近代五種の候補馬合宿の前日だよ。エクセレント乗馬クラブの八王子校の人が、審査会に出す馬と一緒に運んできたから、間違いないよ」

「ミニチュア・ホースは、遊佐先生のところにはいつ来たか、わかりますか？」

「昨年十一月には、八王子の牧場にいたね。検疫の『何とか検査』が終わったから、移動させたと言っていたから。ミニミニホースが来るのが楽しみで、父ちゃんとしょっちゅう『外国からもう届きましたか』とか『いつうちに来ますか』って聞いていたから、よく覚えているよ」

新山の質問にも訝しまず、加代は嬉しそうに答えた。

駿美は懸命に理屈を考えた。

ミニチュア・ホースは、八王子で着地検査を済ませた後に、清里ファミリー牧場に譲られた。だとすると、アルゼンチンから輸入してから三ヶ月は経っている。ミニチュア・ホースが海外から新型馬インフルエンザを運んだと思ったが、発症が遅すぎる。

もう一度、新山が駿美の肩に触れた。加代は散らかった落葉を片付けている。

「不審な点、辻褄《つじつま》が合わない点はある。でも、とにかく今は、ミニチュア・ホースのサンプルも取らせてもらおう。五頭分のサンプルを持って帰って、分析すれば何かがわかるはずだ」

駿美は小さく頷いた。

「やっぱり、ミニチュア・ホースも診させて。おばさん、心配なんでしょ？　調べたら、ポニーの病気を解明するヒントにもなるかもしれないし」

顔を綻《ほころ》ばせて、加代はこちらに駆け寄った。

「駿美ちゃんは優しいね。小さい馬は、あっちにいるよ」

加代に先導されて、駿美と新山はミニチュア・ホースのいる厩舎へ向かった。

六

清里ファミリー牧場でサンプルを取り終えて、移動前に簡単な打ち合わせをする。

「新山先生。サンプルを半分、お願いね。今さっき、インフルエンザウイルス研究センターの動物由来ウイルスの室長に、『今からサンプルを持って行く』って、メールしたの。車で帰りながら、室長の指示を待つわ。ついでに、感染経路の仮説も考えてみるね」

「了解。総研の検査では、わからない可能性は高いけど、ライブラリを駆使して調べてみるよ。今日のサンプルは取り上げられないように、細心の注意を払う」

新山はため息を一つついた。

「だけど、病気に神経症状が現れるとはね。気が重いな」

「特徴を見ると、新型の馬インフルエンザで確定ね。次はお互い、RT－PCRの結果が出たら連絡する、でいいかな？　ウイルス分離には少し時間が掛かるし」

「OK。サラ先生、連絡手段だけど、携帯電話の番号を教えてもらえる？　メールだと、所属機関に見られる可能性がある。さすがに携帯電話には、盗聴器を仕掛けられないと思うから」

二人は携帯番号を交換して別れた。

国道一四一号を走り、須玉《すたま》インターチェンジから中央自動車道《ちゅうおうじどうしゃどう》に乗る。大月《おおつき》ジャンクションを越えると、メールの着信音が聞こえた。

談合坂《だんごうざか》サービスエリアで、携帯電話を取り出す。森からのメールが届いている。

『あいにく出張中。明日、帰る。ポスドクの滝沢正人《たきざわまさと》君がいるから、サンプルを預けて』

時計を見る。六時だ。ポスドク（博士研究員）ならば、夜遅くまで実験しているだろう。

運転を再開する。駿美は、家族で清里ファミリー牧場に遊びに行った、六歳の頃の思い出を呼び起こした。駿美と駒子がポニーで乗馬を始めた頃だ。

（私たちの将来の夢は『馬術のオリンピック選手』だった。母も生きていた。父もあの頃はまだ、私と駒子への態度に差がなかった）

いつから、父に疎《うと》まれるようになったのだろう。

駿美は、連なるテール・ランプを見ながら、ぼんやりと考え続けた。

七

村山庁舎に到着すると、駿美はクーラーバッグに入ったサンプルを持って、真っ直ぐにインフルエンザウイルス研究センターに向かった。

第四室の扉に貼り紙がしてある。

『ウイルス第一部・一ノ瀬さん、サンプルは三〇一実験室に。滝沢正人』

エレベーター・ホールまで戻る。横に掲げてある建物図で、三〇一実験室の場所を確認する。ＢＳＬ２の実験室だ。インフルエンザ・ウイルスは扱える。

けれど、ポニーの症状は、今までの馬インフルエンザにはないものだった。もし、高病原性だったらＢＳＬ３で対応すべきだ。

駿美は、急いで三〇一実験室に向かった。

実験室には灯《あか》りが点《つ》いていた。ノックをすると、ほどなく、白衣を着たひょろりと背の高い男が現れた。年の頃は三十代半ばに見える。

「滝沢先生ですか？　森先生からご紹介を受けた……」

「一ノ瀬さんでしょ？　扉を開け放しにしたくない。中に入って」

駿美は促されて、靴を脱いだ。入室して内履《うちば》きのサンダルを履く。

入口のすぐ近くの机の上に、薬瓶《くすりびん》が何種類か置かれている。滝沢は丸椅子に座って、ピペットで薬剤を調整している。

「ごめん。区切りのいいところまで、やっちゃっていいかな。すぐ終わるから、どこでもいいから座っていて」

「もちろんです。実験の邪魔をしてすみません」

近くの丸椅子に座り、実験室内を見回す。ウイルス培養室の前室になっているようだ。

滝沢は、前処理用の試薬を作製しているらしい。

五分もしないうちに、滝沢は立ち上がった。使った道具を丁寧《ていねい》に洗い終わると、駿美の向かいに座る。

「森先生から、RT‐PCRとウイルス分離の依頼って聞いている。馬インフルエンザだよね。サンプルの状態は、いいの？」

サンプルの鼻腔スワブには、目当てのウイルス以外に、細菌や真菌《しんきん》もたくさん含まれる。だから運ぶ時は、抗菌薬と抗真菌薬を入れた輸送培地に、鼻腔スワブを採取した綿棒を漬け込む。そうすれば、殺菌しながら運べる。

「NRA総研が調整した輸送培地で運んでいます。保冷もしたので、状態は良いはずです。それから、お願いがあります。新型の可能性が高いので……」

駿美が言い澱《よど》むと、滝沢は合点がいったように頷く。

「この研究センターは、守秘義務はしっかりしているよ。型の情報は依頼者の一ノ瀬さん、俺、森先生しか共有しないようにする」

「臨床状況から、高病原性の可能性もあります。型の同定だけでも、先にしていただけると助かります」

追加情報を聞いて、滝沢は表情を引き締める。

「了解。作業を始めるのは、森先生が帰ってからのほうがいいかもね。すぐに先生に指示を仰《あお》ぐよ。サンプルは、俺が責任を持って預かる。一ノ瀬さんは、次の連絡を待って」

駿美は礼を言って、実験室を後にした。

車まで戻る。トランクから、ビニール袋が二重に掛かっている白衣を取り出す。

駿美は洗濯室に行って、塩素をたっぷり入れた洗濯機に白衣を入れた。洗濯機を回している間に、ウイルス第一部に行く。

部屋には誰もいない。所属メンバーの予定一覧表に書き込みをする。

『疾病《しっぺい》発生。およそ一週間、臨床調査に行きます。私の育てているウイルスの継代《けいだい》は、無理をしないでください。一ノ瀬』

帰り際に洗濯室に寄って、洗い終わった白衣を回収する。

駿美は、感染研から車で五分の自宅へ向かった。

八

翌朝、夜が明けないうちに、駿美は小淵沢に行く準備を始めた。

昨日は、何度電話をしても、駒子は出なかった。ＬＩＮＥも既読にならない。

(セバスチャンがインフルエンザの感染源と言われて、落ち込んで何も手に付かないのかな)

念のため、もう一度、携帯電話を取り出す。だが、着信はない。

高速道路を使えば、小淵沢まで三時間も掛からない。実家に行って駒子を励まし、ついでに一ノ瀬乗馬苑の様子を確認しても、昼までには東京に戻って来られるだろう。

セバスチャンが、馬インフルエンザの元凶ではなさそうだと伝えるだけでも、駒子は元気になるはずだ。

駿美は、ノートＰＣや身の回り品をまとめた。冷蔵している薬類やサンプル採取の器材を、多めに取り出す。馬を診療しなければならない事態に遭遇《そうぐう》するかもしれない。

診療道具の一式を車に積めるだけ積み込み、駿美は小淵沢に向かった。

九

一ノ瀬乗馬苑は、八ヶ岳《やつがたけ》の山麓《さんろく》に位置する。山梨県馬術競技場の北にあり、競技場までは車で十分だ。

敷地面積は一万五千㎡で、隣接して同じ広さの育成牧場がある。元々は、亡くなった母の馴子《じゅんこ》の実家で、父の徳郎《とくろう》は婿《むこ》養子だ。

飼育している馬匹《ばひき》は十五頭。馬術選手と乗馬インストラクターを兼ねているスタッフは、七名いる。初心者クラスもあるが、国際大会に出場する選手も多い、上級者向けの乗馬クラブと言える。

朝八時前に到着した駿美は、早速、踏み込み消毒槽を探した。入口横の目立たない場所に置かれている。けれど、中は泥で汚れていて、消毒液は底から一㎝くらいしか入っていない。

駿美はイラッとして消毒槽を鷲《わし》づかみにした。中身をたっぷりの水で希釈《きしゃく》してから廃棄する。水道の横に置いてあった薬液と水を混ぜて、新しい消毒液を作る。

この時間なら朝飼《あさがい》が終わって、スタッフが乗り運動を始めているはずだ。

場内に入ると、馬場で岡本《おかもと》が調教の真っ最中だった。

馬を観察する。馬場馬術の三課目の動きができている。躾《しつけ》済みだから、岡本に声を掛けても馬は驚かないだろう。

「岡本先生、お久しぶりです」

駿美は、やや大きい声を出して、顔の横で手を小さく振った。馬は声よりも、大きな身振りに驚くから、気を付けなければならない。

「駿美ちゃん、帰ってきたの。珍しい。明日は槍《やり》が降ってくるな」

岡本は馬上から、懐かしそうに駿美を見る。

岡本は一ノ瀬乗馬苑で最も古株のスタッフだ。もう七十歳近いはずだが、精悍《せいかん》な姿は駿美が高校生の頃と変わらない。

障害馬術が専門の父は、乗馬の基礎を学んだ後に馬場馬術の選手になった駿美を教えられない。だから、ジュニア選手時代は、岡本が駿美の師匠だった。

「岡本先生ったら、茶化さないでください。駒子はどこかな？　昨日、ずいぶんと落ち込んでいたんだけど、先生の目には元気がないように見えましたか？」

柵の中から、岡本の騎乗馬が駿美にちょっかいを出す。甘嚙みしようとする馬を、駿美は強く叱《しか》った。馬は、初めて叱られたかのように、悲しい目をする。

(岡本先生も、馬の作りが甘くなったたな。初心者の会員さんには、愛嬌《あいきょう》があって良いか

もしれないけれど、マナーが悪い）

岡本が、慌てて言い訳をする。

「こいつは日本スポーツ・ホース種だ。それほど上の競技会までは、目指さない。愛嬌があって、お客さんに喜ばれる馬になれば……」

思わず苦笑すると、岡本はバツが悪そうな顔で言い添えた。

「……駒子ちゃんの様子だったな。昨日から、心ここにあらずという感じだ。セバスチャンのところに入り浸《びた》っているよ」

駿美は礼を言って、セバスチャンが繋養されている育成牧場へ向かった。

十

目的の馬房に到着する。駒子は、歌を口遊《くちずさ》みながら、セバスチャンにブラシを掛けていた。

駒子よりも先に、セバスチャンが駿美に気づいて目が合った。セバスチャンは、総合馬術馬としては、やや小柄だ。黒鹿毛《くろかげ》で艶《つや》やかな馬体をしており、薄い皮膚を通して均整の取れた筋肉が浮き出ている。真っ直ぐに見据える視線は、賢くて気が強そうだ。姿を見るだけで良い馬だとわかる。

駒子は足音に気づいて、駿美に顔を向けた。だが、すぐに顔を背《そむ》けて、手入れを続ける。

「連絡しても返事がないから、心配してたんだよ。無視しないで」

駿美は、怒りたい気持ちを抑えた。声を荒らげれば、馬が怯える。

駒子は、そっぽを向いてブラシを掛け続ける。

やがて、駒子の両目から涙が零《こぼ》れ始めた。手を止め、ゆっくりと駿美に向き直る。

「私が、この馬を手に入れたせいで、小淵沢が滅茶苦茶になったのかな」

「駒子が悲観的になって、どうするの。他の乗馬クラブの人たちに、何か厳しい言葉を言われたの？」

「昨日、仁科先生や小淵沢の関係者が、お父さんを訪ねてきた。私は席を外すようにと言われたの。でも、みんなが帰った後、お父さんは沈んでいたわ」

駿美は、馬房の外から駒子の手を握った。

「セバスチャンじゃなくて、他の馬が馬インフルの原因らしい手掛かりを掴んだの。なるべく早く、しっかり証拠を固める。対応策も立てるから、もう少し待っていて」

駒子は「本当に？」と呟き、縋《すが》るようにじっと見つめてくる。馬のように大きく綺麗で、悲しみをたたえた瞳だ。

駿美に名案が浮かんだ。

「駒子。セバスチャンが、検査で陰性を示す動画を撮っておこう。携帯でもいいけれど、馬の演技の撮影をするための性能の良いデジカメって、置いてあるよね」

駒子は、パッと表情を輝かせた。馬具置き場からデジタルカメラを、急いで持ってくる。

「撮影するのは、セバスチャンの鼻腔スワブを取って、インフルエンザの簡易検査をして結果が出るまで。それと、鼻腔スワブと血液のサンプルに番号を付けて封じるところ。私がOKって言うまで、ずっと止めずに動画を撮って」

駿美は一つ一つの動作を説明しながら、カメラの前でインフルエンザの検査とサンプル採取を行った。カメラに腕時計の日時を映し込み、サンプル容器に日時を書き込む。

間もなく検査結果が出る。陰性だ。

「……一ノ瀬乗馬苑のセバスチャン号のインフルエンザ簡易検査は、このように陰性を示しました。只今、封じた鼻腔スワブと血液は、必要に応じて感染研で検査します。……駒子、カメラを止めていいよ」

「陰性なら、これでセバスチャンの疑いは晴れるの？」

駒子が意気込んで尋ねる。駿美は首を横に振った。

「とねっこ先生は、審査会の当日と翌日に、近隣の乗馬クラブの馬を簡易検査したって説明していた。今日は陰性でも、一週間前は陽性だった可能性もあるの。ただ、感染研にサンプルを持ち帰れば、『今回の型の馬インフルエンザに、過去に罹った形跡があるか』の検査ができる」

駒子が要領を得ない顔をする。駿美は苦笑した。

「難しい理屈は、わからなくてもいいよ。スタッフたちも安心すると思うから、全頭の検査をしよう」

駿美と駒子は、スタッフの協力を得ながら、二時間ほど掛けて乗馬苑の全頭の検査を終えた。この先、万が一、馬インフルエンザが苑内で発生した時の対応も確認する。

「駿美ちゃん、全頭が『陰性』だね。他のクラブのスタッフから、『おたくが原因で、小淵沢の有力な馬が、こぞって馬インフルエンザになった』って強く責められてね。乗馬苑のスタッフは、お通夜《つや》状態だった。やっぱり、身内に獣医さんがいると心強いな」

岡本が声を弾《はず》ませて、感謝を伝える。駿美は、岡本を含むスタッフたち全員を見回した。

「今回は、うちの馬が濡《ぬ》れ衣《ぎぬ》を着せられています。東京で『証拠固め』するので、もう少し、我慢《がまん》してください。なるべく、山梨にも来るようにします」

スタッフから自然と拍手が沸《わ》き起こる。駿美は恥ずかしくなった。小さく会釈をして、急いで身支度をする。

「駿美ちゃん。帰る前に、お父さんにも報告して。結果が陰性なのは、もちろん嬉しい。でもそれ以上に、ここにいるみんなは、駿美ちゃんが乗馬苑のために検査してくれて喜んでいるんだよ。お父さんも同じ気持ちになると思うよ」

「……いいよ。急いで東京に戻りたいし、駒子から伝えておいて」

さらっとかわす。けれど、駒子は見逃してはくれなかった。

「やっぱり、まだ許せないの？」

(今でも許せない気持ちが残っているのかどうかは、私自身もよくわからないのよ)

精一杯の抵抗で駒子には返事せずに、駿美は徳郎がいる母屋《おもや》へ向かった。

十一

母屋は乗馬苑のオフィスを兼ねているので、日中は玄関の鍵《かぎ》が掛かっていない。

二階に上がり、徳郎の部屋をノックする。短い返事が聞こえる。

(足が前に進まない)

駿美は両足を拳で叩いて、気合を入れた。

部屋の中に入ると、徳郎は扉を背にして机に向かっていた。後ろから見ても、「日本スポーツ・ホース」と呼ばれてヨーロッパで活躍した頃の面影は失われている。

徳郎は障害馬術選手として、一九九二年のバルセロナ・オリンピックと一九九六年のアトランタ・オリンピックに出場した。二十八歳と三十二歳の時だ。

アトランタの後に引退してからは、乗馬苑の経営と後進の指導に専念している。

前回の二〇二一年の東京オリンピックでは、競技経験と馬匹管理の実績を認められて、代表馬が繋養される第一厩舎長に選ばれた。しかし、第一厩舎では、エアコンの不調によって、馬三頭が熱中症で死ぬ事故が起きた。

三頭は、イギリス、オーストラリア、カナダの代表馬だった。全ての死亡馬が、英連邦王国に所属する国の馬だ。それで、英国馬術連盟の名誉会長であるオリヴィア王女が、激怒した。

日本馬術連盟は、名誉会長を務める宮様が『遺憾《いかん》の意』を表する羽目になり、徳郎は糾弾された。それ以来、徳郎は馬術大会などの表舞台には、招かれなくなった。

二〇二一年のオリンピックで、徳郎は馬術界での信用だけでなく、健康にもダメージを受けた。自分の熱中症症状を放置していたせいか、髄膜炎《ずいまくえん》を患《わずら》った。病気は慢性化した。最近は、騎乗どころか厩務も行えず、家に籠《こ》もっているらしい。

「来ていたのか」

ゆるゆると振り向いた徳郎が一声だけ発する。

顔面の麻痺《まひ》が進んでいる。颯爽と馬の調教をしていた頃の父の姿は、もう曖昧にしか思い出せない。

「病気の具合は、どう？」

「頭痛や痺《しび》れが時たま、な」

「そう。お大事に」

場がシンと静まり返る。

早くこの場を立ち去りたい。駿美は一息に話した。

「『馬インフルエンザは、セバスチャンのせいだ』って、昨日、競技場で遊佐先生が仄《ほの》めかして、関係者もみんな、信じている。でも、小淵沢に馬インフルを持ち込んだのは、セバスチャンじゃないの。その証明をするために私は動いている」

「なら、どの馬のせいなんだ？」

「エクセレントさんの八王子のセルフランセだと思う。でも、証拠を固めるまで、お父さんも黙っておいて。誰もが納得できる説明がついたら、インフルエンザに詳しい感染研の先生に、マスコミ発表してもらうつもりなの」

駿美は、徳郎がほんの少し顔を歪めたのを見逃さなかった。

「遊佐先生に、迷惑を掛けるわけにはいかん。真相を公表するのが良いとは限らんだろう」

徳郎の言葉に、駿美はきっぱりと反論した。

「お父さんの遊佐先生への忠誠心のために、セバスチャンが罪を被るの？ 駒子のオリンピック選考は六月だよ。このままじゃ、選ばれるものも選ばれなくなるよ。早く解決しなきゃ。真実を伝えることの、何が悪いのよ」

徳郎は、意表を突かれたようだった。

「セバスチャンと駒子を憎んでいないのか？ おまえがオリンピックに出られないのは……」

その話は蒸し返されたくなかった。けれど、それ以外に父と話すことなんてないのかもしれない。駿美は、きちんと向き合う覚悟を決めた。

「確かに、お父さんは、駒子にセバスチャンを与えるか、私にブケパロスを与えるかで、天秤《てんびん》に掛けたよ。でも、あの時の状況なら、セバスチャンを選んでも仕方ないと思っている。私が納得いかないのは、フランシスコが死んだことと、遊佐先生の息子がブケパロスに乗っていることよ！」

二年前、駿美がブケパロスを手に入れる直前に、駒子はオリンピック日本代表の座を競うための最低基準点の取得に失敗した。徳郎は遊佐の紹介で、基準点を間違いなく取れそうな、技能の高いセバスチャンを駒子に買い与えた。ブケパロスの購入予定額は三億円だった。セバスチャンだって、一億や二億の値は付いただろう。一ノ瀬乗馬苑の財政では、合わせて五億円は支払えなかった。

最低基準点を取り終えていた駿美に、徳郎は「東京オリンピックは開催国枠もあるから、今、乗っている『フランシスコ』のままで出場できるだろう」と告げた。

後に、遊佐が自分の息子にブケパロスを与えたくて、徳郎にセバスチャンとの交換条件を突きつけていたと知った。

それまで全日本でも八位が最高だった遊佐の息子は、ブケパロスのおかげでオリンピック出場権をほぼ手中に収めている。駿美は、内心面白くなかった。けれど、一ノ瀬乗馬苑の事情を酌《く》んで、何とか自分を納得させた。

（フランシスコが生きていれば、私だって、何とかオリンピック代表に滑り込めたかもしれない）

だが、フランシスコは疝痛（腹痛）が原因で死んだ。殺されたようなものだ。

馬は、腸《ちょう》が長いので疝痛を起こしやすい。腸捻転《ねんてん》や腸閉塞《へいそく》のように開腹手術が必要な場合もあれば、便秘やガスが溜まっているだけの場合もある。

疝痛が起きたら、管理者はまず、馬をゆっくり歩かせて、腸の蠕動《ぜんどう》を促す。痛みが強いようならば、獣医師を呼んで鎮痛消炎剤を注射して様子を見る。これが一般的な解決策だ。乗馬クラブのスタッフならば、誰でも知っている。

フランシスコが疝痛を発症した時、一ノ瀬乗馬苑にはスタッフが一名しかいなかった。しかも、大学から馬に乗り始めた不慣れなアルバイト学生だった。

その日は、静岡県で駒子の調整試合があった。調整試合ならば、同行するスタッフは二人もいれば充分だ。ところが、試合会場近くにある駒子のお気に入りのレストランで誕生日パーティをするために、スタッフ全員は徳郎に命じられて静岡に集まっていた。

学生バイトは、疝痛の馬への対処法がわからなかった。馬運車は試合会場にあったので、馬を病院にも運べなかった。

フランシスコは痛みで転げ回り、馬房の壁に肢を打ち付けて骨折した。骨折した競技馬は、復帰が見込まれなければ廃用になる。フランシスコは安楽殺処分となった。駿美が歩んでいたオリンピックへの道は、消え失せた。

(こんな事情だから、怒りとか憎しみというよりも『世の中の不条理さを儚《はかな》む』って感じ。フランシスコに申し訳ない。私の気持ちは、それだけだよ)

駿美は、そっぽを向いている徳郎を見つめた。自分から話を振ったのに、間が持たずに煙草をスパスパと喫《す》っている。

「私は、オリンピックに出場できる実力や馬がいても、縁がないと不可能だって、身をもって知っているよ。駒子には『世の中は不条理だ』なんて思わせたくない」

言い切った後に気恥ずかしくなる。物わかりが良すぎるのも、聖人ぶっていて嫌だ。誕生日パーティの文句くらいは、言っても良いかもしれない。

話を続けようとすると、駿美の携帯電話が鳴った。新山からだ。徳郎に「階下で電話を取る」と身振りで伝える。

「ちょっと、気になるニュースがあるんだ。サラ先生は今、ネットを見られる？　日野《ひの》動物公園の記事を探して」

興奮気味の声を受話器ごしに聞きながら、一階受付にある乗馬苑の共用ＰＣを立ち上げる。

「日野動物公園にいるグレビー・シマウマが、飼育員に体当たりをして怪我をさせた、って記事？」

「そう、それ。今回の馬インフルエンザは狂騒型でしょう？」

駿美は、にわかには同意しかねた。

「シマウマって、元々、凶暴だよ。だから、乗用馬として使われないくらいだもの」

「スポーツ関東の記事も読んでみて。シマウマ全頭が熱を出していて、暴れたって書いてある」

駿美は、記事を探す前に地図ソフトを立ち上げた。

「日野動物公園って、エクセレント八王子校と十㎞も離れていないんだね」

「僕、思い出したんだ。エクセレントさんって、日野動物公園にポニーを連れて行って、子供向け乗馬教室をしているんだよ。ＮＲＡも、府中《ふちゅう》市の東京《とうきょう》競馬場《けいばじょう》で、ポニー教室をしてもらっている。その時に『日野動物公園でもやっている』って、確かに聞いた」

エクセレントの馬が、動物園のシマウマに感染させた？

駿美は上手く声が出せなくなった。咳払いをして喉の強張りを取る。

「それなら、シマウマの馬インフルを疑う余地はありそうだね。でも、そのエリアなら、当のエクセレントの獣医師が治療に行くはずだよ。発症していても隠されそう。どうしたらいいかな？」

新山はしばらく電話越しに唸った。

「ごめん。今すぐ、良いアイディアは出ない」

「今、小淵沢なの。ともかく、これから東京に戻る。今日中には検査結果も出そうだし、また連絡するね」

電話が終わって、リズミカルに階段を上がる。

「お父さん、電話も来たし、そろそろ東京に戻るね」

扉から顔を少しだけ出して、すぐに踵《きびす》を返す。

「おまえの部屋は、そのままだぞ。駒子が、たまに掃除をしている」

ゆっくりと振り返ると、徳郎と目が合った。

「しばらくは、山梨と東京を行ったり来たりするから。……ホテル代が浮いて助かるわ」

駿美は、不器用に応えた。

十二

駿美は、予定よりも遅く村山庁舎に到着した。昼前に戻るつもりだったのに、もう二時過ぎだ。結局、森や滝沢からの連絡は来なかった。

一ノ瀬乗馬苑のサンプルを持って、三〇一実験室に急ぐ。

部屋の電気は消えていた。鍵も掛かっている。駿美はやっと、今日が日曜日であると気づいた。

急に、二つ隣の実験室の扉が開く。滝沢が驚いたような顔つきで、駿美を見つめた。

「連絡しなくてごめん。昨日、貰ったサンプルは、RT－PCRに掛けた。結果は出ているよ。でも、森先生の判断を仰ぎたかったんだ。今はウイルス分離中だけど、サンプルはBSL3の実験室《ラボ》にある」

つまり、『小淵沢型』馬インフルエンザは高病原性ということだ。

駿美はクーラーバッグに入ったサンプルを滝沢に差し出した。

「新たに、十五頭分の確定検査もしていただけますか？　簡易検査で、全頭が陰性と確認しています。実家の乗馬クラブの所有馬です」

「わかった。やってあげるよ。その代わり、論文の筆頭著者《ファースト》と責任著者《コレスポンディング・オーサー》は貰っていい？　このウイルスで、五本は論文を書けるぜ。俺、長崎大のBSL4施設の助教を狙《ねら》っているんだ」

あまりのあけすけな物言いに、駿美は噴き出した。

「いいですよ。でも、私の名前は『謝辞』ではなく『著者』のところにお願いします。論文内容も確認させてもらいますからね」

滝沢は、なぜか恍惚《こうこつ》の表情を浮かべた。

「いいね、そういう気が強いの。嫌いじゃないよ。ビシバシ指摘してよ。何なら、本当に鞭《むち》を振るってもいい」

駿美は返答に困った。スルーされた滝沢は、取り繕《つくろ》うように咳払いする。

「まあ、実際は、森先生がコレスポンディング・オーサーになると思うよ。一ノ瀬さんも、臨床に寄せて論文を書けよ。研究者は論文を認められてナンボだぜ。戸山庁舎にいる獣医科学部のメンバーに協力してもらうといい。いつでも紹介してあげるよ」

滝沢は、実験室の机に置いてあるデジタル時計を見た。釣られて、駿美も確認する。

「二時半か。森先生は今朝、出張から戻ってきた。今は席を外しているけれど、『三時までには戻る』ってメモを残している。第四室に行って待っていたら？　俺もあとで同席する」

駿美は礼を言って退室した。

十三

第四室に入ると、共用スペースでくつろぐ森と目が合った。手振りで部屋の端のミーティング・コーナーに促される。

駿美がプレゼンテーション用の大型画面が見える席に座ると、やってきた森はすぐさま、

「H5N1型だった」と告げた。

「うわ、最悪！　よりにもよってその型ですか⁉」

反射的に応えて、慌てて友達口調を詫《わ》びる。

「気にしないでいいよ。本当に『最悪』としか言いようがないからね。高病原性鳥インフルエンザと同じ型。新興感染症で世界保健機関《WHO》も注視している。馬では初めて？」

「私が知っている限りはそうです。でも森先生、同じＨ５Ｎ１型だからって、馬インフルも高病原性とは限らないですよね？」

「もちろん。それに、馬のＨ５Ｎ１型が鳥にも感染するとは限らないし、ましてや人や他の動物への感染は未知数だよ。まずは馬に集中して考えよう」

第四室の扉が開く。ノートＰＣを片手に持った滝沢が、駿美たちに気づいてやってくる。

「滝沢君は、早朝には型を確定した。申し訳ないけど信じ難《がた》かったから、俺も立ち会って、もう一度、装置に掛けたんだ」

「先生に確認してもらうまで、自分も半信半疑でしたよ。一ノ瀬さん、ウイルス分離は、あと一週間は掛かるけれど、型は間違いないよ」

滝沢が自信たっぷりに口を挟む。

「人には感染していないけれど、Ｈ５Ｎ１型だから、厚生労働省《こうろうしょう》にも報告して指示を仰ごうと思う。農水は馬インフルエンザのこと、知っているの？」

「昨日、畜産局の官僚が小淵沢に来て、馬の移動禁止を言い渡しました。馬インフルエンザの発生と、簡易検査の結果は知っています。農水が独自でサンプルを分析しているのか、型を把握しているのかは、わかりません」

駿美の説明に、森は頷く。

「サンプルがあれば、農水の農研機構なら分析はできるね。今、罹患馬の症状と致死率、蔓延状況は、どうなの？」

昨日の状況を思い出しながら応える。

「私が一番に気になっているのは、狂騒型の特徴があることです。サンプルを採取した小淵沢のポニーが、暴れまくっていました。馬房内で壁を蹴ったり、体当たりしたり」

「鳥インフルエンザで、ニワトリが狂騒型になる場合はある。でも、馬では聞いたことがないな。馬のサイズで暴れられたら、人に感染しないとはいえ危険だな」

「だから、致死率には疑問があるんです」

訝しむ森と滝沢に、駿美は状況を説明した。

「馬インフルエンザは、一月二十日、山梨県馬術競技場で発生しました。先週、森先生に第一報を伝えました。当日は、東京オリンピックで貸し出される予定の馬たちが、審査を受けていました」

滝沢が、PCで要点のメモを取って、大型画面に映し出す。

「候補馬四十頭のうち、五頭が臨床症状を見せました。私も診療に加わっています。その後、インフルエンザの簡易検査キットを使い、三十三頭が陽性でした。一週間後の昨日、担当獣医師から経過報告がありました。七頭が死んだそうです」

「致死率が二十％を超えているのか。それで、一ノ瀬さんは、何が疑問なんだ？」

森の質問に答えるために、鞄から昨日配られた『競技場に留め置かれた馬の状態リスト』を取り出す。

「ここに、症状が『洟水が粘稠性』って書いてある馬がいます。細菌の二次感染が起きた証拠です。でも、投薬欄に抗菌薬の名前がありません。私が診たポニーと同じように暴れて、注射を打てるような状況ではなく、治療しなかったのだと思います」

馬術競技の馬は、体高が高いほうが、見栄えが良いので好まれる。百二十㎝の障害用であれば、容姿が良いが気の荒い、競馬上がりのサラブレッドすらいる。日本でも、馬、特にサラブレッドに頭を蹴られて脳挫傷《のうざしょう》になったり、胸を蹴られて肺挫傷になったりする事故は毎年起こる。馬術競技馬や競走馬に暴れられたら、人の力では制御できない。

「つまり、馬インフルエンザ・ウイルスのせいではなく、二次感染や診療放棄が原因で、致死率が上がっているということ？」

滝沢が確認する。

「その可能性が高いです。……次に、蔓延状況を説明します」

駿美は、滝沢のメモが追いついているのを確認して、さらに続けた。

「H5N1型が検出されたサンプルは、清里ファミリー牧場の五頭から採取しています。この牧場は、山梨県馬術競技場と同じ北杜市にあります。私が昨日、診療した時は、ポニー三頭が発症していました。狂騒型です。オーナーの話では、ポニーより前に二頭のミニチュア・ホースが発症したそうです」

「発生が確認されているのは、今のところ北杜市だけ？」

「数時間前に、『日野動物公園のグレビー・シマウマ全頭が発熱して暴れている』と、ネットニュースで見ました。狂騒型の馬インフルエンザの可能性が高いと思います」

森が眉間《みけん》に皺《しわ》を寄せる。

「日野動物公園は東京にある。なぜ、そう思うの？」

「感染源と予想される馬が、八王子にいる馬だからです。エクセレント乗馬クラブ八王子校の馬は、山梨県馬術競技場、清里ファミリー牧場、日野動物公園の三ヶ所全てに立ち入っています」

森と滝沢は顔を見合わせた。

滝沢はPCで『日野動物公園』で検索して、ニュースを大画面に映す。森は真剣な表情になる。

「重要な情報だ。一ノ瀬さん。もう少し詳しく、感染経路の仮説を立てられる？」

「八王子校には、エリート選手が多く所属しています。馬の輸出入も多く、着地検査用の牧場も併設されています。海外から輸入されたH5N1型の感染馬を『A馬』とします」

滝沢は大画面に図を描きながら「続きを」と促す。

「A馬は着地検査の牧場で、アルゼンチンから輸入されたミニチュア・ホース二頭と近接していました。ミニチュア・ホース二頭は、山梨県馬術競技場で審査を受けるB馬と共に、一月十三日に八王子から山梨方面に運ばれました。B馬は後に競技場から消えるセルフランセです」

駿美は、滝沢の描く図が追いつくのを待った。

「清里ファミリー牧場では、ミニチュア・ホース二頭が降ろされました。到着した時には、すでに発症していて、暴れていたそうです。ファミリー牧場では後に、ミニチュア・ホースと同じ厩舎にいるポニーが発症します。今回のサンプルの馬たちです」

森も手元で、図を描きながら、馬の動向を確認している。

「馬インフルエンザ・ウイルスは、ミニチュア・ホースからB馬に感染します。B馬は馬術競技場で降ろされます。B馬を含めて四十頭の馬が、一週間、審査会に参加しました。合宿の最終日、一月二十日に五頭が発症、インフルエンザの簡易検査で三十三頭が陽性になります」

核心に迫ってきたと感じたのか、森は生唾を飲み込んだ。

「検査を受けた四十頭の馬は、暫定的に二週間、競技場内に留め置かれました。けれど、B馬は検査を受けずに消えました。初日の登録馬名簿には名があり、合宿にも確かに参加した。なのに、インフルエンザ簡易検査は受けず、競技場内に留置もされなかったんです」

「八王子の乗馬クラブに戻ったのか？」

森の質問に、駿美は首を横に振った。

「所在はわかりません。けれど、エクセレント乗馬クラブの動向は不自然です。留め置かれた馬の世話と診療は、エクセレントの関係者で行うとして、馬のオーナーすら馬房に近づけませんでした。競技場での死亡馬の詳細も、エクセレントの言い分を信じるしかありません」

「なぜ、そんな行動をしたと思う？」

「エクセレント乗馬クラブは、日本馬術連盟の獣医委員長の遊佐先生が経営するクラブです。乗馬関係者は、オリンピックの馬術開催に神経を尖《とが》らせています。選手が自馬を使う馬術競技は、海外開催になりそうです。だから、開催国の馬を選手に貸与する近代五種だけは、是が非でも成功させようと躍起になっています」

「留め置かれた馬の状況を、隠したかったのか。オリンピック前に馬インフルエンザが発生、しかも新型で狂騒型なんて、由々《ゆゆ》しき問題だ」

森の発言に、駿美は頷く。

「発生当日には、東京オリンピック馬防疫委員長の中園先生もいらっしゃいました。NRAの重鎮です。四十頭のサンプルはNRA総研で確認検査をしたのですが、サンプルは上層部に取り上げられたそうです」

「隠し事があるという態度だ。怪しいな」

滝沢は目を爛々《らんらん》とさせている。森も興味津々に質問する。

「農水が競技場に来たと言っていたね。反応はどうだったの？」

「昨日、いらした農水のキャリアは、競技場付近で封じ込められたら、三ヶ月で清浄化宣言を出せるかもしれないと言っていたそうです。性状や感染経路の解明よりも、表沙汰《おもてざた》にしたくないような様子でした」

「現時点で最も簡単に封じ込める方法は、陽性の馬を殺処分するやり方だろう。馬インフルエンザの発生や型も、有耶無耶《うやむや》にできる。でも、世論があるから、表立って殺処分にするのは難しい。病気で死んだと偽って、治療をせずに放置した、いや、積極的に殺した可能性もあるんじゃないか」

　駿美は息を呑んだ。だから、オーナーすら馬房から遠ざけたのかもしれない。

「狂騒型を海外から持ち込んだA馬と、競技場に広めたB馬は、日野動物公園とは、どう繋がるの？」

「八王子校は、日野動物公園に馬を連れていって、乗馬教室をしています。A馬やB馬が馬インフルエンザならば、日野動物公園に持っていった馬にも感染させた可能性は、充分にあります」

　森はしばらく考え込んで、切り出した。

「今の話だと、エクセレント乗馬クラブとNRAの協力は、見込めなさそうだね。東京オリンピックがあるから、できる限り隠すように動いている。競技場はサンプルを渡さないように、守りを固められている。攻めるとしたら、日野動物公園だな。一ノ瀬さん、サンプルを取っておいで。ついでに診療もしてきて」

　予想外の言葉に、駿美は戸惑った。

「たぶん、日野動物公園の馬の診療も、エクセレントの八王子校にいる獣医師が行っています」

「公立の施設だから、どうにでもなるさ。獣医科学部のメンバーと一緒に行っておいで。上には俺がお願いするけれど、一緒に行く人は……。滝沢君、いいアイディアはある？君は顔が広いからいろいろ知っているだろう？」

滝沢が大袈裟に自分の胸を叩く。

「任せてください。桐谷さんに頼んでおきます。この間、日野動物公園でコウモリの講座を開いたから、顔が利《き》くはずですよ」

「桐谷先生なら、存じ上げています。大学時代に実習の面倒を見ていただきました」

「君って、都《みやこ》大なんだ。じゃあ、知り合いでちょうどいいな」

「一ノ瀬さん」

森は穏やかな声で駿美を呼んだ。

「君が見つけてきた、十七年ぶりの馬インフルエンザの発生だ。しかも、強毒性になりやすい、H5N1型。後方支援はする。馬の健康と、日本馬術界の名誉のために、頑張れ」

「はい。必ず真相を突き止めて、発生を食い止めます」

「今回の馬インフルエンザは、感染研の研究プロジェクトにしよう。一ノ瀬さんの活動も、費用と出張許可の保証はするから、自由に動くといいよ」

三人の打ち合わせは夜まで続いた。

十四

自宅に戻った駿美は、冷蔵庫から鶏の胸肉を取り出して、炊飯器に放り込んだ。ヘルシーな蒸し鶏を作りながら、新山からの電話を待つ。

ＮＲＡ総研でも分析結果が出たはずだ。昼に電話をかけた時は留守電で、折返しは来なかった。密かに分析しているならば、職場では駿美に電話はかけにくい。駿美からの着信を見たら、帰宅後に掛け直してくるはずだ。

蒸し鶏と千切《ちぎ》っただけのレタスの夕飯を終えても、電話はかかってこなかった。駿美は暇つぶしに、休日用の長めの筋トレメニューをこなした。だが、やはり電話は鳴らない。

諦めて、シャワーを浴びて寝ようとした矢先に、携帯電話の着信音が鳴った。

「電話を貰っていたのに、遅くなってごめん」

新山が焦った声で言い訳をする。

「職場では、折返しもできないと思っていたから、大丈夫」

「結果は出た？　こっちは、ウイルス分離は目立つから、ＲＴ－ＰＣＲしか試していない。でも、やっぱり『従来型ではない』としか、わからなかった」

駿美は、携帯電話の録音アプリを立ち上げた。

「感染研では、型の判別はついたわ。こっちも時間の関係で、まだRT－PCRの結果だけだけど」

電話から耳を離して、録音されている状態を確認する。

「これから、結果をあなたに伝えるつもり。でも、新山先生は、私がOKと言うまで黙っていられる？　発表のタイミングは、感染研や省庁も絡むから、話をむやみに広げたくないの」

電話の向こうで新山が緊張する雰囲気を感じる。

「もちろん、誰にも言わないよ。中園先生に話すタイミングも、二人で話し合おう」

駿美は心を決めた。

「じゃあ、信じる。『小淵沢型』の馬インフルエンザは、H5N1型よ」

「……今までにない、新型の馬インフルエンザだね」

薄い反応に、駿美は拍子抜けした。新山は、ピンと来ていないようだ。

「高病原性鳥インフルエンザと同じ型だよ。厚労省が、新興の人獣共通感染症として監視している、すごく重要なインフルエンザ。だからって、馬のH5N1型が人に感染《うつ》るタイプになるとは限らないけれど」

「人で警戒されている型と同じなんだ。それは、オリンピック開催国としてよろしくないね。僕もオリンピック馬防疫委員会のメンバーだから、頭が痛いや」

「だから、新山先生は中園先生と一緒に小淵沢に来ていたのね。オリンピック馬防疫委員会って、最近も開かれているの？　メンバーは、ほぼＮＲＡの人なんでしょ？」

「プラス、乗馬関係者と生産者、それに役人だね。乗馬業界からは遊佐先生が参加している。馬インフルエンザ発生後は、定例会はまだ一回しか開かれていないんだ。もちろん、上層部だけでの話し合いはしているんだろうけど」

「その一回だけ開かれた定例会では、馬インフルエンザの話は出たの？」

「中園先生が説明した。大袈裟にはしたくないみたいだった。『発生したが、小淵沢内で封じ込められる予定だ』って説明していた。オリンピックは国内さえ何とかすれば、海外の馬は考えなくていいからね」

「どういう意味？　清浄国宣言しないと、海外から馬は来てくれないでしょう？」

新山は「あっ」と叫んで、しばらく黙った。

駿美も黙っていると、観念したのか説明を続ける。

「これ、まだ公表してはいけない情報だけど……。馬術競技はデンマーク開催で決まりだ。日本で馬を使って行う競技は、近代五種だけだよ。マズいな、口が滑った」

「前から噂では聞いていたわ。近代五種だけなら、輸出入の馬の検疫は必要なくて、国内の防疫に専念できるね。少しは気が楽になったんじゃない？」

「そのとおり。日本は、前回のオリンピックで死亡馬を出しているだろ。だから、NRA関係者には、馬術競技の日本開催に消極的な人は多かったんだ。今年のオリンピックでも馬が死んだら、来年七月の『レーシング・ホース世界選手権』は、取りやめになりかねないからね」

駿美は、以前に利根から聞いた話を思い出した。

「『レーシング・ホース世界選手権』って、そんなにすごいイベントなの？」

「NRAの浮沈に関わるイベントだよ。サラ先生は、シェイク・ザイヤーンを知ってる？」

「もちろん！　乗馬業界でも有名人だもの。でも、シェイクと私は、やってる競技が違うから大会では会わないの。だから、詳しい情報は知らない」

新山は、興奮して早口になる。

「シェイクは、競馬界の『神様』だ。世界一の馬主だからね。世界中の競馬場で、千頭近くの持ち馬を走らせているんだ。日本にも二十年前に牧場を作っていて、生産馬はNRAで活躍している」

「馬主だけでなく、生産・育成もしているんだ」

「シェイクが満を持して、世界最高峰のレースをNRAと共催するんだ。NRAとしては、東京オリンピックが失敗するよりも、シェイクの機嫌を損ねるほうが、よっぽど恐ろしいと思うよ」

駿美は意地悪な質問をしたくなった。

「NRAには、『いっそ近代五種も海外開催にしたい』という意見はないの？『レーシング・ホース世界選手権』の前に、日本の馬防疫に綻びが見えたら大変よ」

新山は「おいおい」とたじろいだ。

「それは違うと思うな。近代五種まで海外開催になれば、日本は馬の管理もできない二流国のイメージがつく。だから、馬防疫委員会にとっては、近代五種に絞れた今の状況は理想的なんだ」

新山の説明は一応、筋が通っている。

駿美は、一番聞きたい話を持ち出した。

「話は変わるけれど、小淵沢の馬インフルエンザ発生日に、NRA総研は四十頭分のサンプルを持ち帰ったよね。新山先生が、上層部に取り上げられたと言っていたやつ。そのサンプルについて、上層部から何か見解は発表されていないの？」

「詳しい話はないね。定例会の時も『馬インフルエンザ』と言っただけで、性状や臨床症状の説明は一切なかった。僕たちが採取する前に検査依頼に来ていた、清里ファミリー牧場のサンプルについても説明はない。尋ねたい気持ちはあるけれど、藪蛇《やぶへび》になりそうで、所内では話題に出せないんだ」

答えを聞いて、駿美はがっかりした。駿美の気持ちを知ってか知らずか、新山は意気込んで続ける。

「こっちも話を変えるけれど、今朝の日野動物公園の件、改めてどう思う？　続報に注目していたけれど、ネットのニュースには出てこないね」

「ごめん、伝え忘れていた。日野動物公園は、感染研からサンプル採取と診療に行けるように、上の先生が交渉してくれるって。よかったら、新山先生も立ち会う？　希望すれば、同行できると思うけれど」

「行きたいけど、何せ総研は宇都宮にあるだろ。あまりフラフラと所外に出てばかりだと、同僚の目が厳しいから無理だ」

スピーカーから、心の底から残念そうな声が聞こえる。

「次にサラ先生に会うのは、小淵沢で経過報告会がある土曜日かな？　その時に、お互いに情報を持ち寄ろうよ。僕も不審がられない程度に、防疫委員会の内情を探ってみる」

「わかったわ。じゃあ、小淵沢で」

電話を切って、一呼吸置いて録音を止める。

(天下のNRA総研なのに。いくら新型の馬インフルエンザとはいえ、調べられないものなの？)

インフルエンザの様々な型の遺伝子情報は、ネット上で調べられるはずだ。しかも、馬のウイルス病の研究室にいるわりには、新山のインフルエンザの知識は専門外としてもお粗末だ。

駿美は新山を疑い始めていた。ベッドにバッタリと倒れ込んで、枕に顔を伏せる。

(新山先生は、NRAのスパイ？　NRA側が小淵沢の情報集めをするために、私は泳がされているの？)

手を伸ばして、ベッドサイドの写真立てを取る。入っているのは、かつての愛馬のフランシスコの写真だ。

馬は、本音と建前がないから楽だ。嫌な時は、嫌だと全身で主張する。好意を見せておいて、いきなり豹変《ひょうへん》してガブッと噛み付くこともない。

「フランシスコ。私、頑張るから。見ていてね」

駿美は、写真をひと撫でした。

第三章　駈《かけ》　歩《あし》—Canter—

一

森に相談した三日後。駿美は、日野動物公園の正門にある『ゾウの像』の前で、桐谷を待っていた。休園日なので人影はない。


　十分ほど待つと、少し離れた場所に車が駐まった。中から桐谷が現れる。

「遅れたかな？　車にサンプリングの道具が載っているから、一緒に持ってもらってもいい？」

「もちろんです。時間は大丈夫ですよ。まだ、動物園の方はいらしてないです」

まもなく、動物園の職員が姿を見せた。

「獣医課長の藤崎《ふじさき》が、所用で少し遅れます。よろしければ、園内をご覧になりませんか。

三十分後に、グレビー・シマウマの展示前にいらしてください。こちらが地図です」

桐谷は、にこやかに応じる。

「日野動物公園を見学するのは、夏のコウモリ講座以来だ。気にしないでください。展示を楽しみますから」

職員が去る。桐谷は意気込んで駿美に話し掛けた。

「一ノ瀬さん、三十分しかないよ。どこに行きたい？」

「桐谷先生の、お好きなところに連れて行ってください。でも、奥まで行くと間に合わなくなりそう。手前のコーナーにしませんか」

桐谷は眉をハの字にして考える。

「……よし、ニホンザルを見に行こう！　日野動物公園は台東《たいとう》動物園と比べても、サルの人口密度が高くて、見応えがあるんだ。あれこれ見て回るよりも、一つの動物をとことん観察しよう。ニホンザルだったら、三十分間、ひたすら見ていても飽きないよ」

二人はサル山に向かった。

サルたちは、ちょうど朝食が終わった頃合いらしい。見学コーナーとサル山の間にある深い堀に、食べ残しのバナナとリンゴがわずかに落ちている。サル山の麓《ふもと》にいる子連れの母ザルが、拾いに行こうか迷っているようだ。

駿美が注目していると、黒い影が横切った。バナナを咥《くわ》えると、さっと飛び立ち、サル山の横の木立に消えていった。

「台東動物園から逃げてきた、オリイオオコウモリか？　いや、少し小さく見えたぞ。ヤエヤマオオコウモリか？　どこの子だ」

桐谷はブツブツと呟いた。

次の瞬間、桐谷は荷物を置いて駆け出した。

「一ノ瀬さん、シマウマの対応をよろしく！」

「ええっ、桐谷先生、何事ですか？　今から仕事ですよ」

駿美も荷物をそのままにして、追いかける。息を切らしながら呼び戻そうとすると、桐谷は少しだけ振り返った。

「東京にいるはずがない、オオコウモリがいた。僕にとっては、シマウマよりも大事な仕事だ」

桐谷は、スピードを上げて走り去った。

駿美は立ち尽くした。

(呆《ほう》けている場合じゃないわ。この動物園から逃げ出したコウモリかもしれない。獣医課長に、事情を報《しら》せよう)

駿美は、桐谷の分の荷物も持って、約束の場所に向かった。

二

駿美がシマウマ・コーナーの前に立っていると、十五分ほどして、白いツナギの髭面の男が現れた。

「感染研の一ノ瀬先生ですか？　藤崎です。あれ、『コウモリ博士』は、どこに？」

駿美は、挨拶もそこそこに言い訳をする。

「コウモリを追いかけて行きました。あとで来るとは思いますが……。すみません、せっかくお時間をいただいたのに」

しどろもどろになると、藤崎は大笑いした。

「桐谷さんらしい。一ノ瀬さんは馬の臨床もできるんでしょう？　シマウマは四頭ですから、私たちで済ませちゃいましょう」

シマウマは厩舎にいた。四頭とも、ぼんやりとしている。鎮静薬を使っているに違いない。

「経過なんですけどね。一昨日《おととい》の夕方から発熱して、昨日の朝からは咳もひどくなりました。それ以上に、猛獣のように暴れ出して、手がつけられなくなってね」

「人や動物に、怪我はなかったですか？」

藤崎は苦り切った顔をする。

「飼育員二人が、体当たりされて転びました。さらに踏まれて、一人は肋骨《ろっこつ》を三本骨折、もう一人は足を粉砕《ふんさい》骨折です。シマウマを厩舎に戻す時は、五人がかりで麻酔銃とネットを使いましたよ」

「飼育員さん、お大事になさってください。シマウマは、今は落ち着いたんですか？　鎮静を掛けているように見えますが」

「そうでないと、馬房を蹴って自傷するんですよ。どう見ても、普段の風邪じゃないと思ったけれど、何の病気かはわからない。どこに検査依頼をすればいいかもわからない。感染研さんから連絡をもらって、助かりました。あとで、シマウマが暴れている動画も送ります」

藤崎は、近くにいた飼育員に、シマウマを保定するように命じた。鼻腔スワブと血液を採取して、駿美に渡す。

「この病気、診断はつきますか？」

インフルエンザの簡易検査キットを使う。四頭とも陽性だ。

「新型の馬インフルエンザです。小淵沢で流行しています」

「二〇〇七年の流行の時は、うちの動物たちは免《まぬが》れたんだけどな。治療法はあるんですか？」

「小淵沢では対症療法です。二次感染で細菌感染したら、抗菌薬をお願いします」

駿美は、園内の地図を取り出した。

「園内に、モウコノウマと家畜の馬もいるんですね。念のため、検査とサンプリングをしてもいいですか？」

「ありがたい。お願いします」

藤崎が自ら案内してくれるという。厩舎への道すがら、駿美はさりげなく尋ねた。

「日野動物公園では、エクセレント乗馬クラブ八王子校が、ポニー教室を開いていますよね。いつ頃から、始まったんですか？」

「もう五年くらいになるかな。先代の園長が、遊佐先生と親しかったのが切っ掛けでね。今でも、毎週日曜日にポニーを連れてきてくれる。いつも満員になる、人気の催しなんです」

「今年に入ってからも、ありましたか？」

「冬場の貴重な集客イベントだからね。数日前の日曜だけは、先方の都合が悪くて中止になったけれど、それ以外は正月の七日から毎週やっていますよ」

「子供たちも喜ぶでしょうね。数日前は残念でしたね」

駿美は藤崎の回答に満足した。八王子校が馬インフルエンザの感染源だと自覚して、イベントを中止したとすれば、辻褄が合う。

藤崎に付いて道を左に曲がると、正面から必死の形相の三名の職員が走ってきた。

「藤崎課長、インドサイが興奮しています。麻酔銃を取りに行くところです」

駿美と藤崎は顔を見合わせた。

「私は大丈夫です。時間はあるので、待っています」

「サイ舎で手間取るかもしれない。手が空いている飼育員に、先生を手伝うように伝えましょう。先生と飼育員の二人で、大丈夫ですか？」

「発症していないなら、大丈夫です。今日、採取したサンプルの詳しい結果がわかりましたら、連絡します」

駿美は、モウコノウマの展示コーナーに急いだ。

三

日野動物公園のサンプルを滝沢に渡すと、駿美は小淵沢に向かった。人気《ひとけ》がない平日ならば、競技場に留められた馬に近づくチャンスがあるかもしれない。

運転をしながら、馬インフルエンザの発症期間をおさらいする。

感染から発症するまでの潜伏期間は、一日から七日。発症してから回復までは、二、三週間だ。

今回は新型だから、従来の常識とは違うかもしれない。とはいえ、今週の土曜日にある二回目の経過報告会の頃には、感染から二週間になる。ウイルスが検出されなくなり、症状もなくなる馬が現れそうだ。

高速道路を下りると、すぐに競技場が現れた。周囲の柵は低いので、忍び込むのは難しくないが、車を隠す場所が必要だ。

競技場を囲む道路を、ぐるぐると廻る。ラジオが午後四時を告げる。良い場所が見つからないまま、三度目の正門が近づいてくる。

ふいに、近くの歩道に、車道を横断しようとする人影が二つ現れた。スピードを落として近づくと、顔がはっきりとわかった。片方は利根だ。

(とねっこ先生、今でも競技場の馬の診療を担当しているのね。駐車場に向かっている。一人になったら、協力を頼めないかな)

正門を過ぎて少し走り、Uターンして反対車線の路肩に駐車する。利根の住まいは八王子だから、愛車のグレーの軽ワゴンで小淵沢インターチェンジに向かうはずだ。

駐車場の入口を見張っていると、すぐに黒いランドクルーザーが出ていった。

さらに五分ほどして、グレーの軽ワゴンが現れた。だが、軽ワゴンは、反対車線を駿美のほうに向かってくる。小淵沢インターチェンジとは逆方向だ。

すれ違う時に、運転手の顔を確認する。利根で間違いない。

三十mほど距離を取って追跡する。利根の車は、競技場を捲《ま》くように進む。

東門を通り過ぎると、利根は何もないところで停車した。駿美も慌てて路肩に停車する。

(変なところで停まるわね。電話の着信かな?)

まもなく、利根は車外に出てきた。トランクを開けて白い服を身に着ける。マスクとゴーグルも装着し、カメラを取り出して確認する。

準備が終わると、利根は東門の先に広がる牧草地から、柵を乗り越えて競技場に入っていった。

（同僚と一緒に駐車場に行って、帰るフリをした。なぜ、門がない場所から、もう一度競技場に入ったの？）

納得のいく答えは見つからない。競技場内の捜索をする気が削《そ》がれてしまった。駿美は、実家に向かった。

四

「駿美ちゃん、夕飯の準備があるから、来るなら先に知らせてよ。……ホウトウでいいよね」

駒子は文句を言いながら、いそいそと出し汁の準備をする。

家族で土鍋を囲む。短くて太い麺《めん》、南瓜《かぼちゃ》、山菜……。実家を出てからは口にしない食材ばかりだ。

「セバスチャンの無実は、証明できそう？」

駒子が早速、尋ねてきた。

「日野動物公園でも馬インフルエンザが発生したの。詳しい検査を今しているところ。小淵沢のインフルエンザと型が一致すれば、いよいよ、エクセレント八王子校の馬が感染源と証明されるわ」

駿美は、困り顔の徳郎に語り掛けた。

「お父さん。もう、小淵沢や馬業界だけの問題では、なくなってきたの。今までにない新型で、私が所属している感染研の先生が詳細を研究している。マスコミ発表も近々する。厚労省やＷＨＯも関わるかもしれない。馬業界内の忖度《そんたく》で隠し事はダメだよ。真実を伝えなくちゃ」

徳郎は、賛同しない。だが、否定もしなかった。

駒子に袖を引っ張られる。

「結局、日本で馬術競技は開催できるの？　近代五種は？」

「セバスチャンの輸出の準備を、すぐに始めて。まだ公表されていないけれど、馬術競技の海外開催は決定だって。馬防疫委員会の人からの情報だから、確かよ。ただ、防疫関係者は『近代五種だけは、日本国内で国産馬で行う』と躍起になっているみたい」

駒子は気落ちした顔つきになる。

「やっぱり、東京じゃないんだ。私が出場権を獲得したら、馬の世話係《グルーム》として、駿美ちゃんに来てもらいたいんだけど……」

「手伝ってあげたい。でも、海外に長期は行けないよ。その代わり、国内で近代五種のボランティアはしようと思っているんだ」

「駿美ちゃんは、大会獣医師をするんじゃないの？」

「オリンピックの大会獣医師なんて、よほどの重鎮じゃないと、できないよ。私がやれるとしたら、厩舎で馬の管理かな」

（二〇二一年の東京オリンピックでは、お父さんが管理していた厩舎の馬が死亡した。失言だ）

駿美は、慌てて話題を変えた。

「NRAには、内部情報を教えてくれる人がいるの。あとは、エクセレント乗馬クラブの人で協力者がいるといいのだけど。小淵沢に限らず、馬インフルエンザには、エクセレントさんが深く関わっていそう。だけど、これ以上は、内部情報がないと難しくて」

「利根君に頼んでみよう」

今まで黙っていた徳郎が、口を開いた。

「お父さん、とねっこ先生と繋がりがあるの？　全然知らなかった」

「利根君は、前回の東京オリンピックで、第一厩舎のボランティア学生だった。事故の時は、俺が利根君を庇《かば》った。箝口令も共有した。匿名《とくめい》を保証すれば、協力してくれるだろう」

（まさか、二〇二一年に馬が熱中症で死んだのは、とねっこ先生が、間違えてエアコンを切ったせいだったりして）

不謹慎な想像を頭から追い払う。駿美は徳郎を真っ直ぐに見た。

「お父さん、ありがとう。とねっこ先生は年も一緒だし、よく話すの。この件に協力してもらえれば、すごく助かる」

徳郎は照れくさそうに、そっぽを向く。駒子が、元気な声を出す。

「そろそろ話は後にして、ホウトウを食べよう。麺がドロドロになっちゃうよ」

家族で食卓を囲むのは、五年ぶりだ。

駿美は、土鍋から立つ匂いを、幸せな気持ちで吸い込んだ。

五

翌日、駿美は実家から感染研に直行した。

遅くなった。駆け出したい気持ちを抑えて、廊下を早足で歩く。

インフルエンザウイルス研究センターの第四室の扉を、勢いよく開ける。中では、五人が待ち構えていた。

お馴染みの森と滝沢。獣医科学部第二室長の平原弘治《ひらはらこうじ》。昨日は結局、コウモリを追いかけたまま戻ってこなかった、桐谷。

残りの一人は見覚えがなかった。

(白衣でなくてスーツだし、常識人っぽく見えるから、研究者ではなさそう)

駿美は頭を下げた。

「お待たせしてすみません。小淵沢から来たんですが、思いのほか、道が混んでいて」

「遅刻じゃないよ。早速、始めよう。一ノ瀬さんは、獣医科学部の平原先生は知っているかな。それから、こちらは総務の石橋《いしばし》さん。プレス・リリースや広報の調整をしてくれている」

「一ノ瀬さん、本件の出張申請と報告書は早めに出してね。年が明けてからの申請は、経理がうるさいんだ」

いきなりの石橋の小言《こごと》に、駿美はとりあえず「はい」と神妙な顔を作って頷いた。

森は、大画面に映る発表資料のページを繰った。

「今回の馬インフルエンザはH５N１型。馬では初めての型だ。北杜市小淵沢町の馬術競技場で、一月二十日に発生した。発生時に現場で、簡易検査や臨床症状を確認したのが、一ノ瀬さんだ」

平原と石橋は、ちらりと駿美を見て頷く。

「その後、同じ市の清里ファミリー牧場でも発生した。一ノ瀬さんが採取したサンプルを、第四室でRT‐PCRに掛けて、H5N1型と確認した。さらに、日野動物公園のシマウマも怪しいと連絡が来た。昨日、一ノ瀬さんと桐谷先生が採取に行って、滝沢君が分析した。やはりH5N1型だった」

「ウマ科以外の状況は？　ヒトや他の動物種に感染するの？」

平原の質問に、一同の視線が駿美に向かう。

「今のところ、ウマ科以外では確認されていません。特に、ファミリー牧場では、ヒトがウマに濃厚接触していますが、ヒトへの感染はありません」

平原が、安堵《あんど》した表情を見せる。

森が説明を続ける。

「ただ、心配する状況もある。小淵沢と動物園では、同じH5N1型でも、かなり変異している。既存の系統との相同性《そうどうせい》で確かめた結果だ。詳細はウイルス分離を待って、調べたい。それに、症状にも特徴があるよね、一ノ瀬さん」

「今までの馬インフルエンザにはない、狂騒型です」

一同に緊張が走る。

森は、少し考えた後に、「石橋君」と呼んだ。

「うちとしては、研究で先陣を切る意味でも、速報を出したい。NRA総研が、馬術競技場のサンプルを持っている。いくら馬の病気とはいえ、インフルエンザ研究でうちが先を越されるのは許されない。厚労省と農水には話してくれた？」

石橋は、話の途中から落ち着かない様子だった。森の問い掛けに、きまりが悪そうに答える。

「両方とも、色好《よ》い返事はいただけませんでした。今年は東京オリンピックです。国内だけでなく、海外から来る選手や観客の不安を煽《あお》ります。ヒトに感染《うつ》るのでないなら、新興感染症の話題は控えてほしい様子でした」

「研究報告の形で発表すれば、省庁の面子を潰さないだろう。うちはWHOのインフルエンザ協力センターで、H5レファレンス研究室にも指定されている。『日本で、ウマでは初のH5N1型が見つかりました。性状がわかりました』と発表するのは、問題ないはずだ。来週、記者発表しよう」

「WHOに、直接お伝えいただくのは、問題ないですが……」

石橋は、記者発表には消極的なようだ。

「今のご時世、マスコミに頼る必要も、ないでしょう。感染研もユーチューブにチャンネルを作って、独自にニュース配信をすればいいのに。ツイッターで公表してもいい」

滝沢が物怖《ものお》じせずに割って入る。

（滝沢先生、もう少し、場を弁《わきま》えたほうが……）

駿美はヒヤヒヤしたが、平原は咎めもせずに軽くいなす。

「若者は発想が柔軟だな。だが、論点は、感染研が省庁の意に反して発表するかだ」

「じゃあ、個人のチャンネルで、匿名で発表すればいいでしょう。シマウマが暴れている動画で解説すればいい。こっちの顔は……そうだな、馬のお面でも着けて隠せば、義憤に駆られた研究者の暴露《ばくろ》と思ってもらえる」

滝沢は得意げに主張した。しかし、今回の提案には冷たい視線が集まる。滝沢は黙り込んだ。

（最終手段として、個人配信もある。埒が明かなくなったら、小淵沢の馬術競技場の様子を動画で流すとか……）

駿美は、カメラを持って敷地内に侵入した利根を思い返した。ネット配信のために入ったわけではないだろうが、早く事情を聞きたい。

森と石橋の押し問答は、まだ続いている。

「ともかく、来週中に記者発表をする。さもないと、私のところに別の取材が来た時に、

『実は、新型の馬インフルエンザが』と口を滑らせるぞ」

石橋は根負けして、記者会見のセッティングを承諾した。

続いて、会見で配る資料の分担を相談する。駿美は、小淵沢の調査部分を任されて、会見日ギリギリまでデータを集めることになった。

「そういえば、この間、渡された、一ノ瀬さんの実家の馬のサンプルだけど、感染の痕跡《こんせき》はなかったよ」

滝沢が親指と人差し指で丸を作る。

「『感染経路は、東京の乗馬クラブの馬が疑われる』と会見資料に書こう。一ノ瀬さんは、安心して小淵沢の調査に専念してくれ」

「必ず、真相を掴んできます」

森の激励に、駿美は力強く返事をした。

六

明日は、馬術競技場で二回目の経過報告会が開かれる。

（競技場で馬インフルエンザが発生して、もう二週間か）

駿美は、実家に早めに戻って、前泊することにした。

今夜も、家族で鍋を囲む。夕食後、駒子は馬の様子を見に行った。リビングには、駿美と徳郎だけが残っている。

「最近、小淵沢の馬関係者の様子は、どんな感じ？　セバスチャンが原因だと、今でも思っているのかな？」

「疑いは晴れていないだろう。だが、馬インフルエンザが流行した原因は、検疫所で見つけられなかったせいだ。馬を恨む問題ではないと、関係者はわかっているさ」

「来週中に、感染研は記者発表するわ。その時、『感染経路は、都内の乗馬クラブの馬から』と説明する予定なの。エクセレントさんを糾弾するのが目的ではないから、乗馬クラブの名前は出さない。でも、セバスチャンが原因でないと、関係者にわかってもらえるはずよ」

徳郎は返事をしなかった。

（お父さんはまだ、セバスチャンが罪を被っても、エクセレントの評判を落とさないようにしたいのかしら）

「駿美は、真実が一番大切だと思うか？」

しばらくして、徳郎は切り出した。駿美は、考えながら話し出す。

「例えば、誰かのために何かを隠したり、取り繕ったりすることってあるよね」

徳郎が頷くのを確認する。

「でも、隠したせいで、別の誰かが傷ついたり、害を被《こうむ》ったりすると思うの。隠したい事実は、バケツ・リレーで責任が伝わるだけ。なくなりはしないよ。それに、今は、誰もが世界に発信できる。隠しきれるわけがないわ」

徳郎は返事をしない。

時計の秒針の音だけが聞こえる。時を刻む音がだんだんと大きくなる。

徳郎は、やっと重い口を開いた。

「駿美は、『真実が語られていない、日本の馬業界での最大の不祥事』と聞いて、何を思い浮かべるか？」

競走馬の世界では、種牡馬の死因や、数億円の値がついた当歳馬の事故死で、怪しいと噂が立つ場合がある。乗馬業界では、今回の馬インフルエンザ騒動が最大の不祥事になりかねない。

徳郎は迷いを振り切るように頭を振った。

「二〇二一年の東京オリンピックの馬術競技では、馬三頭が熱中症で死んだと説明されている。だが、それは事実ではない。馬は、謎《なぞ》の感染症で死んだ。馬の世話係《グルーム》も、帰国後に二人、亡くなったらしい」

初耳だ。噂すら聞いたことがない。駿美は、徳郎を凝視した。

「馬の人獣共通感染症が、オリンピックで発生したということ？」

「詳しい事情はわからない。ただ、俺と利根君は馬の剖検《ぼうけん》に立ち会った。どの馬も肺から出血していて、酷い有様だった」

獣医師の駿美は、すぐに理解した。いや、馬のウイルス病を研究していなければ、駿美もその意味はわからなかっただろう。

（死んだ馬の中に、オーストラリアの馬がいた。馬から人に感染《うつ》る病気なんて、ただ一つしかない）

恐怖で竦みそうになる中、徳郎の話は続く。

「防疫を担当していたＮＲＡの中園課長と、日馬連の遊佐先生は、『馬の死因を熱中症と偽《いつわ》る』と即座に決めた。オリンピックの厩舎で感染症が発生するよりは、エアコンの故障で馬が熱中症で死ぬほうがマシだからだ。俺は、その対応は正しかったと思う」

「当時、馬のオーナーたちは納得したの？」

「競技は終了していた。防疫のためと説明し、自馬との接触を一切、禁止にした。剖検の後、死体はすぐに焼却処分した。それなのに死因が熱中症で、オーナーたちはひどく怒った。だが、『オリンピックだから特別な対処になった』と中園課長が説明し、大きな問題にはならなかった」

「中園先生や遊佐先生とは、前回のオリンピックで一蓮托生《いちれんたくしよう》となった。だからお父さんは、今回のセバスチャンの件では不平不満を言わないの？」

徳郎は、質問には答えなかった。

「さっき駿美は、隠し事をすると、新たな犠牲者が生まれると断言したな」

「その考えは、お父さんの話を聞いても翻《ひるがえ》らないわ」

もう一度、きっぱりと言うと、徳郎は俯いた。

「二年前、駒子は、オリンピック選考での最低基準点を取りあぐねていた。その時、遊佐先生が『セバスチャンを無料で譲る』と申し出た。『二〇二一年のオリンピックでは苦労を掛けたから、感謝の気持ちだ』と説明された」

初めて聞く話ばかりで、駿美は戸惑った。

徳郎は、話の先を続けるのをしばらく躊躇《ため》った。最後に目をつむって、やっと踏ん切りがついたように口を開く。

「ただし、条件があった。『駿美が仮契約をしたブケパロス号を、息子に与えたいから譲ってほしい』と。俺は、その条件を呑んだ。駿美にはフランシスコがいるから、オリンピック出場は、何とかなると信じた」

「そんな……、なら、どうしてフランシスコを、もっと大切にしてくれなかったの？」

安楽殺処分の前に、フランシスコに会うために実家に駆けつけた。フランシスコは、折れた肢をブラブラとさせながら、申し訳なさそうに駿美を見つめていた。

「一連の出来事の中で、新たな被害者、一番の被害者は駿美だ。二〇二一年の不祥事を公表しても構わない。今回の馬インフルエンザについても、判断は駿美に任せる。俺には、何かを言う資格はない」

駿美は、その場にいるのが堪《た》えられなくなった。部屋を出て、そのまま車に乗る。考えがまとまらないまま、市内のホテルを目指す。駿美には、一人になれる場所が必要だった。

七

翌二月三日。駿美は、二回目の経過報告会の開催時刻の一時間前に、馬術競技場に着いた。

駐車場には車が五台しか駐まっていない。馬の世話をしているエクセレント乗馬クラブのスタッフ以外は、まだ来ていないようだ。

カメラを上着に隠して、駐車場に隣接する外来厩舎の奥に向かう。馬道《ばどう》から入れば、関係者に見つからないかもしれない。

この競技場は、競技アリーナがある主要な敷地と、大会用の外来厩舎が、一般道路で隔てられている。

馬は一般道路を歩かせると、車に出会って驚く可能性が高い。だから、一般道路を潜るように、競技場と外来厩舎を結ぶ馬道が作られている。

馬道を進むと、正門から五十mほど離れた通用門に出る。競技会のない時は閉まっている。けれど、近くの柵は乗り越えられる。病気の馬がいる厩舎は通用門のすぐ近くだから、都合が良い。

駿美は周囲を見回しながら、軽快な足取りで馬道を進んだ。通用門の脇の柵も、難なく越える。

(よし、厩舎まで、あと二十mくらいね)

その時、厩舎の端から、白い防護服に身を包んだ三宅が現れた。

「一ノ瀬先生、厩舎のそばで何をしているんだ？　許可は取っていないと思うが」

冷静な声で尋ねているが、目は駿美を睨みつけている。

「何って……経過報告会に来ました。ここは、本部棟への通り道ですよ」

三宅は、胡散臭そうに見る。

「どこから入って来たんだ？　中央通路の左右にある厩舎エリアは立入禁止になっている。見張りのスタッフもいたはずだ」

声を聞きつけて、厩舎から二人のスタッフが現れた。今は、強行突破をしないほうがよさそうだ。

駿美は何食わぬ顔で告げる。

「馬道から来ました。選手時代によく使っていたから、懐かしくて。駐車場にも近いし。三宅先生こそ、どうしたんですか？　エクセレントのスタッフ以外、立入禁止じゃなかったんですか？　部外者の獣医師でも診療できるなら、私も是非、参加したいです。実家の馬がいるんです」

「無理だ。俺は今、エクセレントに雇われている。だから、ここにいる。関係者以外は帰ってくれ」

（一匹狼《おおかみ》タイプの三宅先生が、エクセレントに就職ですって？　そもそも、牛が専門の獣医師なのに？）

追及を許さぬ雰囲気を感じて、駿美はさらりと対応した。

「それなら、残念だけど諦めます。帰りはしませんよ、報告会に行かなくっちゃ。三宅先生、またあとで」

「一ノ瀬先生、本部棟までご案内します。こちらへどうぞ」

スタッフの一人が、駿美の返答も聞かずに先導する。相変わらず、厳戒態勢すぎて怪しいが、ひとまず引き下がるのが賢明だろう。

駿美は、三宅の視線を背中に感じながら、本部棟に向かった。

八

経過報告会は、定刻になっても始まらなかった。

会議室の前方では、利根と三宅が気もそぞろな素振りを見せている。二十人ほど集まった乗馬クラブのオーナーたちも、焦《じ》れてざわめいている。

駿美は、ぼんやりと周囲の話を聞いていた。

定刻を十五分過ぎた。利根が、携帯電話を耳に当てて、部屋の外に出る。遊佐から連絡が来たのかもしれない。高速道路の事故渋滞にでも巻き込まれて、遅れている可能性もある。

利根は、十分ほど経ってから戻ってきた。三宅に何やら耳打ちをする。三宅が頷くと、利根は聴衆に語り始めた。

「本日の経過報告会は、遊佐先生と中園先生が来られないため、中止にします。馬の状況の一覧表を取って、お帰りください」

「小僧、ふざけんじゃねえぞ。獣医だと思って、先週から舐めくさった態度を取りやがって」

一人が熱《いき》り立ったのを切っ掛けに、オーナーたちが椅子をがたんと引く音が続く。瞬く間に、利根は三人に取り囲まれた。三宅がボディガードさながら、利根を小突く関係者を引き剥がしている。

今までは静かに座っていた佐々木が、突然、椅子を倒す勢いで立ち上がった。

「遊佐先生や中園先生がいないんだ！　厩舎の馬を見に行こう！」

オーナーたちは、賛同の雄叫びを上げた。後ろの扉から次々に外に出る。

三宅が慌てて追いかける。会議室の中は、駿美と利根だけになった。

駿美は、呆然としている利根に近づいた。

「二〇二一年のオリンピック、第一厩舎、ヘンドラ・ウイルス。身に覚えがあるならば、あとで私に、電話をちょうだい。協力してほしいの。今回の馬インフルエンザは、エクセレントの馬が感染源よ。証拠はあるわ」

怯えるような顔をする利根を無視して、机の上から馬の状況一覧表を取る。駿美は、厩舎を目指すオーナーたちを追いかけた。

九

中央通路の右側の厩舎から怒号が聞こえる。駿美は、死角になる反対側の厩舎に入り込んだ。

入口で、上着のポケットからマスクとゴーグルを取り出す。防護服や白衣はないけれど、馬インフルエンザは人には感染しない。健康な馬に触れる前に着替えれば、重装備でなくても問題は起きないはずだ。

馬たちは、駿美の気配を察知したようだ。助けてくれる人だと思ったのだろうか。厩舎の奥から、前掻きの音がする。前掻きは、輪唱のように広がっていく。身動きできないほど酷い状態ではない証拠だ。

駿美は思わず、涙ぐんだ。

通路を歩きながら、両側の馬房を素早くチェックしていく。

この厩舎にいる馬は十三頭だ。毛艶《けづや》は悪いし、肋骨が浮くほど痩《や》せている。毛が抜けている理由は、皮膚病かもしれない。けれど、狂騒型は発症していないし、生死に関わる状態でもない。

駿美は馬房を塞《ふさ》ぐ格子《こうし》戸の隙間《すきま》にカメラのレンズを入れて、一頭ずつ写真を撮った。さらに、馬房内の様子も探る。

床は、目立つ糞《ボロ》と、尿を吸い取った砂を取り除いているだけだ。水桶には水苔《みずごけ》が付いている。餌は、乾草を投げ入れているだけのようだ。

つまり、発症馬の面倒でスタッフたちに余裕はないが、最低限の世話はされている、と考えられる。

カメラを上着の中に隠して、周囲をもう一度、見回す。人気《ひとけ》はない。一頭だけなら、サンプルを採取する時間がありそうだ。

目を付けておいた、大人《おとな》しそうな馬の馬房に身を滑り込ませる。ウエスト・ポーチから採血セットと綿棒を取り出す。血液と鼻腔スワブは難なく採取できた。

「もっと良い状態になるようにするから、もうちょっとだけ我慢してね」

サンプルを採取した馬に、小声で語り掛ける。馬は顔を駿美に擦《す》り寄せた。

馬の前髪を手櫛《てぐし》で梳《す》いてやる。名残惜しそうな馬と別れて、駿美はもう一つの厩舎に向かった。

三宅と馬のオーナーたちが揉《も》めている間に、病馬の様子をこっそりと撮影できるかもしれない。

カメラの動画ボタンを押して、駿美は皆が集まっている厩舎へ近づいた。

「三宅先生。あんたは獣医だろう。馬のこんな状況を見て、なぜ、何もしないんだ。馬が可哀想だ」

「早く壁を蹴るのを止《や》めさせてくれ。肢を骨折したら、お終《しま》いだ」

「あんなに顔を膿《うみ》だらけにして。せめて、拭《ふ》いてやってくれ。息をするのが苦しそうだ。あんたには人の心ってものがないのか」

三宅がオーナーたちに責められている。人々の怒号の中に、馬が馬房内で暴れる音が聞こえる。

駿美は人垣の隙間から、病馬の様子を窺った。

馬の様子は、清里ファミリー牧場のポニーよりも、もっと悲惨《ひさん》だった。

手前の馬は、目を血走らせて、荒い息で馬房に座り込んでいる。骨折していて、立てないようだ。その向かいにいる馬は、細菌感染で目と鼻が潰れている。口で息をしているけれど、咳き込んでヒューヒューと喘鳴《ぜんめい》音を出している。その奥の馬は、壁に頭を打ち続けたのか、額を割って血だらけだ。

そこかしこで、馬房に体当たりする音もする。出入口の格子戸が軋《きし》み、地面が揺れる。

駿美は、憤《いきどお》る気持ちを押し殺しながら進んだ。さり気なく厩舎の通路を抜け、馬の様子をカメラに納める。

人だかりから離れた出入口を使って、厩舎を離脱する。

厩舎の外壁にもたれかかって、一息つく。早速、カメラのデータを確認する。動画撮影は成功だ。

ただ、馬の数が少ない気がする。先週の報告会では、七頭が死んだと発表していた。さっき見た厩舎には、比較的元気な馬が十三頭いた。元々、競技場に来ていた馬は四十頭だから、今、この厩舎には二十頭いなくてはならない。でも、八頭しかいなかった。

駿美の疑問が通じたように、厩舎の中でオーナーの一人が尋ねる声がする。

「うちのクラブの馬がいない。どこだ？　まさか、死んだのか？」

三宅が、ぶっきらぼうに告げる。

「俺はエクセレントに入ったばかりだから、詳しい事情は知らないが、別の厩舎にも馬はいるとは聞いている」

「どこだ？　そこの若いスタッフ、案内しろ！」

たくさんの人の声が遠ざかる。聞き耳を立てていた駿美は、緊張を緩めた。

が、次の瞬間、身を縮める。厩舎の外に横付けされた餌置き場に、人影がある。

目を凝らすと、人影は利根だった。しゃがみ込んで携帯電話を弄《いじ》っている。

「とねっこ先生！　エクセレントの獣医でしょう？　隠れてないで、三宅先生と一緒に、オーナーに説明したら？」

咎めるように声を掛けると、利根は慌てて「シッ」と制した。

「サラ先生は、東京競馬場の事件は、まだ知らない？」

「競馬は、元々、あまり見ないの。何か問題が起きたの？」

「インフルエンザの馬が二頭、パドックで暴れた。怪我人が出た」

小声の利根に釣られて、駿美も声を潜める。ついでに、隣にしゃがみ込む。

「パドックって、一般の人も、出走前の馬の状態を見られるところだっけ？」

「そう。通《つう》は、馬券を買う時の情報にする」

「競馬って、インフルエンザでも出られるの？」

「出られるわけがないよ。装鞍所《そうあんじょ》……競馬で馬体検査をする場所は、二頭とも問題なくパスした。でも、パドックで暴れた後、咳き込んで止まらなくなった。念のためにインフルエンザの簡易検査をしたら、二頭とも陽性だったたって」

駿美は、まだ合点がいかなかった。

「競馬でも、馬体検査では体温も測るでしょう？　熱も咳も、その時点では、なかったのかな」

「たぶん。しかも、パドックで馬が興奮するのは、よくあるケースなんだ。『狂騒型』インフルエンザとは、思いつかない」

「競馬の馬は、サラブレッドしかいないものね。サラは草食動物とは思えないわ。どちらかというと『猛獣』のカテゴリーよね」

「同感だね。僕は競馬が好きだけど、サラの診療はしたくないや。……サラ先生も、たまにサラブレッドみたいに猛獣に思えるよ。さっき、会議室で凄まれた時は死ぬかと思った」

駿美がもう一度睨んでやると、利根は肩を竦めた。

「怖い、怖い。話を戻すよ。中園先生は小淵沢のケースを知っていたから、問題の競走馬にインフルエンザの検査をしたんだと思う。通常なら見逃しそうだ」

（中園先生が、小淵沢のインフルが『狂騒型』って知る機会は、あったかな？）

駿美が思い出そうとしたタイミングで、利根が話し掛けた。

「ここからが本題なんだ。暴れた馬はパドックの外に飛び出したけれど、人を蹴ったわけじゃない。観客が逃げ惑って、将棋倒しになっただけだ。重傷者も出なかった」

「充分に、大事《おおごと》でしょ？　競馬では、よくあるケースなの？」

「混ぜっ返すなよ。それどころじゃない大事件が起きた」

「人の怪我以上の大事件？　数億円の価値の馬が死んだの？」

「惜しい。値段の問題じゃない。『シェイクの馬』が、暴れた馬に蹴られて転倒して、予後不良になったんだ。その場でブルーシートを被せて、安楽殺処分になった。これが、今日の経過報告会に中園先生と遊佐先生が来られなかった理由だよ」

駿美は理解できなかった。

「シェイクって、『レーシング・ホース世界選手権』に関わっている、『世界一の馬主』なんでしょ？」

「そうだよ。世界の競馬は、シェイクなしには成り立たない」

「NRAの防疫課長の中園先生は、NRAの競走馬が原因ならばシェイクに平謝りするしかないかもしれない。でも、なぜ、遊佐先生が関係あるの？」

利根は、わけ知り顔で解説する。

「シェイクはアラブの首長の一人だ。だから、謝罪には日馬連の名誉会長の宮様に出てきてもらう必要がある。遊佐先生は『調整役をするように』って、ＮＲＡに呼び出されたらしい。何せ『バロン西』の親戚のウラヌス様だから」

駿美は、やっと納得した。利根は話を続ける。

「もう一つ、厄介な事情があるんだ。暴れた馬の一頭は、仁科厩舎、つまり、仁科先生の息子が調教した馬だ」

「仁科先生の息子さんって、仁科先生のかつての顧客を引き継いだんでしょ。それで、新人なのに有力馬をたくさん預かっているって、私でも聞いたことがある」

「仁科先生の御威光で保《も》っている厩舎だね。だから、仁科先生が大急ぎで東京に行った。謝罪のためにだ。息子さんが頭を下げても、シェイクの関係者や顧客には納得してもらえない」

「偉大すぎる父親を持つと、大変ね」

駿美は、我が身に重ね合わせた。

（だから、私もオリンピック選手になって、お父さんと同等になりたかったのに）

目の前に突然、利根の手が迫った。駿美は我に返る。

「僕を放っぽって、自分の世界に入り込まないでよ」

「ごめん、ごめん。話を続けて」

「しかも、小淵沢の馬関係者は、仁科先生の人徳でまとまっているようなものだろ？　近代五種の候補馬の留置の件も、仁科先生が『我慢しましょう』と皆をなだめてくれた」

「じゃあ、仁科先生が東京に行きっぱなしになったら、小淵沢の関係者は、さらにギスギスするかもしれないの？」

突然、背後の厩舎から、悲鳴が上がった。

「佐々木さん、何をやっているんだ」

「厩舎に入って、顔を拭いてやろうとしただけだ」

「逃げられたじゃないか！」

中から、「ギャッ」と叫び声が聞こえた。駿美と利根は顔を見合わせた。

「まさか、馬に蹴られた？　私たちも様子を見に行く？」

「興奮した馬に近づいちゃダメだ！」

厩舎の出入口から、サラブレッドが猛然と飛び出す。駿美がアパルーサに乗って捜索した、佐々木の馬だ。

サラブレッドは、追いかけてきた佐々木たちを威嚇《いかく》するように、三度、尻《しり》っ跳《ぱ》ねをした。

次いで、牧草地のほうに全速力で走っていく。何人かが、慌てて追いかけていく。

駿美と利根は、為《な》す術《すべ》もなく見送った。

しばらくして、利根は、のろのろと立ち上がった。

「僕もスタッフに合流するよ。東京競馬場の話は、NRAのウェブサイトにある『今日の出来事』の記事で確認して。馬インフルエンザの発生も、公式発表になるはずだから」

利根は厩舎に入っていった。

利根の姿が消えるのを見届けて、辺りを見回す。外には誰もいない。絶好のチャンスだ。

駿美は身を隠しながら、サンプル採取の道具を取りに駐車場に向かった。

十一

東京に戻ってきた駿美は、馬術競技場で採取したサンプルを、滝沢に渡した。

「滝沢先生って、土日も夜も関係なく、いつもいらっしゃいますね。助かっていますけど」

「家より快適だからね。ウイルスの世話をしながらPCで論文を検索できるし、エアコンもある。部屋の掃除もしてもらえる。マンションを解約したくなるよ」

滝沢が茶目っ気たっぷりに語ったので、駿美は噴き出した。

「確かに、研究所って、住み着きたくなりますよね」

滝沢は微笑んだ後に、表情を引き締めた。

「夜通し検査が続いても、今が踏ん張りどころだよ。動物とはいえ、新型インフルエンザの発生だ。インフルエンザウイルス研究センターが、報告や研究のスピードで、他に負けるわけにはいかない。一ノ瀬さんや獣医科学部の頑張りで、サンプルは増えている。もう少しで充分なデータが揃《そろ》う」

獣医科学部のサンプル採取の話は初耳だ。

「獣医科学部が出向くような、新しい発生があったんですか？」

「獣医科学部は、近隣の動物園に、非公式に注意喚起《かんき》したらしい。台東動物園と埼玉動物公園《さいたまどうぶつこうえん》から連絡があった。桐谷先生がシマウマのサンプルを採ってきた。両方とも、簡易検査で陽性だって」

駿美は気分が沈んだ。

「実は、今日、東京競馬場でも発生したみたいなんです。狂騒型で」

「競馬場なら、たくさんの馬が近くにいたわけだろ？　感染《うつ》っていなければいいいな」

「病気の馬の近くには、少なくとも百頭はいたと思います。ＮＲＡの発表に注意しておきます。総研の研究者からも、情報が聞けるかもしれません」

駿美が部屋を出ようとすると、滝沢が呼び止めた。

「一ノ瀬さんは、エクセレント乗馬クラブにも顔が利く？　昨日、森先生が、八王子校にサンプル採取の依頼をしたけれど、拒否されたって」

「エクセレントの馬の状況は、感染経路を突き止めるためにも必要ですね。勤めている知り合いがいるので、私もアタックしてみます」

「頼むよ。あと、明後日の朝九時からの会合には、担当部分のプレゼン資料を作ってきて。今日、貰ったサンプルの結果は、明日中にメールするから」

駿美は承諾して、部屋を退出した。

十二

自宅に戻って、夕飯のプロテイン入りゼリー飲料を冷蔵庫から出す。飲みながら、ノートPCでNRAのウェブサイトを開く。

利根から教わった『今日の出来事』のページには、馬インフルエンザ陽性の二頭と、予後不良になったシェイクの馬の名前だけが書かれていた。詳細はない。

駿美は肩透かしを食らった気分になった。

気を取り直して、『馬』『インフルエンザ』『動物園』『競馬』など、思いつくままに検索ワードを入れて、ニュースに目を通していく。これといった情報は見つからない。

ＮＲＡの事情ならば、新山が詳しいはずだ。電話をかけてみるが、留守電にしか繋がらない。

諦めて、ニュース・サイトのトップに戻ると、先ほどは気づかなかった『山梨県で馬が乗用車にぶつかる』の見出しが、目に飛び込んできた。駿美は、急いで本文を開いた。

佐々木のサラブレッドが、信号待ちの乗用車に突進した後、立ち上がって威嚇した、と書いてある。運転者は恐怖を感じて、車で馬に体当たりした。車は凹んだだけで済んだが、馬は死亡した。

草食動物の馬は、本来、自分から敵を攻撃しない。敵の行動に怯えて反撃するだけだ。

（『狂騒型』の馬インフルエンザは、馬を好戦的にさせるの？）

駿美は気が重くなった。

小淵沢の馬の詳細ならば、利根が詳しいだろう。電話をかけると、ワン・コールで繋がった。

「夜遅くに、ごめんなさい。ちょうど、佐々木さんのサラブレッドの記事を読んでいて。放馬騒ぎの時、佐々木さんは『臆病で車が嫌い』って言っていたの」

「馬インフルって『沈鬱』になるはずだろ？　何で車に向かっていくんだ？」

「今回のインフルエンザが異常な症状を示すって、とねっこ先生も気づいているでしょ？」

「毎日ではないけど、競技場の馬の管理に駆り出されているからね」

「じゃあ、暢気《のんき》なことを言わないで！　馬が狂暴になっているだけの問題じゃないの。馬インフルエンザが新しい、未知のタイプに変異している。種を超えて広がるかもしれない兆候があるってことなの」

「つまり、人にも感染《うつ》るかもしれないってこと？」

「それは、わからない」

得体の知れないウイルスが、形を変えながら人に迫っている——。駿美は知らぬ間に自分を抱きしめていた。

恐怖を振り払うため、駿美は話を変えた。

「……わからないって言えば、とねっこ先生も変な行動をしていたよね。今週の水曜日に、同僚と一緒に競技場から帰るフリをして、もう一度、競技場の中に入ったでしょ。何で？」

利根は大袈裟に驚いた。

「見られていたの？　……三宅先生のアドバイスだよ。近い将来、競技場で死んだ馬の件で、エクセレントの獣医師が糾弾されるかもしれない。エクセレント上層部が、トカゲの尻尾切りをするかもしれない。だから、一人になるタイミングを見計らって、厩舎の様子はこまめに記録しろって」

「用意周到ね。……馬が死んだ原因は、凶暴で近づけなかったからでしょ？　細菌感染しても、抗菌薬を投与できない。馬房を蹴っても、鎮静薬を注射して落ち着かせられない。馬インフルそのものの致死率が高いわけじゃないでしょ？」

利根は、「はぁ」と疲れた声を出した。

「そのとおり。凶暴な時期を乗り越えて十日くらい過ぎれば、ケロッと治っている。でも、本当にインフルなの？　こんなの見たことがない。何か、他の病気にも一緒に罹っているんじゃない？」

「死体を剖検できれば、詳細がわかると思うけど。競技場の馬の死体はどうしたの？」

「僕が見た時は、エクセレント八王子校が使っている処理業者が運んでいたよ。濃厚接触が怖くて、剖検はしなかった。それよりさ、実家は大丈夫なの？」

急に話が変わって、面食らう。利根は、おかまいなしに話を続ける。

「馬の変わり果てた様子を見たオーナーたちが、『死んだのは、海外からウイルスを持ってきたセバスチャンのせいだ』って激怒していた。文句を言いに、一ノ瀬乗馬苑に押し寄せていない？」

「ちょっと！」

駿美は最大級に機嫌の悪い声になる。

「なに、他人事《ひとごと》のように言っているの！　最初の発生の時に、エクセレントの獣医師はセバスチャンの検査なんてしなかったでしょ！　でなければ、陰性なのに陽性って偽ったはずよ。私自身がサンプルを採って、感染研で調べて陰性だったから、証拠はあるわ！　セバスチャンに罪をなすりつけるのは止《や》めてよ！」

「ちょっと待ってよ。僕は、遊佐先生が用意した資料を読み上げただけだよ。セバスチャンを、実際に検査したのかも知らない」

セバスチャンへの汚名は、利根が手を下したのではない。駿美は努めて冷静になろうとした。

「ねぇ、八王子校の馬のサンプルって、採取していないの？　とねっこ先生が検査できる機会は、ありそう？」

「難しいと思う。でも、今、八王子校に発症馬はいないよ。ただ、小淵沢でインフルエンザが発生した前後に、地方校に何頭か運んだ。同僚は『咳をしているのに可哀想だ』って嘆いていた。もしかしたら、陽性の馬だったのかもしれない」

利根の発言に、駿美は気を引き締めた。

これは、ものすごく重要な情報だ。エクセレントの地方校がある場所で、馬インフルエンザが発生すれば、感染経路の証拠になるかもしれない。

「八王子校の馬の出入りについて、もう少し詳しく教えて」

「僕、頭痛持ちだから、記憶力が悪いんだ。獣医師国家試験の時も苦労したなぁ」

「茶化さないで。それほど込み入ってないわ。近代五種の審査会の合宿が始まった一月十四日の時点で、八王子校で着地検査をしていた馬を教えて。なるべく、着地検査に入ってから間もない馬を知りたいの」

馬インフルエンザの潜伏期間は、長くても七日とされる。新型とはいえ、潜伏期間が倍になるとは考えにくい。海外で感染して、日本に入国した馬ならば、着地検査から遅くとも数日以内に発症するはずだ。

「それなら簡単だ。該当馬はブケパロス号だけだ。遊佐ジュニアが年明けすぐのタイ大会に出場して、一月六日に馬と一緒に帰国した」

「計算が合わない。輸入検疫が十日間あって、その後に三ヶ月間の着地検査でしょう？一月六日に帰国だったら、十四日までに八王子校の着地検査場には来られない」

「オリンピックの資格取りの馬は、海外参戦した競走馬と同じ特例が認められているよ。

つまり、輸入検疫五日間、着地検査三週間でＯＫだ」

合理的な説明がついた。

「ビンゴね。検疫所での足止めが五日間なら、検疫官が馬インフルエンザを見逃す可能性は充分にある」

利根に礼を言って、電話を切る。

改めて、新山に電話をかける。東京競馬場の情報を聞きたい。検疫期間の確認もしたい。

だが、やはり留守電のままだった。深夜まで仕事とは思えないが、電話を取れない事情があるのだろうか。

駿美は諦めて、ゼリー飲料の残りを飲みながら、翌日に使うプレゼン資料を作り始めた。

第四章　襲《しゅう》歩《ほ》—Gallop—

一

二月五日。インフルエンザウイルス研究センターの第四室には、先週と同じ六名が参集した。

森がメンバーを見回して、口火を切る。

「記者発表は八日の木曜日、午後一時からに決まった。ホームページにも発表資料を掲載する。今日は情報共有が目的だ。今後は、ウェブ会議かメールで発表内容を詰めよう」

「記者発表はレク付きで予定しています。森先生が全体を説明します。平原先生、桐谷先生、滝沢先生、一ノ瀬先生は、同席していただいて、質問への対応をお願いします」

石橋が補足する。メンバーは銘々《めいめい》に承諾する。

森は、自分に注意を向けさせるために手を叩いた。

「早速、情報を共有しよう。ウイルスの性状。滝沢君」

「馬では初めてのH5N1型。リファレンスに照会したところ、二〇〇六年の鳥インフルエンザのタイ株との相同性が最も高い。同株は人にも感染し、これまでに十七名が死亡。発症者の致死率は六十八%だった。今回の日本の馬インフルエンザはウマ科以外への感染例、強毒性ともに、未《いま》だ認められていない。以上」

「発生状況。桐谷先生」

「本年一月二十日に、山梨県北杜市の馬術競技場で、初めて発生を確認。四十頭中、三十三頭が簡易検査で陽性。同月二十七日、同市の清里ファミリー牧場のポニー三頭の発症を確認。同牧場のミニチュア・ホース二頭を含む、計五頭の鼻腔スワブから、H5N1型ウイルスを確認。次に、動物園の状況です」

森がゼスチャーで、桐谷に続きを促す。

「同月三十一日、日野動物公園のシマウマ四頭が発症、サンプルからH5N1型を確認。二月三日、台東動物園のシマウマ三頭、埼玉動物公園のシマウマ一頭が発症、同じく、サンプル採取で、H5N1型を確認。以上です」

駿美は、慌てて口を挟んだ。

「補足を失礼します。二月三日に東京競馬場で二頭の陽性を確認。簡易検査です。NRAのホームページに記載があります。詳細は不明です」

滝沢と桐谷が、早速ウェブページを確認する。

「一ノ瀬さん、補足をありがとう。引き続き、臨床症状の説明も頼む」

「臨床症状です。『狂騒型』の症状が、今回の最大の特徴です。そのために、満足な治療ができずに死亡する馬もいます。競技場の発症馬の治療をした先生は、『凶暴な時期を乗り越えれば、十日ほどで症状は治まる』と仰っていました。一般的なH3N8型の馬インフルエンザの臨床症状、発熱、発咳、洟水も併せて見られます。以上です」

「続いて、疑われる感染経路。これも、一ノ瀬さんが詳しいか？」

森の問いに頷く。駿美は再度、立ち上がった。

「初期の発生場所に立ち入れた馬の共通点は、『エクセレント乗馬クラブ八王子校』です。一月十三日、八王子校から北杜市に馬運車が運行しました。競技場に届ける審査馬一頭と、清里ファミリー牧場に届けるミニチュア・ホース二頭を、相積みしていました。日野動物公園と東京競馬場では、馬を持ち運んでポニー教室を定期的に開催しています」

「それは、かなり信憑性《しんぴょうせい》があるね。ウイルスの海外から、あるいは自然宿主《しゅくしゅ》からの持ち込みの部分に、アイディアはある？」

滝沢の問い掛けに、駿美は「仮説ですが」と断って続けた。

「一月十三日の直前まで、乗馬クラブに隣接する牧場で、ミニチュア・ホースは着地検査を受けていました。同じ敷地に一月六日頃、タイから帰国した競技馬が入りました」

(セバスチャンの濡れ衣を晴らそうと調べたら、ブケパロス号にヒットするなんて、皮肉な結果だわ)

駿美が感傷に浸る間も与えず、滝沢が椅子を倒しながら立ち上がった。

「まさに、大当たりだ。森先生、タイには、ＷＨＯのインフルエンザ協力センターは、ありませんか？　Ｈ５Ｎ１型の発生状況を確認してもらいましょう」

「非常に貴重な証言だ。記者発表で、感染経路をどこまで言及するかは、改めて考えよう。タイとの繋がりが確認されたら、農水を動かして八王子校の立入調査を依頼できる可能性が高い。全員で、さらに情報を集めよう」

森は重々しく応じて、会議が終わった。

駿美は部屋を出ると、会議ではオブザーバーに徹していた平原を呼び止めた。

「平原先生、相談があります。日本のヘンドラ・ウイルスについてです」

平原は目を見開いた。何度か何かを言いかけて止《や》めてから、やっと話し出す。

「とにかく、階下の面談スペースに行こうか。他の先生も呼ぶ？」

「まずは、平原先生だけにお話ししたいです。『ヘンドラ・ウイルス』の重要性を知る人は、ほとんどいません。それに、経緯に問題があります」

「わかった。じゃあ、駅前の喫茶店に行こう。所内じゃないほうがいいかもしれない」

平原に促されて、駿美は外に出た。

二

駿美と平原は、県道四十三号沿いにあるチェーン店のコーヒー・ショップに入った。店の奥に行き、向かい合って座る。

駿美は、どこから話せばいいのか、切り出し方に迷った。

ただ、コーヒーを飲むだけの時間が過ぎていく。

ふいに、平原が立ち上がった。すぐにモンブランを二つ、トレイに載せて戻ってくる。

「小淵沢と東京の往《い》き来で、疲れているだろう。甘いものを食べなさい。君は、ケーキの値段以上の働きをしている」

平原の目尻が下がったので、駿美も釣られて微笑んだ。ケーキを頬張ると、口も滑らかになった。

「二〇二一年の東京オリンピックの厩舎で、人獣共通感染症が発生しました。馬三頭、人が二人、死んでいます。原因は、オーストラリアから来た馬が持っていた、ヘンドラ・ウイルスです」

平原は、駿美の話を懸命に消化しているように見えた。

「初耳だ。一ノ瀬さんは、なぜ、その話を知っているの？」

「私の父が、死んだ三頭の馬が入っていた厩舎の責任者でした。馬の死因の真相は、公式発表の熱中症ではなく、人も死んでいた。この事実は、私も先週末に父から初めて聞きました」

「一ノ瀬さんのお父さんは、ウイルス研究者？　なぜ、ヘンドラ・ウイルスだとわかったの？」

駿美は、慌てて付け加えた。

「ヘンドラ・ウイルスは、私の憶測です。ただ、父は死んだ馬の剖検に立ち会っています。その時の状況を、詳しく聞きました」

「お父さんは、何か変わった状態を見つけたの？」

「馬たちは、出血性肺炎を起こしていたそうです。後に、世話係《グルーム》の二人も死んでいます。オーストラリアの馬、成馬の出血性肺炎、馬と人の間で感染して致死的。ここまで揃ったら、ヘンドラ・ウイルスしかありません」

平原は、眉間に皺を寄せた。深刻な表情に、駿美は心許《もと》ない気持ちになった。

「一ノ瀬さんの推理どおり、ヘンドラ・ウイルス感染症の可能性は、極めて高いな。しかし、今まで、よく話が漏れなかったな。馬と人の遺体の処分は適切に行われたの？」

「父の話によると、馬はオーナーすら近づかせずに、すぐに焼却処分にしたそうです。世話係《グルーム》が亡くなったのは、帰国後らしいです」

平原は、俯いて考え込んだ。

しばらくすると、平原は顔を上げた。取り敢えずは納得したような顔をしている。

「本題を聞こう。一ノ瀬さんの相談の内容だ」

「二つあります。一つは、父の病気についてです。父は二〇二一年のオリンピック後に、髄膜炎を発症しました。最近、悪化しています」

今までの流れから、平原は予想できていたようだ。駿美を気の毒そうに見て、顔を歪める。

「先週の父の話から、ヘンドラ・ウイルスによる症状かもしれないと思いました。国際医《こくさいい》療研究《りょうけんきゅう》センター病院《びょういん》で、検査できないでしょうか」

国際医療研究センター病院は、感染研の戸山庁舎に隣接する。

この病院の感染症病棟は、エボラ出血熱などのレベル4の病原体の感染症の患者も収容できる、特殊な施設だ。診療と研究の両方から、日本の新興感染症対策を担《にな》っている。

「ウイルス性髄膜炎の疑いだな。オーストラリアでも、ヘンドラ・ウイルスに感染した後、半年から数年後に髄膜炎を発症した例があった。すぐに検査入院の手筈《てはず》を整えよう。発症が確定されるまでは公表しないから、安心してくれ」

駿美は戸惑った。平原の提案は、ありがたいが悩ましい。

「実は、私自身が悩んでいるんです。父がヘンドラの疑いなのは、今の時点で公表すべきではありませんか？　ヘンドラだったら、父から他の人に感染する可能性は、ゼロではないです。真実を隠すようで、私のポリシーに反します」

「オーストラリアの髄膜炎の患者からは、他人への感染は起きなかったよ。お父さんも、今、高濃度でウイルスを排出しているとは思えない。日本初の感染症の可能性があるなら、なおさら検査結果を待つべきだ」

平原の説明は理路整然としている。駿美は、公表しない明確な理由ができてホッとした。

「二つ目は、感染研が保管しているヘンドラ・ウイルスの取得の経緯を知りたいです。どこから受け入れたのか、先生はご存知ですか？」

平原は一瞬、言い澱んだが、返答を拒まなかった。

「数年前にＮＲＡ総研からと聞いている。私は導入に立ち会っていないが、話を聞いて『ウイルスがレベル3から4に格上げされて、持て余したのだろう』と思った覚えがある」

桐谷の予想どおりだ。駿美は気が滅入った。

「ＮＲＡ総研は、国内一の馬の研究所です。でも、わざわざ発生国のオーストラリアや、アメリカの疾病予防管理センター《ＣＤＣ》から、ヘンドラ・ウイルスを取り寄せるでしょうか。日本では発生例がない病気ですよ。しかも、危険極まりない病原体です」

「一ノ瀬さんは、何が言いたいの？」

「オリンピックの馬防疫の中心は、ＮＲＡの方たちです。当然、死亡馬の剖検にも立ち会っています。研究者がサンプル採取しないわけがありません。ＮＲＡから感染研に来たヘンドラ・ウイルスは、二〇二一年の東京オリンピックで採取・培養したものだと思います」

駿美が断言すると、平原は予想以上に焦った素振りを見せた。

考え事をする時の癖なのか、落ち着きなくテーブルを指でカタカタと叩く。

やがて、音が止まった。平原は、声を絞り出すようにして話し始める。

「それが本当だったら、馬インフルエンザが吹き飛ぶくらい、由々しき問題だよ。オーストラリアやＣＤＣからヘンドラ・ウイルスを取り寄せるのは、個人では無理だ。だが、東京オリンピックの厩舎関係者や、剖検に立ち会っていた者ならば、馬の最強最悪のウイルスを入手できた。知識があれば、ウイルス培養も難しくない」

平原は、再度、押し黙った。目もつむって外部をシャットアウトして、時おり唸りながら考え込んでいる。

駿美が平原に話し掛けようとした時、二人の携帯電話が同時に鳴り響いた。平原が電話を耳に当てるのを見て、駿美も電話を取る。

「大変な事態が起きている。NRA総研が、とんでもない発表をしている。すぐに、第四室に戻ってきて。詳細はその時」

滝沢は一方的に話して、通話を終えた。

平原は、駿美が電話を切った後も、しばらく話していた。話が終わると、平原は立ち上がった。

「急いで戻ろう。感染研も、今日、発表が必要かもしれない」

「平原先生、何が起きたんですか?」

「NRAが、詳細を発表した。農水は、小淵沢の馬の殺処分を決めた。川崎《かわさき》競馬の馬が、多摩川《たまがわ》で暴れている」

平原は水の入ったグラスをあおって、外に飛び出した。

「先生、意味がわからないです。待ってください。私も行きます」

異常事態とだけを何とか理解した駿美は、平原の後を追った。

三

第四室に戻ると、会議用の大画面には、ニュース・サイトとプレゼンテーション・ソフトが映されていた。

画面に繋いだＰＣの前には、滝沢が陣取っている。ニュース・サイトで得た情報や画像を、プレゼンテーション・ソフトに書き込んでいるようだ。

「平原先生と一ノ瀬さんが戻ってきた。滝沢君、説明を始めて」

森が促すと、滝沢が画面上の資料を示しながら説明する。

「まず、ＮＲＡの発表、その一。一昨日の二月三日土曜日、東京競馬場で馬インフルエンザが発生。二頭が発症。ＮＲＡ総研で調べたところ、Ｈ５Ｎ１型と判明。特徴は『狂騒型』。感染経路は小淵沢の乗用馬から東京の乗馬クラブのポニー、東京競馬場のサラブレッドへ。ウイルス導入は、イギリスの試合に行った小淵沢の競技馬による」

（ＮＲＡまで、感染源はセバスチャンと決めつけている。なぜ？　ＮＲＡが感染経路を独

自に調査したとは思えない）

駿美は懸命に頭を働かせた。滝沢が駿美をチラリと見て、淡々と話し続ける。

「ＮＲＡの発表、その二。茨城県の美浦《みほ》トレーニングセンターで、三十七頭に馬インフルエンザの発症を確認。本日午前九時の時点で、発症馬には鎮静薬で対応。テレビのニュースによると、暴れまくったので動物園から麻酔銃を借りたらしい」

「ずいぶんと多いな。何事だよ！　東京競馬場で見つかる前に、トレセンでたくさんの馬が感染していたって状況だよな」

滝沢は、桐谷の発言にも応えずに、先に進む。

「農水畜産局の発表。二月三日に山梨の競技場から馬が逃げ出した事件と、競走馬に馬インフルエンザが蔓延している状況を踏まえて、競技場に留置されている感染馬の全頭殺処分を決定」

「留め置かれている中には、すでに回復している馬もいます。診療した獣医師も、『狂騒期を乗り越えれば十日ほどで治癒する』と証言しています！」

滝沢は駿美の訴えに応じずに、さらに報告する。

「最後、最新情報です。川崎競馬の多摩川沿いの練習馬場から、少なくとも十数頭が脱走。発熱、発咳、洟水の馬もいた。止めようとした調教助手が蹴られて重体。一般道に出た馬もいる模様。現在、警察と競馬関係者が対応。川崎には、先週の土日に、東京競馬場の特別指定競走に参加した馬がいる。以上」

「川崎の補足だ。大動物への対応は、警察だけでは心許ない。川崎アニマルパークから、麻酔銃を持った飼育員と大動物獣医師が応援に駆けつける予定だ。先日、獣医科学部が注意喚起してくれていたから、パークの先生から連絡が来た」

森の説明に、平原は憮然《ぶぜん》として呟く。

「状況が一気に動いたな。ＮＲＡ総研に、先にインフルエンザの型や臨床症状を発表されたのは、よろしくないな」

森も苦り切った顔をする。

「感染研も、今日の午後から会見をするか。今後、ＮＲＡにマスコミ向けの状況説明を主導されると、やっかいだ。それに、感染経路が異なっている。早く訂正したほうがいいだろう」

石橋が慌てて介入する。

「記者クラブとの調整があります。それに、これほどの異常事態では、記者は現場に行ってしまって、レクには来ないでしょう」

「じゃあ、明日だ。緊急会見と銘打って記者を呼べ。うちは、小淵沢での発生時から研究の蓄積があると強調して、プレス・リリースを改定して」

森は、有無を言わせない口調だ。石橋は、神妙な面持ちで部屋を出た。

「感染研の発表は、しっかり根拠を述べよう。そのために、研究者サイドも急いでやる作業がある。何より、殺処分される前にサンプル採取だ。手分けして、小淵沢と川崎で行おう」

森は、駿美と桐谷に視線を遣る。

「一ノ瀬さんは、実家の馬が疑われている状況なら、小淵沢では動きにくいだろう。桐谷先生、獣医科学部の獣医師を何人か連れて、行ってくれ」

桐谷は「了解」と短く応えて、退出した。森は駿美に向き直る。

「一ノ瀬さんは、川崎のほうを頼む。平原先生、獣医科学部からも人を出してもらえますか?」

「現場を見ておきたいから、私が一緒に行こう。向こうでは、アニマルパークの職員とも合流するよ」

「平原先生が来てくだされば百人力です。よろしくお願いします。サンプル採取道具を用意してきます。十五分後に、駐車場にいらしてください」

駿美は小走りで実験室に向かった。

四

感染研から府中街道《ふちゅうかいどう》を通って、是政《これまさ》橋で神奈川県方面に渡る。さらに、多摩川沿いに三十分ほど車で走る。

「そろそろ河川敷に川崎競馬の練習馬場が現れます。道路を挟んで右手の少し先に、小向《こむかい》トレーニングセンターがあります」

駿美はカーナビを確認して、平原に知らせる。

多摩川大橋《おおはし》の手前まで来ると、車が渋滞し始めた。平原が、窓から顔を出して確認する。

「少し先で、警察車両が道路を封鎖しているようだ。馬が逃げたせいかな」

「カーナビを見ると、近くに公園があります。車を置いて、歩いて封鎖場所まで行ってみませんか？」

「そうだな。現場に来ているアニマルパークの職員に電話をかけてみよう。番号は、さっきパークの総務に聞いておいた」

御幸《みゆき》公園の駐車場に入る。管理事務所に事情を説明して、駐車の許可を貰う。

駿美が車に戻ろうとすると、車に寄り掛かって電話をかけていた平原が手を振った。

「パークの先生は、すでに封鎖区域の中にいる。多摩川大橋近くまで車で迎えに来てくれるそうだ。急ごう」

二人は、サンプル採取の道具を手早く準備して、封鎖場所へ歩いて向かった。

五

駿美と平原は、川崎アニマルパークの獣医師の根岸《ねぎし》、飼育員の長峰《ながみね》と合流した。根岸は五十絡みの大男、長峰は三十前後の小男だ。二人共、アニマルパークのロゴが入ったカーキ色の作業服を着ている。

一同は、長峰がアニマルパークから運転してきた特別仕様の大型ワゴン車でパトロールしながら、打ち合わせをした。

診療用にも使う大型ワゴン車は、大動物用のレントゲンや超音波装置も積めるように、床板を低く、車高を制限一杯まで高くしてある。四列目の座席は取り払い、荷物を積むスペースが広く取られている。

駿美と平原は、二列目の座席に乗り込んだ。三列目の座席の上には麻酔銃が無造作に置いてある。駿美は、しげしげと観察した。

「麻酔銃って、初めて見ました。弾の中の薬品は何ですか？」

「ケタミンが入っています。二丁持ってきました。初めてなら、銃に触ってみますか？」

助手席の根岸が振り返る。駿美は後部座席に身を乗り出して、恐る恐る麻酔銃に触った。ガスを使う空気銃になっている。散弾銃ではないから、命中させるのは難しそうだ。

運転手の長峰が、馬の捕獲《ほかく》作戦を説明する。

「麻酔銃の射程距離は十五ｍくらいです。ですから、今回はまず、警察や競馬関係者に、ネットを張りながら狭い範囲に追い込んでもらいます。その後、車で近づいて、根岸先生が麻酔銃を撃ちます。命中して眠ったら、我々が車に積んであるネットで即座に包《くる》んで、後から来る馬運車に乗せる手筈です」

しばらく走ると、車の進行方向に、通せんぼをする女性が見えた。車が停まる。

根岸がスライド・ドアを開ける。恰幅《かっぷく》が良くて目つきの鋭い中年女性が、駿美の右隣に乗り込む。

「川崎競馬の調教師の清水《しみず》です。捕獲に協力してくれる獣医を案内するように、警察に要請されました」

一同は、清水に簡単に自己紹介をした。

「女性の調教師は珍しいですね。競馬って、女性が触ると負けるってジンクスがあるんでしょ？」

平原が世間話のように尋ねると、清水は聞こえよがしにため息をついた。

「性差別の迷信だね。馬の調教に男も女もない。上手《うま》いか下手《へた》かだけだ」

平原は、きまり悪そうに押し黙る。

「発車します！　清水先生もシートベルトを着用してください」

助け舟を出すように、長峰が声を掛ける。駿美は清水に慇懃《いんぎん》に尋ねた。

「先生、教えてください。まだ捕まっていない馬は何頭ですか？」

「三頭」

清水は、ぶっきらぼうに答える。駿美はさらに尋ねた。

「発生状況を教えてください。先生は、練習馬場で調教していらしたのですか？」

清水は、腕時計をちらりと見た。

「発生は午前九時頃。練習を終えた馬が、小向トレセンに一斉に帰ってくる時間なんだ。練習馬場からトレセンに戻るには、横断歩道を渡る。いつもどおり警備員が誘導していたら、一頭が暴れ出して、残りも騒いで、収拾がつかなくなった」

「練習前から、馬の様子に変わったところは、ありませんでしたか？」

清水は悔しそうに顔を顰《しか》める。

「練習馬場に入る時に、四頭で落馬があったんだ。うちの厩舎の乗り役も落馬したから、『馬をちゃんと抑えろ』と注意したんだ。その時、もっと詳しく調べていたら、インフルエンザで凶暴になっているとわかったかもしれないのに」

駿美は、清水の話に、引っ掛かりを感じた。

「なぜ、馬の異常行動が、インフルエンザの仕業だと思ったんですか？」

「川崎のニュースを知ったＮＲＡが、『インフルエンザの簡易検査をしろ』と連絡してきた。それで、川崎競馬の獣医が、逃亡して捕獲された馬を簡易検査したんだ」

ＮＲＡの行動は、ずいぶんと手早い。

「結果はどうでしたか？」

平原が意気込んで尋ねる。清水は平原を一睨みして答えた。

「全頭が陽性。今、トレセンにいる残りの馬も、端から検査をしている」

ムスッとする清水に、駿美はさらに丁寧に聞く。

「川崎には、先週の土日に、東京競馬場の特別指定競走に参加した馬がいると聞きました」

「あたしの管理馬も、連れて行ったよ。晴れ舞台だったのに、インフルエンザを貰って頭がおかしくなるなんて、腹立たしい」

車に積まれた無線から、張り詰めた声が聞こえてくる。

「第六《だいろく》公園近くで二頭発見。今は落ち着いて、歩いている模様。アニマルパーク号、向かってください」

「近くにいます。付近をパトロールしながら向かいます」

長峰が応答する。続いて、車内のメンバーに指示を出す。

「根岸先生、足元にある麻酔銃の準備をお願いします。後ろの方《かた》は、荷物置き場のネットを確認してください。動かなくなったら、馬に絡めます。感染研のお二人は、念のために予備の麻酔銃とケタミンの吹き矢も持ってください。吹き矢は手でも刺せます」

「長峰君、前方にいるぞ！」

根岸が、麻酔銃を構えるために助手席の窓を開ける。

「危ない！　閉めて！」

清水の声と同時に鈍い音がし、半開きの窓がひび割《わ》れた。大小のガラスの破片が車内に飛び込んでくる。

「車の左横に栗毛がいます！」

車が揺れる。車の左サイドに栗毛の馬のキックが入った。馬は執拗《しつよう》にキックを続ける。

駿美たちは、車内の右側にへばりついて、身を縮めた。

後部座席の左の窓も割れる。細かいガラスの破片を浴びて、皆の顔や剝《む》き出しの肌から血が噴き出している。

「先生！」

駿美が震える声で叫ぶと、平原は「大丈夫だ」と応じた。

「まさか……」

長峰が狼狽《ろうばい》した声を出す。

「前にいる鹿毛も、こちらに向かってきます！」

駿美は、焦《こ》げ茶色の塊《かたまり》が突進してくるのを、為す術もなく見つめた。根岸が悲痛な声を出す。

「この車種はノーズがないんだ。前から襲われたら、ひとたまりもない」

「長峰さん、座席の下に入って！」

駿美が警告するのと同時に、長峰が悲鳴を上げる。運転席前のフロントガラスが、立ち上がった鹿毛の前肢に蹴り上げられる。

「肢！　横の窓！」

車の左横にいる栗毛は、逆立ちのように両後肢を跳ね上げている。とうとう窓を突き破り、一瞬、左後肢が車内に飛び込む。

根岸と平原が絶叫する。根岸が、助手席から二列目の座席に転がり込む。平原が駿美に伸《の》し掛かってくる。

「一ノ瀬さん、もっと右に寄って！」

「これ以上は、無理で……いえ、座席を乗り越えて、後ろの荷物スペースに行きます！」

「あたしも後ろに行く。平原先生、もっと右に寄って！」

清水も機転を利かせる。

根岸は、左横の窓を凝視《ぎょうし》したまま、長峰に指示する。

「何をグズグズしているんだ！　長峰君、早く車を出して！」

「無理です。運転席の下から出られません！」

平原が怒鳴る。

「根岸さんこそ、今、麻酔銃を撃てるでしょう。二頭を仕留めてくれ！」

「麻酔銃は助手席の下に転がった。こんな状況では、拾いに行けない」

平原は露骨に舌打ちをした。

「……俺も、吹き矢を持っていたな。もういい、今度、馬が肢を出したら、俺がやる！」

駿美は慌てて叫んだ。

「平原先生、肢はダメ！　馬の肢は命だから、麻酔は体幹に！」

「場所を選ぶ余裕が、あるわけないだろう！」

「前に、首！」

清水の悲鳴で前方を見る。フロントガラスが突き破られている。鹿毛馬が車内に、血まみれの首を突っ込んでくる。

一同は一斉に悲鳴を上げる。平原は、手に持っていた麻酔薬入りの吹き矢を手で投げた。命中するわけがない。

「おい、左のスライド・ドアが外れそうだぞ」

根岸の指摘に、一同は左を向いた。ドアが傾いて、外れかけている。

鈍い音がする。栗毛の蹄鉄《ていてつ》が、無傷だった三列目の座席横の窓を割った。

「長峰君、いいから車を出せ！　エンジンは掛かっているだろ！　シフトをドライブにして、思い切り、アクセルを手で押せ」

根岸の怒号に、長峰が「無理です」と、か細い声で応える。

荷物スペースの右側に寄りかかっていた駿美の身体が、突き上げられた。清水が声を震わせる。

「三頭目、右から来た。芦毛《あしげ》だ」

駿美は、清水の視線の方向に目を遣る。

新たな白い馬が、右の窓越しに車内を覗いている。歯を剝き出して威嚇している。頭を振り回して、頭突きをしようとする。

平原が、凄みのある声で恫喝した。

「長峰！　無理じゃない、お前がやるんだよ！　死にたいのか！」

車体の右側から連続して衝撃がある。芦毛は、体当たりをしているらしい。一定のリズムで、車がドスンドスンと押され続ける。

栗毛は左から車を蹴る。ドアがガタンと音を立てて、落ちる。赤茶色の馬体が半分、車内に入る。車内は悲鳴も上がらずに、静まり返る。

駿美は清水と手を握り合い、車の最後部に張り付いた。

いきなり、銃声が鳴り響いた。次の瞬間、駿美は左の栗毛が崩れるのを見た。続いて、前の鹿毛も見えなくなる。

「アニマルパーク号の皆さん、神奈川県警です。馬は三頭とも射殺しました。無事ならば、車外に出てきてください」

拡声器を通した声が聞こえる。駿美は、車体の右側に意識を向けた。芦毛の体当たりもなくなっている。

駿美は腕で顔を拭った。血がべっとりとつく。外に出ようとするが、足が小刻みに震えて上手く立てない。両手を膝について、力を入れる。

座ったまま、ようやく降りる準備をすると、平原が冷静な声で指示をした。

「一ノ瀬さん。警察にお願いして、聴取の前に、馬の死体からサンプリングだ。急死体血も、できるだけ採取しよう。終わったら、今日、練習場で暴れた馬、トレセンに残っていた馬の順でサンプルを採る」

「わかりました。今の騒ぎで、車内にサンプリング道具が散らばっています。すぐに集めます」

冷静な声で応えようとしたが、声が震える。清水が駿美の肩を叩く。

「あたしが、先に警察に説明しに行く。あとで、厩舎の馬のサンプル集めもしたいんだろう？　調教師会メンバーに、協力を頼んでおくよ。トレセンの獣医にも手伝ってもらおう。あんたは車で少し休んでから来るといい」

清水の厚意に、駿美は戸惑った。

「ありがとうございます。でも、なぜ……」

清水は微笑んだ。

「さっき、あれだけのピンチなのに、馬の肢の心配をしただろ？　一ノ瀬さん、自馬を持っているね？」

「私の馬は、疝痛で転げ回って前肢を骨折して、廃用になったんです。何があっても、馬の肢は守らなくてはと思って」

「真のホースマンだね。あたしと一緒！　馬への愛情は、女のほうが強いんだよ！」

「男も女も関係ないんだろ？」

平原が小声で呟くのを聞いて、笑いそうになる。駿美は、やっと緊張が解《ほぐ》れた。

六

サンプル採取を終えると、警察への対応を平原に任せて、駿美は大急ぎで感染研に戻った。森は、記者発表を明日に早めると言っていた。川崎競馬の話も盛り込むならば、サンプル分析を急がないと間に合わない。

洗面所でこびりついた血を洗い流す。駿美は着替えもそこそこに、滝沢の実験室に向かった。

「一ノ瀬さん、ずいぶんとヨレヨレだね」

サンプルを渡すと、滝沢は駿美の頭の天辺《てっぺん》から爪先まで見回した。

「川崎で、狂騒型インフルエンザの馬に襲われました。遅くなってすみません。警察への対応と調教師への聴き取りは、平原先生が残ってやってくださっています」

「構わないよ。居残り組の俺は、分析と情報収集の役割だ。どうせ、今日は徹夜だ。そうだ、記者発表の第一弾は、明日の午後三時からになった。今日の進捗状況を、今、聞きたい？」

駿美はお願いした。

「ウイルスの性状だけど、変異のスピードが速いのが気になる。動物園のサンプルが充実してきた。でも、採取された場所によって、遺伝子情報がずいぶん違う。臨床症状や感染動物種が変わる可能性も、考えておいたほうがいいね」

「馬インフルエンザが、鳥や人にも感染《うつ》るようになりかねないのですか？」

「わからない。今後を予測するには、サンプルを増やして、これまでの他の動物種のH5N1型と比較するしか手がない。今日、川崎と小淵沢のサンプルが手に入って良かった。NRAの競走馬のサンプルも入手したいけれど、ガードが堅いんだ」

「今日の川崎のサンプルが、二日前にNRAの馬から感染したものです」

滝沢は「上々だ」と呟く。

「小淵沢の桐谷先生からは、まだ連絡が来ない。手こずっているのかな。一ノ瀬さんは、今日は、もう家に帰りなよ。今晩中に川崎の分析結果が出るから、明日の朝六時に来て」

「私も、今日は感染研に残って作業します。サンプル処理も手伝えます」

「帰りなって。馬インフルエンザの騒動は、まだまだ続きそうだ。休める時に、家で身体を休めたほうがいい。……そうだ、家から馬の関係者に電話をかけて、状況を聞いてみたら？　一ノ瀬さんしかできない情報収集だし、俺たちも助かる」

駿美はしばらく考えて、引き下がった。

「お言葉に甘えます。ＮＲＡやエクセレントの関係者に連絡して、有力情報があれば、明日伝えます」

家に帰れると思うと、とたんに疲労が身体に重く伸し掛かってくる。

駿美は実験室を出ると、身体を引き摺るようにして家に向かった。

七

考えごとをしていたはずなのに、駿美は息苦しさで目を覚ました。風呂に口まで浸《つ》かり、危うく溺《おぼ》れそうになっている。

風呂から上がって、ベッドサイドの時計を見る。夜十時だ。新山は、仕事が終わって一人になっている頃合いだろう。

電話の呼び出し音を聞きながら、新山を何の疑いもなく独り者と考えていて苦笑する。コールを七回まで聞いて、諦めかけた時に、新山が電話に出た。

「しばらく電話できなくて、ごめん。何から話せばいい？」

「腹の探り合いは性《しょう》に合わないわ。新山先生はＮＲＡのために、私から情報を取っているの？」

新山は間髪《かんはつ》を入れずに応える。

「のっけから、穏やかじゃないな。サラ先生の持っている情報を知った上で、オリンピック馬防疫委員会やＮＲＡの動向に活《い》かせればいいとは思っているよ。でも、一方的に出し抜いたり、陥《おとしい》れたりする意図は全くない」

「嘘ではなさそうね。私も新山先生の情報はありがたくいただきたい。でも、新山先生が窮地に陥りそうなら、遠慮するわ」

「ご配慮、痛み入ります」

「怒っているの？　失礼ついでに、確認させて。総研は、どうやってＨ５Ｎ１型と知ったの？　私は、感染研の調べた結果を、新山先生が不用意に漏らしたのかと疑ったのだけど」

新山が、電話の向こうで笑っている。

「サラ先生は、直球すぎて、怒る気にもならないね」

「私は嘘が嫌いなの。嫌な情報であろうと、真実を伝えるのが一番いいと思っている」

「僕はいつも正直だよ。山梨県馬術競技場の四十頭分のサンプルは、上層部が取り上げたと話しただろ？　たぶん、室長、課長クラスが、型を確認したと思う。僕は、履歴が残るのが不安で、未だにRT－PCRを使えていない。サラ先生に役立たずと思われたくなくて、電話に出るのを渋っていたのは謝る」

駿美は力が抜けた。

「今、オリンピック馬防疫委員会は、どうなっているの？　それから、東京競馬場と美浦トレセンでの発生についても、話せる内容があれば教えて」

少し間があって、新山は切り出した。

「馬防疫委員会は、先週と今日の計二回あった。確証はないけれど、嫌な予感がする。小淵沢が、スケープゴートにされる気がするんだ」

「穏やかじゃない話ね。私の実家のセバスチャンが、感染源とされている以上の話があるの？」

「競技場の馬を全頭殺処分にすると、農水が発表した件は、知っている？」

「今日の昼頃に知ったわ」

「先週土曜の東京競馬場は、二頭の発症で済んだ。だけど、美浦トレセンの現状が酷いらしい。今日の夕方で、六十五頭が発症していると連絡が来た。馬房で壁を蹴りまくったり、隣の馬に噛み付いたりしているらしい。厩務員も危うく蹴り殺されそうになったとか」

駿美は、川崎での状況を思い出して身震いした。今日の出来事は、トラウマになりそうだ。新山は話を続ける。

「発症した馬は、そのままだと人や僚馬を殺しかねない。だから、吹き矢や麻酔銃を使った後に、うつらうつら状態を保つように、薬物コントロールしているんだって。馬が倒れないように、吊起帯《ちょうきたい》を使っているらしい。馬が人を殺すだなんて大袈裟だよね！　サラ先生は、信じられる？」

「一点の曇りもなく信じるわよ。今日、川崎競馬のインフルエンザの馬に、蹴り殺されそうになったの」

「ごめん」と新山が謝った。

「川崎に行っていたんだね。住宅地を走っている馬の映像をニュースで見たよ。馬防疫委員会は、山梨と川崎の馬は、全頭殺処分にしたいんだ。一般市民を脅《おびや》かしたからね。東京オリンピックや、来年のレーシング・ホース世界選手権に向けて、ウイルスの封じ込めアピールもしたいし」

「馬インフルエンザは、今回のタイプでも十日から十四日程度で治るのに?」

「それは初耳だ。でも、治るまで維持しておく措置が大変だろ? 一頭あたり、何十万円も麻酔代を掛ける状況になる。NRAの競走馬か、よほど高価な競技馬に対してしかできないよ」

駿美は、そのとおりだと納得する。たしかに、そこまでしてもらえる馬は、乗馬クラブにも滅多にいないだろう。

「美浦トレセンの発症馬には、シェイクの馬もいる。世論が厳しくなって、中央競馬の発症馬が全頭殺処分にでもなったら、中園先生の首が飛ぶどころじゃすまないよ」

「シェイクのご機嫌を損ねたら、日本競馬界が潰れると言わんばかりの対応ね」

「あながち、冗談でもないよ。馬防疫委員会の対応は、なるべく競馬業界から目を逸らせて、乗馬業界に泥を被せたいように見える。すでに中園先生と遊佐先生の間で話がついているんじゃないかな」

ブケパロスにしてもセバスチャンにしても、競技馬であることには変わりない。日本にウイルスを持ち込んだ馬がどちらであっても、乗馬業界の評判は落ちるが、馬関係者の過失でないことも自明だ。なのに、遊佐は一ノ瀬乗馬苑に罪を着せようとしている。エクセレントの馬が原因だと知られたくない、余程の理由があるのだろうか。

（それとも、単に一ノ瀬乗馬苑を陥れたいの？）

駿美が無言になったのを気にしたのか、新山が取り繕うように早口で言う。

「朗報を伝えるのを忘れていた。昨日から、美浦トレセンの発症馬のサンプルが総研に届いている。余分に分注しておいた。感染研の分析用にサラ先生に渡したいけど、こんな状況だから、職場から離れられないんだ」

「最高の朗報だわ。とってもありがたい。私が今週中に総研の近くまで行って、受け取るようにするね」

電話を切ろうとすると、新山が呼び止める。

「サラ先生。この騒動が収まったら、またチョコの店に連れて行ってよ。たかだか、十日前なのに、ずいぶん昔のようだね」

「そうね。解決した時は、また甘いものでも食べようね」

駿美は、感傷的にならないように、事務的に返した。解決する日は、いつかきっと来る。いや、自分たちの手で、一日も早く日常を取り戻すのだ。

八

駿美は続いて、利根に電話をかけた。

「十時半か。寝てたよ。サラ先生、どうしたの？　急ぎの用事？」

利根は寝ぼけ声で応答する。

駿美は、利根の暢気な態度に面食らった。

「馬インフルエンザの、一連のニュースを知らないの？」

「中央競馬と地方競馬で発生したのは、テレビで見た」

「山梨県馬術競技場の馬が、全頭殺処分になる、ってニュースは？」

さすがに目が覚めたようだ。利根はシャッキリとした声になった。

「それは初めて聞いた。今、まさに暴れている馬は仕方ないかもしれない。でも、軽症で、ほぼ回復している馬は、十把《じっぱ》一絡《ひとから》げで殺されるのは可哀想だ」

「そうよね。とねっこ先生は、最近は山梨の競技場に行った？」

「行っていないよ。その代わり、週末は三宅先生と、北杜市内の馬の鼻腔スワブを、採取しに行った。遊佐先生に頼まれたんだ。乗馬クラブや観光牧場で二百頭は採取したよ。上をずっと向いていたせいで、首が凝《こ》り固まった」

「大変だったね。でも、私は今日、川崎競馬の発症馬と格闘したわ。死ぬかと思った」

駿美は今日の川崎での顚末《てんまつ》を、利根に話した。

「それは災難だったね。その話を聞くと、発症馬の全頭を殺処分にする措置も、仕方ないと思えちゃうよ。一般市民は馬が突進してくる光景を想像するだけでも、恐怖だろうから」

「美浦トレセンでも、感染馬が暴れまくっているみたい。どうやらシェイクの馬も感染しているらしいの」

「シェイクは、日本でも持ち馬の数が多いから、運悪く罹患するケースもありそうだよ。でも、シェイクの馬を殺処分するわけにもいかないし、関係者は頭が痛いだろうな」

誰に聞いても、シェイクの御威光《ごいこう》は絶対のようだ。明日の感染研の記者発表では、「感染源は、セバスチャンではない」と、はっきりと主張してもらおう。シェイクの怒りの矛《ほこ》先《さき》が一ノ瀬乗馬苑に向いたら、たまったものではない。

駿美は利根に、週末の調査の内容を尋ねることにした。

「このタイミングで、市内のほぼ全頭の馬から、鼻腔スワブを採取したの？　遊佐先生が命じて？」

「きっと、競技場以外の馬も殺処分すべきか、インフルエンザの広がりの状況を調べたんだよ。乗用馬が切っ掛けだから、遊佐先生も躍起になっているんだろう」

「それで、とねっこ先生も駆り出されたんだ。ご苦労さま」

「でも、三宅先生は手抜きをしていたよ」

「意外ね。一言多いけれど、仕事は真面目な人なのに。よほど気が進まなかったのかな」

「鼻腔スワブの採取に、何度も同じ綿棒を使っていた」

駿美は呆れて、厳しい口調になる。

「ありえない！　鼻腔スワブって、綿棒ごと輸送培地に挿して、検査機関まで運ぶのがセオリーよ。数が合わなくなるじゃない！」

「今回は、簡易検査で陽性の場合だけ、サンプルを検査機関に送る手筈になっていた。だから、数ではバレないよ。三宅先生は、陰性ならば綿棒を繰り返し使ってもいい、と思ったんじゃないかな。備品を節約したかったのかな」

「いい加減ね！　陽性、陰性の判定で、馬の命が左右されるかもしれないのよ。三宅先生には金輪際《こんりんざい》、任せたくないわ」

　電話の向こうから「まあまあ」となだめられる。

「殺処分なら、家《か》畜保《ほ》健衛生所の管轄だろ？　どのみち、民間獣医師の僕たちの出る幕じやない」

「競技場の馬の殺処分は、いつ行われるか、知っている？」

「農水の発表があったから、数日内だと思う。いや、今日、すでに行われている可能性すら、ありそうだ。オーナーには真っ先に連絡がいくだろうから、駒子ちゃんに聞くのが早いんじゃない？」

「そうね。駒子がショックを受けているかもしれない。連絡してみるわ」

駿美は利根に礼を言って、携帯電話を切った。

駒子に連絡する前に着信音が鳴った。桐谷だ。

「さっきから電話をかけていたけど、話し中だった。少し前に、小淵沢から感染研に帰ってきたんだ。夜分遅くに申し訳ないけれど、一ノ瀬さんに伝えたくて」

反射的に時計を見る。もう、日にちが変わりそうだ。桐谷は、帰り道でトラブルがあったのでなければ、午後九時過ぎまで小淵沢にいた計算になる。

「遅くまでお疲れさまです。何かトラブルがありましたか？」

「今日、競技場で、殺処分があったんだ。僕は、博士学生やポスドクを連れて四人で行った。サンプル採取だけのつもりだったけれど、家畜保健衛生所《か ほ》の職員に拝み倒されて、殺処分も手伝った。ついでに簡単な剖検もしてきた」

発生後に死んだ馬を除いても、競技場には今でも馬が十五頭は残っていたはずだ。

「それは、本当に大変でしたね。十頭以上を解剖して、病理検査用のホルマリン固定も作ったんですか？」

「家畜保健衛生所《かほ》の職員に、無条件にサンプル採取をさせてもらえたのは、ありがたかったよ。でも、今回は、神経症状が出ているだろ？　脳脊髄《のうせきずい》を取るために電気鋸《でんのこ》で切るから、時間が掛かった。馬の解剖なんて、都大《みやこ》で実習の補助をした時以来だよ」

脳のサンプルを採取するには、硬い頭蓋骨《とうがいこつ》を切らなければならない。駿美は桐谷たちの奮闘に頭が下がった。

「でも、僕の苦労話はどうでもいい。本題だけど、殺処分が始まる前に、馬のオーナーを集めて説明があったんだ。一ノ瀬乗馬苑って、一ノ瀬さんの実家だったよね」

「父と姉が、切り盛りしています。殺処分の馬の中には、うちの乗馬苑の馬もいたはずです」

「オーナーに説明する時に、東京から来た『遊佐先生』が立ち会っていた。遊佐先生は『海外から戻った小淵沢の乗馬のせいで全頭殺処分になった』って、繰り返し説明していた」

悔しさのあまり、動悸《どうき》がする。

「オーナーたちには真相がわからないからって、堂々と嘘をつくなんて横暴です。私が、『エクセレントの馬が感染の切っ掛けだ』という証拠を見つけて、突きつけてやります」

「偉い人から繰り返し説明されると、真実だと思ってしまうものだろ？　オーナーたちは一ノ瀬乗馬苑の女性に詰め寄って、『該当するのはセバスチャンしかいないだろう』と厳しい言葉を浴びせていた。本人は気丈に、『妹が真実を解明しているから、もう少し待ってください』と受け応えしていたよ。妹って一ノ瀬さんでしょ？」

「桐谷先生が見たのは、私の姉の駒子です。体調不良の父に代わって、オーナー会議に出たのだと思います」

桐谷は、憤った口調で続ける。

「オーナーたちは『若い女性では埒が明かないから、父親に抗議と補償の交渉に行く』と意気込んでいた。カウボーイ・ハットを被った、気の良さそうな男性だけが、取りなそうとしていた。でも、多勢に無勢だった」

佐々木は駒子に加勢してくれたのだ。

「オーナーたちに悪気はないんです。実力者の遊佐先生に同調しているだけでしょう。私が説明に行ければいいんですが……。感染研で、発表の資料作りをするほうが優先です。感染経路をはっきりさせて、疑いのある馬を調べないと埒が明かないから」

「明日の記者発表が終わったら、なるべく早く小淵沢に帰ったほうがいいよ。オーナーたちに感染研の発表資料を配って、一ノ瀬さんの口から説明すれば、きっと理解してもらえる」

桐谷が勧めてくれて、駿美は小淵沢に帰る気持ちに傾き始めた。

川崎での死闘で忘れそうになったが、父の検査入院の話も急がなければならない。心労で免疫力が下がっていたら、前回のオリンピックで罹ったヘンドラ・ウイルスが暴れ出すかもしれない。

「……そうですね。駒子と父が心配だから、明日、帰ります」

駿美が礼を言うと、桐谷は「今日はぐっすり眠ってね」と返して、電話を切った。

九

翌朝、約束の時間に滝沢の研究室を訪ねると、桐谷もいた。

「一ノ瀬さん。『那須《なす》プラス仙台』のAセットと、『東京プラス名古屋』のBセット、どっちに行きたい？　レディ・ファーストで選ばせてあげる」

滝沢の唐突な質問に面食らう。桐谷が苦笑する。

「那須の北関東《きたかんとう》サファリ・パーク、仙台の乃木《のぎ》動物公園、名古屋の大須《おおす》動物園に、馬インフルエンザ疑いのシマウマが現れたんだよ」

「さらに、日野動物公園で、マレーバクとインドサイにインフルエンザ疑いが掛かっている。台東動物園のアメリカバクとヒガシクロサイも、洟水を垂らして暴れているらしい。いいねえ、サンプルが満載だ」

滝沢は、目を爛々と輝かせている。

「喜ぶのは不謹慎ですよ。バクとサイ……ウマ目《もく》ですか」

「御名答！　馬とは分子系統樹で近縁だからね」

インフルエンザ・ウイルスが変異して、ウマ科だけでなくウマ目全体に感染する状態になった可能性が高い。駿美は頭を抱えた。

滝沢に肩を叩かれる。

「ゆっくりしている暇はないよ。獣医科学部の博士学生とポスドクに、七時に戸山庁舎入口で待つように伝えた。一ノ瀬さんと桐谷先生は補助を二人ずつ連れて、サンプル採取と臨床症状の確認に行ってきてほしい」

Ａセットにしても、Ｂセットにしても、丸一日掛かりそうだ。

「今から行くんですか？　午後三時からの記者発表への同席は？」

「記者発表のせいで、僕や森先生、平原先生は現場に行けない。もちろん、できれば一ノ瀬さんや桐谷先生にも同席してほしい。でも、一刻も早く、新たな発生地のウイルス同定をしたいんだ」

感染研には、診療ができる獣医師は意外と少ない。駿美と桐谷が現場に行くのは、理に適《かな》っている。

「わかりました。私はAセット……那須と仙台に行きます。那須の近くに、NRA総研があるんです。うまくいけば知り合いから、美浦トレセンの発症馬のサンプルを、分けてもらえるかもしれません」

滝沢は嬉しそうに手を叩いた。

「ありがたい。NRAのサンプルは、是非とも入手してほしいな。それから、今日の現場は、感染源を特定するのに重要なんだ。気合いを入れて採ってきてね」

「エクセレント八王子校の馬から、今回の流行が始まった。私の実家の馬からではない、と証明できるのですか？」

「仙台、那須、名古屋での発生だ。それぞれの場所は離れている。ただし、共通点が一つだけある。近くに、エクセレント乗馬クラブの地方校があるんだ」

駿美は目を見開いた。滝沢は駿美に頷いて、説明を続ける。

「小淵沢から直接、感染《うつ》る距離じゃない。感染馬の移動が必要だ。三つの土地に縁があるのは、エクセレント乗馬クラブだけだ。しかも、先日、感染馬が見つかった台東動物園、埼玉動物公園でも、エクセレントはポニー教室を行っているとわかった」

桐谷が、感心したように呟く。

「短時間で、よくそこまで調べられたな。僕も気合いを入れて名古屋と東京でサンプル採取してくるよ。一ノ瀬さんが立てた、感染経路の仮説を証明するためにね。道具を揃えて、すぐに出発しよう」

「念のため、園内全てのウマ目……ウマ科の動物だけでなく、サイとバクも調べてください」

滝沢が声を掛けると、桐谷は「了解」と応えて出て行った。

駿美も出て行こうとすると、滝沢が呼び止める。

「サンプルは裏切らない。一ノ瀬さんに、真実を示してくれるよ」

駿美は大きく頷いて、先を急いだ。

十

戸山庁舎から同行した博士学生の菊池《きくち》と北野《きたの》を連れて、仙台市の乃木動物公園に到着する。西門の受付で飼育展示課長を呼び出してもらうと、駿美は同行者の風貌を改めて観察した。

狂犬病を研究する菊池は金髪、野兎《やと》病が専門の北野はピアスの穴が片耳に三個ずつ開いている。三十分前までは、菊池の金髪は逆立ち、北野のピアス穴には髑髏《どくろ》や骨が突き刺さっていた。

(二人共、二十五歳で獣医師免許持ち。とても優秀な博士学生って聞いたけど、戸山庁舎の人選はおかしいわ。能力よりも、見た目が無難かで選んでほしかった)

コロナ禍以来、必須アイテムのマスクも、黒地に真っ赤な舌がぶら下がっているデザインのをお揃いで着けてきた。診療用の青い不織布マスクに付け替えさせたが、先行きが不安になる。

「感染研の一ノ瀬さん。飼育展示課長がオフィスまで来てほしいそうです」

女性職員は、園内マップの該当箇所に赤丸を付け『二階』と書いて、駿美に渡した。背後の二人の博士学生に気づいて、眉を顰める。

駿美は、学生たちを追い立てるようにして受付を離れた。

園内には、すでに来場者が入っている。遠回りをして、シマウマやサイが展示されるアフリカ園に立ち寄る。フラミンゴやカバのいる池を取り囲んで、幼稚園児の団体がスケッチをしているが、ウマ目の動物は見当たらない。

駿美の背後から、声が聞こえる。

「シマウマ、見えないっす」

「クロサイは……わからん。あの池に半分、入っているやつ？」

「あれはカバだろ。バカそうな顔をしていて、ひっくり返っているから、カバ！」

背後の菊池と北野が爆笑をする。駿美は、ますます戸山庁舎の人選を恨んだ。

やがて、オフィス棟が見えた。二階に上がると、スタッフに奥の飼育展示課長室に案内された。

飼育展示課長は、六十歳くらいの赤ら顔の男だった。ワイシャツが腹回りで、だらしなく飛び出ている。名乗りもせず、椅子に座ったままだ。駿美たちを一瞥して、「動物園実習の獣医学生と、引率の助教？」と横柄に聞く。

「感染研の一ノ瀬駿美です。同行の菊池と北野も獣医師です」

駿美は名刺を差し出す。飼育展示課長は渋々と受け取って、「島西《しまにし》だ」と名乗る。

「島西課長。乃木動物公園のシマウマが、『インフルエンザ疑い』と連絡を受けました。サンプル採取と臨床所見を行います。感染研からも、連絡済みだと思いますが……」

「ああ、もう必要ないです。インフルエンザのシマウマとサイは、手がつけられないほど暴れると聞いたんで、来場者と飼育員の安全のために、陽性の動物はさっき処分しました」

「発症前に殺処分にしたんですか！」

駿美が非難すると、島西は鼻で嘲笑《わら》った。

「うちは、感染研のために動物を飼育しているわけじゃないですから。市民の皆様の税金で運営する、市民の教育とレクリエーションのための施設なんでね。減価償却は終えたんで、処分は問題ありません」

「感染研は、厚生労働省の研究所です。今回の新型インフルエンザは国が注目しています。仙台市宛以外にも依頼文書が必要なら、厚生労働省から宮城県に発行してもらいます。手続き中は、殺処分の死体を保管してください」

駿美が言い放つと、島西は面倒くさそうに手を振った。

「死体の回収は正午。そっちの作業は三十分で終わるの？　なら、今すぐやって」

島西が斜《はす》向かいの職員に顎で指示をする。職員は「死体は、アフリカ園の隣の厩舎です」と先導する。

駿美は、まだ気分が晴れなかった。腕組みしながら職員の後ろを歩いていると、背中を突っつかれる。振り返ると、菊池が笑顔を向ける。

「一ノ瀬先生、負けなかったっすね！　カッコよかったっす！」

菊池と北野は、同時にサムズ・アップする。

(戸山庁舎の人選、間違ってなかったかも。連れてきて良かった)

駿美は、一緒にサムズ・アップした。

十一

仙台でのサンプル採取を終えて、那須に向かう。運転を北野に任せて、新山に電話をかける。ワン・コールで切って、折返しを待つ。

「サラ先生、日中に珍しいね。用件は、何？」

駿美は手短に伝えた。

「これから那須でサンプリングなの。ＮＲＡ総研の近くに行くから、サンプル受け渡しの場所と時間を指定して」

「終業後でいい？　六時に、宇都宮駅の近くのケーキ屋で。ル・ショコラ・シャルル・ルイ・ベルナールには及ばないけれど、チョコレート・ケーキが美味しいんだ。店の名は……」

「時間はいいけど、受け取りに行くのは、私じゃないわ。総研と感染研の見解が違うみたいだし、用心しましょうよ。菊池っていう二十五歳の金髪の男子が行くから、餃子《ギョーザ》でも食べさせてあげて」

菊池が、驚いた顔をして自分を指差す。駿美が頷くと、電話の向こうで新山が投げ遣りに応えた。

「なら、駐車場があるファスト・フード店でいいや。宇都宮線の石橋《いしばし》駅から歩いて五分くらいのところに、ハンバーガー・ショップがある。四号沿いだ。そこに来てもらって」

駿美は了解して電話を切った。

「菊池クン、北関東サファリ・パークのサンプリングは時間が掛かるかもしれない。先に黒磯《くろいそ》駅に行くから降りて。そのまま宇都宮線で石橋駅に向かってくれる？　駅から徒歩五分のハンバーガー屋に、六時。眼鏡を掛けた三十五歳くらいの男性から、サンプルを貰ってきて」

「菊池、いいな。ミッション・インポッシブルみたいじゃん」

運転席から北野が茶々を入れる。

「そりゃ、俺ってトム・クルーズに似ているからな。適任だろ？　って、インポッシブルなんて縁起が悪いだろ！」

菊池と北野は、やいやいと言い合う。

「でも、一ノ瀬先生、『三十五歳の眼鏡の男性』だけじゃ、情報が少ないっすよ。もうちょっと、詳しいルックスを教えてください。似ている俳優とか」

駿美はすぐに思いついた。

「アルパカみたいな顔をしているわ」

学生たちは大笑いした。

十二

北関東サファリ・パークでは、受付の奥で飼育員が待ち構えていた。ロゴの入った作業着とキャップを身に着けている。

「相模《さがみ》と言います。感染研の一ノ瀬先生ですね。お待ちしていました」

相模は、人懐こい笑顔を駿美に向けた。駿美が挨拶すると、続いて北野も自己紹介する。

「同じく感染研の北野です。補助で来ました。相模さん、同い年くらいですか？　僕は今年、二十五です」

「僕も二十五です。専門学校を出て、今年で五年目です。ご案内します」

相模はキビキビとした動きで、シマウマ模様のワゴン車まで先導する。

「シマウマとロバの頭数が多いので、採血は済ませておきました。スワブの検査は保管が難しいと聞いたので、やっていません」

「採血だけでも助かります。鼻腔スワブは、私と北野が採取します。鼻の中は雑菌が多いから、すぐに専用の培地に入れて、殺菌しながら運ばないとダメなんです。発症している動物は、いますか？」

「シマウマが二頭、普段よりも暴れているので隔離しています。それ以外のシマウマやロバの検査も、お願いします。今日この場で、検査結果はわかりますか？」

「簡易検査もしましょう。発症していない動物でも陽性とわかったら、スタッフの皆さんで警戒できます」

駿美は園内地図を確認した。

「地図を見ると、サイがいますね。あとは、ジンキーとゼブロイドがいる。ウマ目は全頭検査をさせてください」

北野が首を傾げる。

「一ノ瀬先生、ジンキーとゼブロイドって、何ですか？」

「シマウマと他のウマ科を掛け合わせた動物よ。このパークには、母親がアフリカロバのジンキーと、父親がロバのゼブロイドがいるみたい」

北野は、感心したように鼻を鳴らす。駿美は地図を改めて眺《なが》めた。

「広大な土地に、たくさんのウマ目がいるのね。北野クン、手分けしましょう。ジンキーとゼブロイドを任せていい？　純血のシマウマよりは、気性が荒くないから。サイはどうしようかな」

「北野先生にも飼育員を同伴させます。シマウマのハーフと一緒に、シロサイのサンプルも採取しましょう。……シロサイの担当者が今、駐車場に戻ってきました。彼なら、ゼブロイドの採血もできます。北野先生、指示をしてください」

北野が車に乗り込む姿を目で追っていると、駿美の携帯電話が鳴った。駒子からだ。駿美は『あとで小淵沢に行く』とメールを打って、相模に向き直った。

「話の途中にすみません。私たちは、どんな順番で検査しますか？」

「まず、僕と発症のシマウマを見に行きましょう。その後に、シマウマとロバのコーナーで、鼻腔スワブを採取するという段取りで、いかがですか」

(手際がいい。こんなスタッフがいるパークならば、飼育員が採取したサンプルも信用できそう)

駿美は、利根に聞いた、小淵沢での三宅のいい加減なサンプル採取を思い出した。

(馬を助けるためには、正確なデータが必要なのに。……いいわ、私が全国に赴いて取ってやるから!)

相模が隔離馬房に向けて車を走らせている間、駿美は臨床症状を聴き取った。

「発症直後の様子を教えてください。発熱や発咳で気がついたんですか?」

「展示用の放牧地で、他の動物にしつこく攻撃して怪我をさせました。湊水は垂らしていましたが、熱や咳はなかったので気づくのが遅れました。馬インフルエンザのことは、動物園のメーリング・リストで、最近、動物園でも流行《はや》っていると知りました」

熱や咳がないなら、小淵沢の馬とは臨床症状が変化している。『ウイルスの変異』が起きていそうだ。

「発症したシマウマは、今は馬房に入れているんですか」

「個別に、馬房に入れました。一頭にしたら、馬房内をぐるぐる回っているだけで、さほど害はありません。ただ、飼育員にも攻撃的なので、手入れができません」

車は隔離馬房の前に停車した。相模は、歩きながら駿美に質問する。

「発症した馬は、どれくらいで治るんですか？」

「山梨で発症した馬は、十日から十四日程度で、症状が治まりました。でも、今回のウイルスは、変異が速いらしいです。こちらのシマウマの症状は、山梨とは違います。経過は変わるかもしれません」

「発症している間、皆さんはどのように管理しているんですか？」

「競馬のトレセンでは、麻酔で鎮静をコントロールしています」

「薬代が、かなりの金額になりますよね」

「一頭あたり十万円は下らないと思います」

二人は発症したシマウマの前に着いた。相模は、状況を見せるために、わざと馬房内に入るフリをした。

シマウマは、目を血走らせ、耳を絞って威嚇する。相模が馬房内に身を乗り出すと、頭突きで追い出そうとする。

「一頭で静かに過ごせる環境が作れれば、発症期間を凌《しの》げますか？　うちは頭数が多いから、一頭に高い薬代は出せません。それでも、何とかみんなを生かしたい」

相模は、懸命に考えて、少しでも駿美から情報を得ようとしている。

動物園ごとに事情があるのは責められない。淘汰《とうた》は仕方ない選択かもしれない。だが、現場の飼育員が一つの命を生かすために真剣に悩む姿を見て、駿美は勇気づけられた。

(私も、真相解明のために知恵を振り絞る。飼育員さん、解決するまで、どうか動物を守って!)

駿美は、旋回する馬を見つめる相模に、エールを送った。

十三

北関東サファリ・パークでの仕事を終えて、JR宇都宮線の石橋駅に向かう。菊池はすでに西口ロータリーで待っていた。

「サンプルの受け取りは、一分も掛かりませんでしたよ。アルパカさん、百円バーガーすら奢《おご》ってくれなかった」

菊池は文句を言いながら、助手席に乗り込んだ。駿美は腕時計をチラリと見た。午後六時だ。

北野が車を発進させた。後ろから来た白いセダンが、追い越しざまにクラクションを鳴らす。

(今の、新山先生だったのかしら)

往診をする獣医師は、診療道具を積む。だから、車種は小回りが利いて荷物を多く積める、車高の高いミニバンに乗りがちだ。だが、新山の愛車は、セダンでも不思議ではない。

「一ノ瀬先生、ぼんやりしてないで。戦利品をチェックしてください」

菊池が振り向いて、駿美にプラスチックのレジ袋を渡した。

中には、保冷バッグと、CLBのロゴが入ったベージュ色の紙袋が見える。

駿美は保冷バッグを取り出した。身を乗り出して、後方座席のクーラーバッグにそのまま入れる。

次に紙袋を改める。板チョコレートが一枚、入っている。包装紙にはアルファベット表記で、シャルル・ルイ・ベルナールと書いてある。

包装紙の上には走り書きのメモが貼ってあった。

『お互い頑張ろう』

パーカーのポケットにメモを無造作に入れる。チョコレートの包装を取って、大雑把《おおざっぱ》に三等分する。

「食べる？　疲れた時には、甘いものよね」

座席前方にチョコレートを差し出す。菊池は受け取りながら、大袈裟に驚くフリをした。

「リアクションが薄いなぁ！　アルパカさん、顔を赤らめてメモを書いていましたよ。一ノ瀬先生って、実は意外とモテるんですね。上腕二頭筋《じょうわんにとうきん》なんて、アルパカさんより太そうなのに」

腕の筋肉に物を言わせて肘鉄《ひじてつ》を食らわしたい気持ちを、ぐっと堪《こら》える。高級チョコレートを、ゆっくりと舌の上で転がす。

菊池はスルーされて、きまり悪そうに話を続ける。

「さっき、滝沢先生からメールが来ました。帰り道は一ノ瀬先生を車中で眠らせろ、って。北野、運転中に鼻歌を歌うなよ」

よくわからない指示だ。感染研に着いたら、夜中まで扱《こ》き使うという意味なのだろうか。

自分にも、滝沢からメールが来ているかもしれない。駿美は携帯電話を取り出した。

着信メールの中に、駒子のものがあった。

『小淵沢の馬が暴れている。助けて』

(小淵沢の感染馬は、昨日、桐谷先生たちが殺処分にしたよね)

首を捻って、駒子に電話をかける。何度かけても、留守電に切り替わるだけだ。

「ラジオでニュースを探して」

駿美は前の二人に頼みながら、携帯電話でニュース・サイトを開いた。

『小淵沢で奇病。馬三十頭が暴走』

詳細は書いていない。

(誰に聞けばいい？　とねっこ先生なら、また診療に駆り出されているかもしれない)

だが、診療中ならば電話は取れない。滝沢なら、馬インフルエンザ関係のニュースをまとめているはずだ。

「菊池クン、滝沢先生の携帯の番号を教えて」

「僕のを使ってください。着信履歴が残っていますから」

菊池の携帯電話を受け取り、即座にリダイヤルを押す。

「菊池君、どうした？」

応答した滝沢に、被せるように尋ねる。

「滝沢先生、一ノ瀬です。小淵沢の状況を教えてください」

「一ノ瀬さん、ニュースを知っちゃったか。ともかく、いったん感染研に戻ってきて。詳細は戻ってきてから」

「隠さないでください。気になります」

「帰ってきたら、すぐに小淵沢に向かってもらう。現地では、頭と身体を使わないとならない。疲れていると判断が鈍る。車の中で寝てきて」

言いたいことだけ言って、滝沢は電話を切った。

菊池に携帯電話を返す。情報のない今、あれこれ考えても無駄だろう。

(眠れるかどうかはわからない。でも頭を空っぽにしよう)

「私、目をつぶるから。村山庁舎に着いたら、声を掛けて」

駿美は、三年前の全日本選手権でフランシスコと行った最高の演技を思い出した。騎乗の心地よい震動は、つかの間のリラックスにはぴったりだった。

十四

三人を乗せた車は、午後八時過ぎに村山庁舎に到着した。

電車で戸山庁舎に戻る菊池と北野とは駐車場で別れて、サンプルを手に、滝沢の待つ実験室に駆け込む。滝沢は駿美の顔を見ると、手短に状況を伝えた。

「まず、小淵沢の件。今日の昼頃に、北杜市内の複数の乗馬クラブ、観光牧場で、馬の疾病が発生。延べ三十頭以上が暴れて、繋養地外に飛び出した。現場で対応していた警察官が一人、亡くなったらしい。地元猟友会が協力して、見つけ次第、殺処分している」

「競技場の馬は殺処分済みなのに、新たに三十頭も発症ですか？」

滝沢は首を横に振った。

「三十頭は敷地外に出た馬の数だ。発症したのは、百頭近いらしいよ。現場は関係者が入り乱れていて、正確にはわからない」

耳を疑うような話に、聞き返す。

「百頭近くが、今日、示し合わせたように発症したんですか？」

「一ノ瀬さんの疑問は、もっともだ。まだ、証拠はないけれど、確かに怪しい。アウト・ブレイクだって、こんなに一斉には起こらない」

滝沢は、駿美を鋭い視線で見据えた。

「俺は、感染研のメンバーの報告と、メンバーが採取したサンプルしか信じない。扱き使って悪いけれど、一ノ瀬さんも今から小淵沢に行ってほしい。その前に、仙台と那須のサンプルを貰うよ」

サンプルを手渡しながら、状況を伝える。

「仙台は、着く直前に殺処分されていました。発症前だったそうです。血液は、殺処分用の薬剤が入っていて、使えないと思います。鼻腔スワブは死亡直後で問題ありません。那須は飼育員の協力を得て、血液と鼻腔スワブを採取。発症馬に発熱、発咳はなかったそうで気になります」

滝沢は、憂鬱《ゆううつ》な顔をする。

「最初の小淵沢と、臨床症状が違うね。ウイルス遺伝子が変異した可能性がある」

「私も、そう思います。最後に、こちらが美浦トレセンのサンプルです。中は見ていません。関係者から受け取ったままの状態で渡します」

「すぐに分析するよ。小淵沢だけど、一ノ瀬さんを一人では行かせられない。別室で、平原先生が待機している。今から呼ぶから、一緒に行って。出発前に、何か質問はある？」

「そういえば、今日の記者発表はどうでしたか？」

「正直、肩透かしだったな。大手マスコミは、ニュースで取り上げなかった。馬だと、どうしてもNRAの発表のほうが大きく取り上げられる。向こうの発表が先だったしね」

駿美は気落ちした。あからさまに態度に出ていたのか、滝沢が慌てて取り繕う。

「でも、手をこまねいているだけじゃないぜ。マスコミが報じないんなら、自分たちの手で広めるまでさ」

「滝沢先生、何か名案があるんですか？」

「今、感染研の独自のユーチューブ・チャンネルの設営を、厚労省に掛け合っている。ウイルスの性状や感染経路は、動画でじっくりと説明したほうがわかりやすいからね」

「いいですね。研究者の解説があれば、説得力が増します」

「公式チャンネルが無理なら、研究者が個人チャンネルで説明する方法もあるさ。菊池と北野なんて、理系ユーチューバーとして、結構、有名らしいよ」

「今の時代、真実を伝える方法は、必ずある」

駿美が呟くと、滝沢が「そのとおりさ」と賛同する。

滝沢が内線電話をかけると、すぐに平原が現れた。

「今回もよろしく。診療車仕様の一ノ瀬さんの車を使おう。小淵沢までの運転は、私がする」

固辞したが、平原は主張を曲げなかった。

「一ノ瀬さんは、さっきまで現場仕事で疲れているだろう。それに……。言いにくいが、私は馬に怪我をさせてでも、身を守るために発車できるからね」

馬も人も守るなんて考えは、甘い。

平原に諫《いさ》められたと気づいて、駿美は気を引き締めた。

「山梨県馬術競技場が対策本部になっているらしい。先発隊は、そこで剖検とサンプル採取をしている。一度、家に帰って、準備しておいで。三十分後に、下で待ち合わせよう。夜は、馬の捜索はしていないから、一刻は争わない」

平原の後に滝沢も言い添える。

「家で少し、リフレッシュしておいでよ。サンプルのための器材は、俺が用意しておくよ」

駿美は言葉に詰まった。何かを言おうとすると泣きそうになったので、ただ、深く頭を下げた。

十五

中央自動車道の小淵沢インターチェンジは閉鎖されていた。

「インフルエンザの馬のせいですか?」

「電光掲示板には『閉鎖中』としか書いていない。先に進もう」

駿美と平原は、次の諏訪南《すわみなみ》インターチェンジで下りた。県道十七号線に沿って、山梨県に逆戻りする。

「たくさんの赤いライトが見えます。検問かな」

カーナビを見ると、ちょうど長野県と山梨県の県境で非常線が張られているようだ。

「突き当たりまで進もう」

非常線に近づいて停車すると、運転席の窓を叩かれた。窓を開けると、若い警察官がお辞儀をする。

「申し訳ありませんが、この先は行けません。馬が逃げて、警戒中です」

「国立感染症研究所の獣医科学部第二室長の平原だ。山梨県馬術競技場に置かれた対策本部に用がある。殺処分された馬の解剖と検査に来た。通してくれ」

警察官は上司に相談しにいった。無線で確認しているようだ。

「お待たせしました。パトカーで先導しますので、付いてきてください」

数分で競技場に到着する。パトカーの警察官は、場内の本部棟まで案内すると、同僚に事情を説明して帰った。

「こちらの本部棟が、対策本部です。厩舎では獣医の先生たちが解剖や検査をしています」

引き継いだ警察官が、駿美と平原に伝える。本部棟も、厩舎も、電灯が煌々《こうこう》と輝いている。

「私は、先に剖検の状況を見てくる。一ノ瀬さんは本部棟で待っていてくれ」

「了解です。私は、馬のオーナーたちの様子を探っておきます」

平原が厩舎を目指して歩いていく。駿美は階段を上って、控室になっている会議室へ向かった。

十六

駿美が会議室に入ると、小淵沢の乗馬クラブのオーナーたちは、ギョッとした表情をした。これまでに一ノ瀬乗馬苑を責めた覚えがあるのだろう。多少は後ろめたく感じているらしい。

会議室の中は、警察関係者、馬のオーナー、獣医師、ウイルス研究者が入り乱れている。職業ごとに固まっているが、夜半過ぎなのに優に三十人はいる。

「遠出の直後に小淵沢まで来て、疲れているだろう」

振り向くと、桐谷が手をヒラヒラさせている。

「桐谷先生こそ、名古屋でのサンプリングの後に、お疲れさまです」

「僕は新幹線移動だったから、大丈夫。さっき、厩舎にいたら、平原先生がいらっしゃった。ちょうど休憩の時間だったし、一ノ瀬さんが来ていると聞いたから、本部棟に来たんだ。今さっきまで、厩舎に駒子ちゃんが来ていたよ」

(そうだ、駒子に電話をかけなくちゃ。それとも、実家はすぐそこだから、ちょっと帰る許可を貰おうかな)

思案していると、桐谷に袖をグイッと引っ張られる。

「知らせておきたいことがあるんだ。ちょっと、こっちに来て」

「どこに行くんですか？　ここで、平原先生を待たないと……」

桐谷は、前方にあるホワイトボードに、駿美を連れて行った。

ボードには、逃げ出した馬の名前、オーナー、逃げた推定時刻、捕獲時刻、殺処分済みか否かが、一覧表で書き出してある。三十頭以上いる。未だに捕まっていないのは、六頭のようだ。

川崎では三頭の捕獲にずいぶんと手間取った。山梨も、全頭の捕獲と検査が終わるには、まだ時間が掛かるかもしれない。

「注目するのは、表の二ブロック目だよ。一ノ瀬乗馬苑の馬の名が書いてある」

言われた部分を見る。一ノ瀬乗馬苑の馬は七頭、書かれていた。全て殺処分済みだ。

「一ノ瀬乗馬苑の七頭は、病気で凶暴になって逃走したんじゃない。どうやら、誰かが故意に逃がしたようなんだ」

駿美は虚《きょ》を突かれた。桐谷は説明を続ける。

「実際に、剖検では七頭とも発症は認められなかった。鼻腔スワブの簡易検査では、陽性ですらなかった。駒子ちゃんいわく、七頭は出入口に最も近い厩舎にいたそうだ」

会議室の中ほどに座っている馬のオーナーたちが、駿美と桐谷の様子を窺っている。駿美と目が合うと、揃ってそっぽを向く。

「誰が、そんな酷いことをしたんですか？」

「犯人は、まだわからない。あそこにいる乗馬クラブの人たちかもしれない」

「北杜ライディング・クラブの二代目がいる。以前から、一ノ瀬乗馬苑をライバル視していたんです」

問い質《ただ》しに行こうとする駿美を、桐谷がなだめる。

「ただ、逃げた馬は、当初は殺処分の予定はなかったんだ。嫌がらせで困らせるつもりの行為が、大事《おおごと》になって悔いているようにも見える。さっきから、不自然なくらいに怯えている」

「桐谷先生は、先日、競技場に留め置かれた馬の剖検もされましたよね。その時に駒子に詰め寄っていた人たちって……」

「あそこにいるオーナーたちも含まれていたよ。ただ、その場の全員が駒子ちゃんに嫌味を言っていたような状況だった。だから、確定は難しい」

駿美はオーナーたちを睨みつけた。

「あの人たちを問い詰めるのは、後にします。私、平原先生に断って、いったん家に戻ります。駒子が心配です」

「それがいいよ。駒子ちゃん、厩舎ではらはらと泣いていたぜ。可哀想に」

駿美は、ホワイトボードを思いっきり叩いた。バァーンと余韻が響く。オーナーたちが身を縮める。

「今晩中に、また戻ってきます」

オーナーたちの間を通る。前だけを真っ直ぐ見て、駿美は出口に向かった。

十七

厩舎への道すがら、電話が鳴った。駒子からだ。駿美は受けながら、厩舎の庇《ひさし》の下に駆け寄った。

「昼間は、電話に出られなくてごめん。でも、私も何回もかけたんだよ」

駒子が、暗い声で何かを呟いた。駿美は、わざと明るく応じた。

「聞こえないよ。もう少し、大きな声で言って。今、競技場なの。駒子とは入れ違いになっちゃった。今から家に向かうから、待っていて。駒子の愚痴《ぐち》、いっぱい聞いてあげるから」

急に駒子の掠《かす》れた声が明瞭に聞こえた。

「駿美ちゃん、お父さんが部屋で死んでいる。家に帰ってきた時は、いつもと変わらなかったのに」

駿美は、我ながら驚くほど冷静だった。とっくに覚悟していたのかもしれない。

「本当に？　倒れているだけじゃなくて？」

「わからない。でも、ＡＥＤは反応しなかった」

「私が行くまで、心肺蘇生《そせい》して。すぐに行くから、何も心配しないで。救急車や警察の手配も、私がするから」

電話を切ると、厩舎に飛び込んで平原を探す。

平原は駿美に気づいて走ってきた。顔を合わせた途端、駿美の肩を揺さぶる。

「おい、何を泣いているんだ？」

気づかぬうちに、涙が溢《あふ》れていた。

「父が、亡くなったかもしれません。姉から連絡が来ました」

「ヘンドラ・ウイルス感染疑いのお父さんだな。病死？　事故死？」

「わかりません。でも、姉は救命講習を受けているので、心肺停止は間違いないと思います。今、蘇生をしています」

　平原はポケットをあちこちと探った。くしゃくしゃのハンカチを見つけて、駿美に差し出す。

「私は何をすればいい？　遠慮なく言ってくれ」

　心は静かだが、涙が止まらない。駿美はハンカチで目頭を押さえながら、平原に伝えた。

「センター病院の医師に、連絡を取ってください。救急車も警察も、連絡はまだです」

「実家は近いの？」

「車なら十分です」

「地元病院への入院や警察の検視前に、センター病院の検査・検体の手続きをしよう。それから、『新感染症の疑いで、感染研の医師が付き添っている』と、救急と警察に連絡を取るべきだな」

　駿美は平原の言葉に引っ掛かった。

「『新感染症の疑い』と言ってしまって良いんですか？　センター病院に運べなくなるのではないですか？」

「新感染症の疑いならば、対応できる病院は国内に四ヶ所しかない。山梨県で発生したら、東京のセンター病院の車両を呼んで患者を運んでも不自然じゃない」

「ヘンドラという名前は、伏せるんですか？」

「隠蔽するつもりはない。だけど、ヘンドラは日本での発生がないから、第四類感染症の扱いなんだ」

「通常の病院に入院できるんですか！　レベル4の病原体なのに！」

レベル4のウイルスの扱いとしてはお粗末すぎる。

「感染症指定機関ではない、通常の救急病院に運ばれたら、具合が悪い。ともかく、現場にすぐに向かおう。どのみち警察は来る。私の医師免許と名刺を見せて、説明するから」

「先生、獣医師だけでなく、医師免許も持っていらっしゃるんですか」

「臨床経験はないがね。念のため、山梨県の第一類感染症指定機関になっている県立中《けんりつちゅう》央病院《おうびょういん》の先生にも、連絡をしておこう。感染症について、懇意な監察医に説明してくれるかもしれない。あとは……、おい、そこの学生！」

平原が厩舎の入口から怒鳴ると、近くにいた感染研の学生が飛んできた。

「防護服を三着持って、一ノ瀬さんの車に来い」

駿美と平原と、駒子の分だ。

駿美は、駒子に心肺蘇生させた指示を後悔した。もっとも、駒子は徳郎とずっと一緒に生活していたのだから、防護服着用は今更だ。

「お父さんは、ヘンドラ・ウイルスを濃密に吐き出しているわけではないだろう。でも、念には念を入れ、だ」

　乗馬クラブの状況確認と消毒という名目で、駿美たちは競技場を離れた。

十八

　駿美が運転している間、平原は必要な機関に次々と連絡を取っていった。

「センター病院の緊急車両は、二時間以内に小淵沢に来られるそうだ」

「特殊な仕様の救急車が来るんですか？」

「滅多に登場しない車両だ。十年前、エボラ出血熱の疑いの患者を、羽田空港《はねだくうこう》から運ぶ時に使われた。陰圧処理されていて、病原体を外に漏らさない作りになっている」

「防護策がしっかりと施されているんですね」

　普段どおりの会話が、悲しみを包み隠してくれる。駿美は平原に感謝した。

　家に到着すると、玄関の前で防護服を着るよう、平原に促される。駿美は現実に引き戻された。

　中には、最悪の人馬の感染症で亡くなった父がいる。

（防護服で処置するなんて、お父さんが本当にただの「モノ」になってしまったようで嫌

だ)

駿美はそれでも、防護服を手早く着込んだ。

二階の徳郎の部屋の扉をノックする。返事はない。

扉を開けると、床に横たわった徳郎がいた。傍らには、心肺蘇生をとうに諦めた様子の駒子がいる。

「駿美ちゃん、ダメだった。一度も息を吹き返さなかったの」

「駒子、一人で頑張ったたね。もう大丈夫だよ。感染研の先生に来てもらったから、お父さんを見せて」

「一ノ瀬さん、お姉さんに防護服を着てもらって」

「わかりました。私が着せます」

駿美は駒子を部屋の端に引っ張っていった。

「宇宙服みたい。お父さんの病気って、そんなに怖いの？」

「私たちを守る服だけど、検査のために雑菌を付けない目的もあるの」

「それに、失礼な言い方だけど、警察へのパフォーマンスにもなる。ご遺体を詳しく調べるために、国際医療研究センター病院に運びたいからね」

平原が背後から補足する。

駒子は、気が進まない様子で、のろのろと防護服を着た。やっと終わって、駿美は父の状態に視線を戻した。

平原は、徳郎に触らないようにしながら、ドーム型の資材で覆っていた。簡単な死亡確認のみして、詳細はセンター病院の医師に任せる方針のようだ。

「一ノ瀬さん、お父さんのお顔が近くに見えるうちに、会っておかないか？」

平原は駿美の視線に気づくと、手を止めて呼び掛けた。

徳郎に近づく。駒子も後から付いてくる。

徳郎の顔は綺麗だった。苦しんだ様子はない。徳郎の安らかな旅立ちを確認して、駿美は悲しみが却《かえ》って込み上げてきた。

駒子が嗚咽《おえつ》を漏らしたと思うと、駿美の袖を掴んで泣きじゃくった。

（駒子はか弱いから、私が支えなくちゃ）

駿美は、泣けなくなった。

平原は駿美が振り返るまで、次の作業を待っていた。目が合うと、目配せで意図を伝えて、徳郎の上にドームを置く。

「そろそろ、救急隊員か警察関係者が来る頃だ。私が対応しよう。一階で、死体検案書を書きながら待つよ」

去り際に平原は、「もし、ウイルスが検出されて消毒が入ったら、何も持ち出せなくなる。形見にしたいものがあれば、今のうちに選《よ》り分けておいたほうがいいよ」と助言をくれた。

「駒子、思い出の品の整理をしよう。お父さんが大切にしていたメダルや馬具を持ち出せなかったら、恨まれちゃう。私は、よくわからないから、教えて」

駒子は、駿美の言葉で、ようやくシャッキリとする。

「お父さんのお気に入りの品なら、よく見せてもらっていたわ。任せて」

駒子は、隣の部屋から蓋《ふた》付きの衣装ケースを持ってきた。あまり悩まずにどんどん仕分けて、ケースの中に入れていく。

駿美は駒子をしばらく手伝ってから、一階に下りた。玄関の外から、平原の説明が聞こえる。

「珍しい人獣共通感染症の馬に接触した疑いです。まだ感染したとは限りません。確定検査は、国際医療研究センター病院で行います」

「では、最後に死体見分をさせてください。平原先生、立ち会いをお願いします」

「死体はドームで隔離しています。部屋の中に入るのは、防護服の人だけにしてください」

扉が開いた。捜査一課から派遣されてきた検視官が、二階に上がる。

一階のPCを弄っていると、検視官たちは三十分もしないうちに、下りてきた。

「では、平原先生。詳細がわかり次第、警察にも連絡をください」

検視官たちは、駿美に気づくと一礼して出ていった。

「平原先生、お疲れさまでした。全部、お任せしてすみません。ありがとうございます」

「さっき消防が来たから、あとはセンター病院にご遺体を引き渡すだけだ。遺品の整理はできた？」

「駒子が張り切っているので、任せました。私は物欲がないので、残しておくべき物がわからなくて。それに、数年前から父とは折り合いが悪くて、何を大切にしていたかもわからないんです。

遺体を見ても、涙が出ないんです。冷たいですよね。フランシスコが死んだ時に、一生分、泣いたからかな。フランシスコって、私の愛馬で、一緒にオリンピックを目指していたんですけれど……」

平原は、肯定も否定もせずに、駿美の話をじっと聞いている。

「長々と自分語りをして、恥ずかしいです」

目を逸らすと、玄関の横の蹄鉄が見えた。駿美は、思わず駆け寄った。

蹄鉄は、幸運を呼ぶお守りになると言い伝えられている。歴代の活躍馬の蹄鉄が並ぶ中に、駿美はかつての愛馬のものを見つけた。

「それは、一ノ瀬さんの思い出の品なの？」

「フランシスコの蹄鉄です。十六歳の私に、父が『全部、任せるから、この馬を調教してオリンピック選手になれ』って言ったんです。装蹄《そうてい》も自分でやれって言われて、この蹄鉄を苦労してフランシスコに着けたんです」

「じゃあ、お父さんとの思い出の品でもあるね」

平原の言葉に、駿美は胸が熱くなった。

玄関前に車が停まる音がする。

「センター病院の職員だ。行こう」

駿美は蹄鉄を丁寧に紙で包み、鞄に仕舞《しま》った。

第五章　足《あし》踏《ぶみ》―Piaffe―

一

小淵沢の馬の大量逃走事件は、発生から一週間が経っても解決しなかった。

ＮＲＡからの補助で、狂騒型の馬インフルエンザ発症馬は、無償で二週間の麻酔コントロールを受けられるようになった。現在、小淵沢だけで、七十頭以上の馬が恩恵を受けている。

それでも、小淵沢では今なお、新たな発症馬が毎日のように現れた。しばしば、逃走騒ぎを起こす馬もいるため、非常線は張られたままだった。

駿美は、一週間、小淵沢に居続けだった。競技場に集められた麻酔コントロールが必要な馬のために、獣医師は一人でも多くいたほうがいい。

すでに午後八時だ。駿美は、今日、最初の休憩を取るために本部棟の会議室に入った。小淵沢の乗馬クラブのオーナーたちが、今日も三人いる。非常線の解除の可能性や、新しい発症馬の情報を得るために、毎日、交代で足を運ぶ取り決めになっているらしい。ウエスタン・ランチの佐々木が、「サラ先生」と手を振った。駿美はオーナーたちに近づいた。

「先日は、父のお別れ会に来てくださって、ありがとうございました」

三人に深々とお辞儀をする。

「まだ二日前か。ずいぶんと経ったような気がするよ。良い会だったが、最後に徳郎さんの顔が見たかった。遺言で、医学部の学生のために献体したそうだから、仕方ないけれどね。最後まで立派なものだ」

佐々木の言葉に、他の二人も頷く。

嘘をついている状況が心苦しくなる。徳郎の遺体は、東京の国際医療研究センター病院に、無事に運べた。検査の詳細の連絡が、そろそろ来るはずだ。

「非常線内で飼育されている馬の移動禁止は、まだ解けないのかな。サラ先生は、何か聞いている？」

「私も何も聞いていません。でも、馬インフルエンザの発生は、減ってきています。事態は好転すると思いますけれど……」

駿美は手近な席に座った。

「小淵沢の最初の発生では、競技場に留置された馬は、無条件に殺処分されたよね。本当は今回も、非常線内の馬は、病気に罹っていなくても全部、殺すつもりじゃないの？」

早速、手厳しい質問が飛んでくる。

乗馬クラブのオーナーの間で「北杜市内の馬は全頭殺処分」の噂が広まっている状況は、駿美も把握している。正直なところ、殺処分の可能性は高いと思っている。東京オリンピック馬防疫委員会は、近代五種競技を予定どおりに行うつもりだからだ。

発生数こそ減ったものの、新型馬インフルエンザの発生地域は、じわりじわりと拡大していた。

この病気は、人には感染しないのが救いだ。

とはいえ、罹患した馬が人に危害を加えかねない『狂騒型』だ。オリンピック開催国としては、いつまでも流行が続く事態は具合が悪い。だから、まだ日本全国には流行していない状態のうちに、囲い込んだ地域の馬を全頭殺処分する。それを、世界に向かっての清浄化宣言に繋げる。ありうる話だ。

（でも、こんな見解は佐々木さんたちに伝えられない）

駿美は、返答に窮して携帯電話を取り出した。ちょうど今、メールの着信があったフリをする。

「感染研から、連絡が来たみたいです。ちょっと失礼します」

そそくさと立ち上がって、出口を目指す。オーナーたちの視線が、駿美の背中に痛いほど突き刺さってきた。

二

厩舎の庇の下まで小走りで来て、周囲に人がいないのを確認する。

やっと一息ついて、携帯電話を開く。「今」メールが来た件は大嘘だ。とはいえ、感染研からは、毎日こまめにメールが来る。

駿美は、受信メールのタイトルと送信者をチェックした。平原からのメールを早速開く。

『近々、戸山庁舎に来られますか？　父上の検査状況をお知らせします。

ところで、NRAの最新の発表は見ましたか？　まだ、小淵沢から感染という説を捨てていません。滝沢君を中心に、証拠は固めています。反撃の相談もしましょう』

返信を書くために厩舎に入る。入口脇が、データ入力などの作業スペースになっている。

駿美は椅子に座って、鞄からノートPCを取り出した。平原へのメールの返信を何度も書き直す。

「一ノ瀬先生、厩舎に戻っていらしたんですね。ちょっと……」

入口から、ボランティアの女性が顔を覗かせる。四十代くらいの大人《おとな》しそうな人だ。割烹着《かっぽうぎ》を着ている。

競技場には、地元の婦人会のメンバーが、交代で手伝いに来ている。白衣の洗濯や、夜食の差入れなどで世話になっている。

全員は覚えられない。だが、この女性は今晩美味しい菜飯《なめし》のおにぎりを差入れてくれたので、覚えている。

「本部棟のおにぎり、私もいただきました。いつも、ありがとうございます」

女性は控えめに微笑んだ。何か言いたそうな素振りをする。

「何か、問題が起こりましたか？」

「佐々木さんが電話で『馬を逃がす』って話していたんです。誰かに伝えなくてはと思ったけれど、大事《おおごと》になるのも良くないし……」

駿美は、秘密を守ると約束した。女性は、堰《せき》を切ったように話し出した。

「私はちょっと休憩したくて、給湯室の電気を消して、椅子に座っていました。そうしたら、佐々木さんが給湯室前に来ました。『一ノ瀬先生は、全頭殺処分を否定しなかった。殺される前に、セバスチャンを長野方面に運び出そう』って、電話で話していました」

(セバスチャンですって? ……まさか、ね)

駿美は悪い予感を抑え込んだ。

「他には、何か聞きませんでしたか」

「『空の馬運車なら長野県境の非常線を越えられる。リサイクル・センターでピック・アップするから、夜十時に来て』と言っていました。その後、話し声は消えて、足音が遠のきました。私は怖くて、五分ほど待ってから給湯室を出ました」

腕時計を見る。八時半だ。

女性に礼を言って、会議室に急ぐ。

乗馬クラブのオーナーたち三人の姿は、すでに消えていた。駿美は駒子に電話をした。

応答がない。

(まず、家に帰って、セバスチャンがいるかどうかを確認しよう)

佐々木の後を追うのは、それからでも遅くはない。

同僚の獣医師に当番の交代を頼んで、駿美は実家に向かった。

三

一ノ瀬乗馬苑に到着すると、駿美は馬房を片っ端から調べた。

セバスチャンは、いない。着地検査は終わっているから、本来は乗馬苑の厩舎にいるはずだ。

厩舎内の馬具置き場を覗く。セバスチャン用の鞍や頭絡はない。

(馬インフルエンザの感染の危険を避けて、まだ着地検査用の牧場に置いているのかもしれない)

一縷《いちる》の望みに縋って、着地検査の牧場まで走る。

牧場の厩舎にも、馬の気配はなかった。

電気を点けた駿美は、馬栓棒に掛けられた馬着《ばちやく》を見て失望した。駆け寄って手に取る。

まだ、わずかに温もりが残っている。

馬房には、新しい糞《ボロ》が落ちている。着地検査中に、セバスチャン専用にしていた馬具置き場を見る。総合鞍がなくなっている。

駿美はもう一度、駒子に電話をかけた。やはり、繋がらない。

（間違いなく、駒子は他人目《ひとめ》を避けながら、セバスチャンに乗って長野県を目指している）

この辺りは、野山を切り拓《ひら》いたトレッキング・コースが豊富だ。今は、非常線のせいで、車の往《い》き来が少ない。なるべく馬道を使えば、待ち合わせ場所に着くまで、見咎められない可能性は高い。

駿美は事務所に戻って、ＰＣを立ち上げた。駒子の目的地と経路を予想しなければならない。

山梨と長野の県境付近には、リサイクル・センターは複数ある。とはいえ、待ち合わせ場所は、幹線道路の近くではないだろう。佐々木が電話をかけていたのは、八時から八時半の間だ。待ち合わせは十時だから、馬で二時間以内に行ける距離で、奥まった場所を探せばいい。

（ずっと駈歩はできないから、それほど遠くはない）

全ての条件を満たすのは、県境から北西に五㎞ほど山のほうに進んだ『富士見《ふじみ》リサイクル・センター』だった。

腕時計を見る。もうすぐ九時半になる。

駒子とセバスチャンを道中で探すのは至難の業だ。駿美を見て、駒子が逃げようとしたら、人馬もろとも怪我をするかもしれない。待ち合わせ場所に先回りすべきだ。

事務所を出る時に、玄関の正面に飾られた写真が目に入る。徳郎が、オリンピックに出場した時の写真だ。

（お父さん、守って！）

駿美は、念のために予備の馬具を車に載せて、出発した。

四

午後九時四十五分に、富士見リサイクル・センターに到着した駿美は、車の隠し場所を探して山道をさらに登った。

約三十m先に、すれ違いのための待避スペースがあった。車を駐めて、ヘッド・ライトを身に着ける。電灯は点けず、リサイクル・センターの入口が見える位置の木陰に身を潜める。

十分ほどすると、麓から規則正しい蹄の音が聞こえてきた。駿美の隠れた場所から十mくらい手前で蹄の音が止まる。

騎乗者が下馬する「トスン」という音が聞こえる。

まだ、姿を見せるべきではない。駒子と言い合いになって放馬したら、目も当てられない。

(駒子が、佐々木さんの馬運車の中にセバスチャンを入れて繋いでから、話し合おう)

さらに五分ほど待つと、車が近づいてくる音が聞こえた。駿美は体勢を変えて、慎重に木の幹から顔を覗かせた。

闇夜に、リサイクル・センターの入口の外灯が一つだけ光っている。少し離れたところには、騎乗者のヘルメットに取り付けられたヘッド・ライトと、馬運車のテール・ランプが光っている。ヘッド・ライトに照らされた顔が見える。間違いなく駒子だ。

馬運車の運転席から佐々木らしき男が降りてくる。男は馬運車の後扉を開いた。

駒子はセバスチャンの頭絡を外して、馬銜《はみ》の付いていない無口頭絡に着け替えた。引き手が無口の顎の部分に付けられる。セバスチャンを引いて、馬運車の中に消える。

駿美は、ゆっくりと十《とお》を数えた。駒子だけが馬運車の外に戻ってくる。

「駒子！　佐々木さん！」

二人は、山の中で幽霊でも見たかのように驚いた。

「セバスチャンを、非常線の外に逃がそうとしているのは、知っているよ。佐々木さんが協力を申し出たことも、知っている」

駿美は大きく息を吸い込んだ。腹の底から声を出す。

「駒子！　戻りなさい！」

駒子も負けじと、叫ぶ。

「駿美ちゃん、見逃して！　このままだと、セバスチャンは殺されちゃう。駿美ちゃんは、本当は小淵沢の馬が全頭、殺処分されるって、知っているんでしょ」

「まだ、決まってない。本当を言えば、このままでは全頭殺処分になる可能性は高いと思う。でも、そうならないように、私たち獣医師は、発症馬の麻酔コントロールを頑張っている。感染が収まるように、力を尽くしているわ」

「サラ先生、獣医さんの立場も理解できる。でも、何の悪さもしていない馬が殺されるのは忍びない。ましてや、セバスチャンはオリンピックに行く馬だ。むざむざ殺させるわけにはいかない」

佐々木の援護射撃に、駒子はさらに語気を強める。

「お父さんは、オリンピック選手を育てるのが夢だった。お父さんのホースマン人生に報いたいの。馬インフルエンザ騒ぎが収まるまで、北海道とか九州とか、発生していない土地にセバスチャンを匿《かくま》わせて！」

父の死の時でさえ綺麗に化粧をしていた駒子が、素顔で髪を振り乱している。

駿美は駒子を不憫《ふびん》に感じた。だが、感情に流されてはいけない。

「駒子。セバスチャンが、今回の馬インフルエンザの感染源と疑われているのは、知っているよね」

「もちろん知っているよ。でも、駿美ちゃんは、それは嘘だって教えてくれたでしょ」

「そうよ。感染源はエクセレント八王子校の馬だもの。でも、今、セバスチャンの移動先でインフルエンザが起こったら、『やっぱり元凶はセバスチャンだ』と言われるわ」

「また、駿美ちゃんが、『そうじゃない』って証明してくれればいいじゃない」

「馬インフルエンザは、今は各地で広まっている。ウイルスもずいぶん変異している。だから、初期の頃のように『セバスチャンのせいじゃない』とは証明しきれないの」

駿美は言葉に力を込める。

「駒子。セバスチャンは小淵沢に留《とど》めるべきよ。うちの牧場に戻しなさい。非常線を突破して勝手に移動させたら、小淵沢の馬業界全体が日本中から非難される。お父さんのホースマン人生に、泥を塗りたいの？」

「でも、オリンピックに出場できなくなる！」

駿美は、駒子の言葉を撥《は》ねつける。

「前回のオリンピックで『熱中症』の不祥事があったから、今回のオリンピックでは、馬に対する視線はさらに厳しいはずよ。感染症の汚染地帯にいたセバスチャンは、確実にデンマーク入国を拒否されるわ。今更、小淵沢から出しても無意味よ」

「何で、そんなに冷たい言い方をするの？　あんまりだよ」

「それが真実だから。嘘で取り繕ったって、意味がないでしょ？」

駒子が駿美に憎しみの眼を向ける。駿美は馬運車に乗り込み、繋がれていたセバスチャンを外に出した。

「佐々木さん、空の馬運車ならもう一度、非常線の中に入れるわ。戻ってください。駒子も連れて帰って。今回は、私は何も見なかった。でも、次回は上に報告します」

「セバスチャンは、どうするんだ？」

「私が乗って帰ります。私なら、咎められても『放馬したのを捕まえた』とでも説明すれば、言い訳が立ちますから」

「サラ先生が乗ってきた車は？」

「競技場にいる後輩の車で、あとで取りに来ます」

駒子は、堪えきれない様子で叫んだ。

「駿美ちゃんは、賢くていつも正しい。真実を貫く。でも、真実だけでは、人も馬も生きられない！」

佐々木は癇癪《かんしやく》を起こす駒子をなだめた。馬運車の助手席に駒子を乗せ、駿美に目で合図をして発車する。

駿美は、視界から消えるまで馬運車を見送った。

「さて、私も帰るか」

隣のセバスチャンの首をポンポンと叩きながら、言い聞かせる。

「あなたも災難だったわね。こんな良い馬で外乗なんて贅沢《ぜいたく》ね。家まで、怪我のないように導くわ。いつもと違う騎乗者だけど、よろしくね」

セバスチャンは、返事をするように鼻を鳴らした。

五

翌日、駿美は久しぶりに東京に戻った。

今朝、実家を出るまでに、駒子には会わなかった。お互い、少し頭を冷やしたほうがいいかもしれない。

村山庁舎に行く前に、平原に会うために新宿にある戸山庁舎を訪ねた。予約済みの小会議室に通される。

「わざわざ来てもらって、すまない。午後の馬インフルエンザの会議前に、一ノ瀬さんには伝えておきたかったんだ」

「メールを拝見しました。父の検査状況と、NRAの新しい発表の件ですね」

平原は、ノートPCに脳の病理検査の顕微鏡写真を出す。

「まずは、お父さんの件だ。ヘンドラ・ウイルス中和抗体は四倍だった。非化膿性《ひかのうせい》脳炎も観察された」

「微妙ですね。かつて感染はあったが、回復した値と考えていいですか？」

「一ノ瀬さんの指摘は正しい。感染研では、中和抗体八十倍以上をヘンドラ・ウイルス感染症としているが、感染経験がまったくなくて四倍が検出される場合も考えにくい」

駿美は参考になりそうなケースを思い出した。一九九四年から五年にかけて、オーストラリアのクイーンズランド州のマッカイで起きた事例だ。患者はヘンドラ・ウイルスに感染後、すぐに髄膜炎を発症したが回復した。だが、一年後に髄膜脳炎で死亡した。

「平原先生は、マッカイのケースをご存知ですか？　あの時は、中和抗体は何倍だったのでしょうか」

平原はPCに資料ファイルを呼び出した。

「中和抗体は、最初の脳炎発症時は四倍だね。一年後に死亡した時は、四千九十六倍だったと書いてある」

「ならば、髄膜脳炎はヘンドラ・ウイルスのせいですね。父の場合も、感染から死亡まで、時間が経っている部分は、マッカイと似ています。けれど、父の死因は違うと思います。四倍ですから」

平原の顔が急に強張った。

「血清学的検査の結果、お父さんは感染症の八十倍以上の中和抗体を持っていたんだ。ヘンドラじゃない。H5N1型の馬インフルエンザ・ウイルスの抗体だ」

「今回の新型の馬インフルエンザが、父に……人に感染したという意味ですか！」

平原は、頭を掻き毟《むし》った。

「詳細は確認中だ。万が一、ヘンドラ・ウイルスとインフルエンザ・ウイルスに、互いに感染しやすくしたり、発症を強調し合ったりする関係があれば、由々しき問題だ」

肝炎とHIVの共感染は、論文で読んだ記憶がある。それと似たパターンなのだろうか。

「父は、もともとヘンドラ・ウイルスによる髄膜炎があったので、免疫機能が低下していたと考えられませんか？」

「たしかに。だから、続いて感染したインフルエンザで脳症を起こしやすかったのかもしれないな」

ヘンドラ・ウイルス感染歴があれば、通常は人が罹らない馬のH5N1型にも罹患する可能性があるのだろうか。それとも、H5N1型の馬インフルエンザが、いよいよ人にも罹患するタイプに変異したのだろうか。あらゆる可能性を考える必要がある。

「いずれにしろ、動物だけの病気の範疇《はんちゅう》を超《こ》えてしまいましたね」

「センター病院で、今、急いで研究を進めている。少しでも進捗があれば、報告がある。その時は、一ノ瀬さんにも伝えるから」

「情報に頭が追いつかないです。ウイルス学の教科書を読み直しておきます」

考えるべき仮説が多すぎて、頭がパンクしそうだ。

「どちらにしても、一ノ瀬さんの機転のおかげで、ヘンドラと馬インフルエンザの掛け合わせという、新感染症の兆しを捉えられた。だが、しばらくはこの事実を伏せておきたいんだ。意図しない形で広まったら混乱は必至だからね」

駿美は他言無用を約束した。言われなくても、触れ回るつもりはない。

「では、次の話だ。NRAの勝手な発表に、釘《くぎ》を刺しておきたい。方策は二つある。一ノ瀬さんにも立ち会ってもらいたいんだが……」

「私は、何をお手伝いすればいいですか？」

「十時から、NRAの中園課長とズーム会議をする予定なんだ。ここの会議室で行うから、一ノ瀬さんも聞いていて。画面には映らないようにね」

駿美は室内の掛け時計を見た。あと十五分で始まる。

「資料を取ってくる」と告げて、平原は退室した。

六

平原は、開始の五分前に戻ってきた。

資料を渡される。一週間前に感染研が行った記者発表と、NRAが計二回、記者発表をした時のものだ。

「一ノ瀬さん、回線を繫ぐよ。準備はいい？」

平原の斜め後ろに座って、両手で大きく丸を作る。

「中園先生、ご無沙汰しています。感染研獣医科学部の平原です。今日は、NRAさんと感染研の見解の相違点について、確認したいと思いまして」

平原が切り出すと、中園がにこやかに応えた。

「平原先生、NRAで講演していただいた時以来ですね。こちらこそ、勉強させてください」

「お互いが得意なアプローチは違いますから、結果の相違も仕方ない部分があります。ただ、感染経路については、ＮＲＡさんは嘘を書いているでしょう？　何に忖度しているんですか？」

中園は顔色を変えずに、朗らかに応じる。

「手厳しいですね。うちは、現場から上がってくる情報を、取りまとめているだけです。現場の若手は優秀です。よもや、間違いはないと思いますが」

「ＮＲＡさんの若手獣医師は優秀ですよね。検査や判断を間違えないと思います。国内の感染経路は、タイから帰国した八王子の競技馬が起点です」

「そういうご意見も、あるのですか」

中園の木で鼻を括《くく》ったような返事に、平原は不満を見せた。

「感染研も若手研究者が優秀です。少しずつ変異が進むインフルエンザ・ウイルスの遺伝子型を、発生地ごとに全て調べています。発生日と蔓延状況で変異のマッピングをすれば、小淵沢のセバスチャン号が起点でない事実は明白です」

「そもそも、海外からの持ち込みでなく、発生が国内だったかもしれないでしょう。それならば小淵沢から発生して、地域一帯が汚染されても、おかしくありません」

「前回の東京オリンピックのヘンドラ・ウイルスだって、発端はオーストラリアの馬です。

国内で新型感染症は、そう簡単には自然発生しません」

中園は黙り込んだ。平原は追い討ちを掛ける。

「もしかしたら、中園先生は、ご存知なかったんですか？　そんなことはありえないでしょう。感染研がNRAさんから保管を頼まれた、ヘンドラ・ウイルスですよ。二〇二一年も馬防疫委員会にいらっしゃった中園先生が知らないはずはない」

「……論点がずれました。今はH5N1型の馬インフルエンザの検討の話でしょう」

「今年のオリンピックにも関わる話です。感染研では、二〇二一年の東京オリンピックで、ヘンドラ・ウイルスに感染した人の検査をしました。抗体が残っていましたよ。罹患馬の剖検の証言も、あります」

中園の無言が続く。

「とはいえ、むやみに公表するつもりはありません。だけど、NRAさんは、次に記者発表をする前に、感染経路の起点について慎重に調べ直したほうがよいと思いますよ」

「検討します」

「ちなみに、私たちは『なぜタイから帰国した馬を庇うのか』の理由も、知っていますよ」

中園は「では」と短い一言で、ズームを切った。

「平原先生、八王子の馬を庇う理由をご存じなんですか？」

駿美は、我慢できずに尋ねた。

「見つけた滝沢君に聞いてあげて。村山庁舎のインフルエンザの会議まで、時間はある。もう一つの対抗策を、紹介しよう」

会議室を出る平原を、駿美は慌てて追った。

七

駿美は、大学院生の控室へ連れて行かれた。

「菊池君、北野君、来ているか？」

平原の呼び掛けに、菊池が机の下からのっそりと起き上がる。

「徹夜で動画編集をしていました。こんな格好で、すみません。北野は朝飯かな。すぐに戻ると思います」

言っているそばから、北野がコンビニ袋をぶら提げて、やってきた。平原と駿美を見つけて、慌てて頭を下げる。

「今日中に、動画を配信するぞ。隣の第二会議室を予約している。皆で見よう」

平原に促され、移動する。菊池と北野が駿美の両隣に来る。

「菊池クンと北野クンが、感染研の馬インフルの動画を請け負《うお》ったの?」

「いい感じにできました。自信作ですよ。一ノ瀬先生の感想が楽しみです」

菊池は胸を張った。北野もガッツ・ポーズをしている。

二人はユーチューバーだと、滝沢が教えてくれた。だが、軽いノリの二人に、お堅い感染研が動画制作を任せて大丈夫なのだろうか。

中会議室は、大型スクリーンやプロジェクターなど、映像の環境が整っている。菊池と北野は、手分けして準備した。

「その動画、前もって送っておきたい人がいるんだ。今すぐコピーをくれ」

平原の要望に、菊池がUSBを渡す。北野は平原に目配せして、映像をスタートした。

『イヌ男とウサ子の感染症チャンネル!』

菊池と北野が、元気よくタイトル・コールをする。

ただし、菊池はイヌ、北野はウサギの被り物をしている。パーティ・グッズ売り場にでもありそうなタイプだ。

(こんな悪ふざけ動画みたいなノリで、視聴者は見るのを止《や》めないかしら)

駿美は胡散臭く感じて、思わず平原の顔を見た。

「内容は至極《しごく》まともだ。心配しないで最後まで見て」

平原に促されて、画面に目を戻す。

『今日は、新型の馬インフルエンザについて、ドクター滝沢にお話を聞こう！』

どうやら、イヌ男とウサ子は、狂言回し兼聞き手役らしい。現れた滝沢は、普段どおりの白衣姿をしている。駿美は胸を撫で下ろした。

『ドクター滝沢です。人獣共通感染症って知っていますか？』

滝沢は、人獣共通感染症の定義、馬インフルエンザの説明、Ｈ５Ｎ１型の問題点、などを澱みなく話した。要所要所で、イヌ男とウサ子が質問したり、嚙み砕いて説明したりする。

「なかなか上手な説明だ。広報に制作許可を掛け合った甲斐《かい》があったぞ」

平原が満足そうに頷く。

予想以上に内容が充実している。駿美は身を乗り出して見始めた。

滝沢はＲＴ－ＰＣＲ装置の前で、感染の判定方法と、感染経路の割り出し方を解説する。

『感染が、どこから始まったか、どのように伝わったかを探る研究は、とても重要です。二〇二四年二月十三日現在の、馬インフルエンザの発生日時と場所を地図にしました。離れた土地で発生するには、感染馬が移動しなければなりません』

画面には、白地図が映し出された。北から宮城県、栃木県、茨城県、埼玉県、東京都、神奈川県、山梨県、愛知県が赤色に塗られている。

『私たち感染研は、インフルエンザ・ウイルスの変異の程度から、東京の乗馬クラブの馬が発生源だと仮説を立てました。今日は、現場の獣医師が貴重な証言をします。ウマ吉さん、どうぞ！』

滝沢が口上を述べる。画面は切り替わり、イヌ男とウサ子に挟まれて、ウマの被り物をした人物が現れた。

『東京都内のα乗馬クラブの所属馬は、初期の発生場所である、山梨県馬術競技場、清里ファミリー牧場、東京競馬場、日野動物公園、台東動物園の全てに立ち入っています』

ウマ吉の声はボイス・チェンジャーで変えられている。

（エクセレント乗馬クラブの関係者ならば、とねっこ先生？）

それにしては体格がいい。三宅にしてはスリムだ。

駿美はウマ吉を凝視した。だが、顔と声が隠された状態では、わからない。画面では、イヌ男とウサ子が、大袈裟に驚くリアクションをしている。ウマ吉は説明を続けた。

『今年の一月十三日、α乗馬クラブから山梨県に向かって、三頭の馬が出発しました。馬は、山梨県馬術競技場と清里ファミリー牧場で降ろされました。東京競馬場、日野動物公園、台東動物園では、α乗馬クラブが馬を持ち運んで、ポニー教室を開催していました』

ウマ吉の説明に、駿美は引っかかりを感じた。全部、駿美が知っている内容だ。

（だけど、感染研の外部の人は、詳細を知っていたかな。記者発表では、ここまで詳しい内容は話していないはずよ）

イヌ男が前のめり気味に質問する。

『α乗馬クラブに、最初のインフルエンザ感染馬がいて、各地に広がったことはわかったよ。じゃあ、最初の馬インフルエンザ・ウイルスは、どこから来たの？』

『α乗馬クラブに隣接する牧場には、タイの競技会に参加して、帰国した馬がいました。馬インフルエンザ・ウイルスを日本に持ち込んだのは、その馬です！』

ウマ吉は視聴者に向かって、右の人差し指を突き出した。

ジャジャーンと効果音が鳴り響く。

「これ、桐谷先生でしょ！」

思わず叫ぶと、三人の目が駿美に集まる。

画面は、滝沢に切り替わった。

『関係者の証言は、感染研の調査に合致しているぞ！　私たちは、ＷＨＯ西太平洋地域事務局に連絡を取って、タイの馬インフルエンザの発生状況を調べました』

初めて聞く情報に、駿美は居住《いず》まいを正した。

『その結果、α乗馬クラブの馬が出場した競技会場の隣にある『バイアリーターク牧場』で、日本と同じ新型馬インフルエンザH5N1型が発生していた事実が確認されました！』

（『バイアリーターク牧場』。どこかで聞いた名前だわ）

携帯電話を取り出して、検索する。

動画の中では、イヌ男とウサ子が、ハイ・タッチをしながら踊っている。

『タイから日本に入ってきたんだね！　新型馬インフルエンザの感染経路の謎は解けたぞ！』

『次回は、症状の謎に迫ろう！　イヌ男とウサ子の感染症チャンネル『馬インフルエンザ・第二弾』を要チェック！』

感染研のマークを映して、動画は停止した。

「どうだい、力作だろう。私がシナリオを書いたんだ」

平原が胸を張った。駿美は、言葉を選んで感想を伝える。

「思った以上に、内容は真面目でした。でも、大丈夫なんですか？　あれだけ突っ込んだ内容を組み入れて」

「感染研が発表済みの資料に基づいて、話しているだけだ。タイからの感染についても、今日の夕方には記者発表する」

駿美は曖昧に頷く。平原は、駿美の困惑を読み取った。

「一ノ瀬さんは、イヌとウサギの被り物に渋い顔をしていたね」

「本音を言えば、かなりバカっぽいと思っています。でも、桐谷先生がウマの被り物で関係者のフリをして、証言をするためだったんですね。イヌとウサギに紛れて、ウマの被り物の不自然さを和らげる役割です」

「何で桐谷先生ってわかったんですか？　ボイス・チェンジャーも使っていたのに」

北野が不思議そうに口を挟む。

「馬の被り物の人は『馬インフルエンザ・ウイルスを日本に持ち込んだのは、その馬です！』と言って、指を突き出したでしょ。その指が青紫色だった」

一同は、まだ合点のいかない顔をしている。

「あれは病理検査の切片《せっぺん》染色で使う、ＨＥ染料よ。指につくと、なかなか取れないのよね。桐谷先生は、感染研に来ても、都大《みやこ》で病理実習だけは担当している。エクセレントに勤務する馬の獣医師で、自分で切片の染色までする人は、いないわ」

平原は駿美に向けてニヤリと笑った。

「第二弾では、本物の関係者に頼むよ。一ノ瀬さん、馬の被り物は何種類か買ったから、好きなのを使って狂騒型の症状を説明してくれ。菊池君、北野君と一緒に動画の制作も頼む。配信前に見て、今のように問題点を指摘してくれたら心強い」

「平原先生、私に拒否する権利はないのでしょう？」

駿美のボヤキには応えずに、平原は着信音に反応した。携帯電話を取り出す。

「中園先生からメールだ。さっき、この動画を送っておいた。皆で聞けるように、会話はズームを使おう。ＰＣの画面に映り込まないように気をつけて」

平原がノートＰＣのセッティングをしている間に、もう一度、メールの着信音が鳴る。

「中園先生からＯＫが来た。会話を始めていいか？」

駿美たち三人は、会議室の端に退避した。

「中園先生、先ほどの会話に、何か補足でも」

平原が、空惚《そらとぼ》けて尋ねる。

「送っていただいた動画を拝見しました。なかなかの力作で」

声だけでも、中園の憤懣《ふんまん》やるかたない様子が窺える。駿美は息を潜めて、聞き耳を立てた。

「自信作です。本日夕方にも、ユーチューブやその他の動画サイトで、大々的に配信します。……今、最終チェックをしています。改善点があれば、ご意見を伺いたい」

「……タイの牧場名は要らないと思います。国際的な影響を考えると、慎重を期するべきでしょう」

「『日本には、タイから感染した』という内容は正しい。だが、牧場の名称は、NRAとしては削ってほしい。中園先生のご意見は、このような理解でよろしいですか」

平原の質問に、中園は即答しなかった。

菊池が、駿美に声を潜めて尋ねる。

「何で、タイの牧場名が問題になっているんですか？」

「バイアリータークって、サラブレッドの始祖とされる三頭の内の一頭の名前なの」

菊池が首を傾げる。駿美はさらに説明した。

「世界中にある自分の競走馬牧場に、その名前を掲げている人がいる。シェイク・ザイヤーン。競馬界で世界一の重要人物よ」

「つまり、世界一の馬主の牧場から、今回の狂騒型の新型馬インフルエンザが始まったんですね！」

画面では、中園がまだ黙り込んでいる。平原は駄目押しをする。

「NRAさんとは、本件で、もっと協働したい。研究の速報が、後になって覆《くつがえ》るケースは、よくあります。現在の感染研の研究成果を、ＮＲＡさんにも受け入れていただきたい。そうすれば、私たちもオリンピック馬防疫委員会を、さらにサポートできます」

「どのようなご協力をいただけるのでしょうか」

中園の疑心暗鬼《ぎしんあんき》な声色に、平原は自信たっぷりに告げる。

「感染研は、ＣＤＣに太いパイプがあります。感染症に関して、ＣＤＣの方針は絶対的です」

「新興感染症の発生時のニュースでは、よく名前が挙がりますね。ＮＲＡはＣＤＣと関わりが薄くて、詳しくありませんが」

「例えば、馬防疫委員会が『東京オリンピックの近代五種馬術は、新型馬インフルエンザの清浄地である北海道で執《と》り行う。人には感染の心配はない』と発表します。感染研から根回しして、ＣＤＣが是認すれば、世界的に受け入れられるでしょう」

「なるほど、貴重なご助言です。ＮＲＡ総研のプレス・リリース資料は、精査するために、いったん取り下げましょう」

中園が矛を納めると、平原も友好的な態度を取る。

「私たちも、タイの牧場名を、今ここで晒《さら》す必要はないでしょう。牧場名は言明しません」

「賢明なご判断を、ありがとうございます」

中園は明らかに安堵した声を出した。

「最後に、中園先生には、もう一つお願いがあるのですが」

平原は、カメラに映らないように駿美に手を振る。注目しろという合図だ。

駿美が気を引き締めると、平原は中園に切り出した。

「小淵沢の罹患馬についてです。昨今は、動物愛護を重視する風潮です。オリンピックを成功させたいなら、殺処分は避けたほうがよいと思います。ＮＲＡは、農林水産省の畜産局と懇意でしょう。是非、進言していただきたい」

「小淵沢の馬がオリンピックに出場できるかは、保証できません。馬術競技が行われるデンマークには、送り出せないでしょう」

平原は駿美に目配せをする。駿美は手で大きく丸を作る。

「そこまでは、望みません。発症馬は引き続き、ＮＲＡの補助で麻酔コントロールをする。非常線内の馬をむやみに殺処分しない。いかがでしょうか」

「それくらいなら、口利きできるでしょう。タイの牧場名の件は、くれぐれもよろしくお願いします」

平原と中園の会話は、終了した。

駿美は平原に駆け寄った。

「小淵沢の馬の命を救っていただいて、ありがとうございます」

「駒子ちゃんのオリンピック出場は、難しそうだな」

「状況から無理だと、元から覚悟していました。人馬の命さえあれば、次の機会がありま す」

平原は笑顔になって、駿美の頭をガシガシと撫でた。

(小さい頃は、試合に勝つと、お父さんはこんなふうに褒めてくれたな)

感傷的になりそうになって、慌てて話を変える。

「NRAは、日本の研究機関から『シェイクの牧場が、新型馬インフルエンザの発生源だった』と発表される状況は、何としても避けたかったんですね」

「感染研としては、タイから日本に入った事実が確認できればいい。それでNRAと良い関係が築けるなら、悪くない取引だ」

平原は、ノートPCを鞄に仕舞った。

「村山庁舎での馬インフルエンザの会議の前に、寄るところがあるから先に失礼するよ」

「私は、菊池クン、北野クンと、少し話してから出発します」

平原は部屋を出ていった。

プロジェクターを片付けていた菊池と北野が、駿美のところに駆け寄ってくる。

「一ノ瀬先生、次の動画には、本当に出演してくださいね」

「約束ですよ！」

駿美は二人にねぎらいの言葉を掛けたくなった。

「菊池クンと北野クンに、動画編集の才能があるって知らなかったわ。演技も上手ね」

菊池と北野は、揃って照れ笑いする。

「一ノ瀬先生は、乗馬クラブやＮＲＡの関係者で、動画に参加してくれそうな人を知っていますか？　俺たち全然、伝手《つて》がなくて」

「感染研のお墨付きを貰っているんでしょ。それならば、若手で馬インフルエンザの勉強会を開いて、その成果をわかりやすく動画で発表する形がいいかもね。知り合いに声を掛けてみるわ」

北野が拍手をする。

「日本中の、馬を研究する若手が知恵を出し合うんですね。最高っス」

「そうよ。きっと早期解決のアイディアが浮かぶわ」

駿美は断言して、二人と別れた。

廊下で早速、携帯電話を取り出す。小淵沢の馬の朗報を、駒子に早く伝えたい。

でも、コールを無視されたらと思うと尻込みする。LINEも、既読スルーされたら凹んでしまいそうだ。

『小淵沢の馬は殺されなくて済みそう。セバスチャンを大切に』

駿美は、駒子に短いメールを打って、携帯電話を仕舞った。

八

しばらくの間、小淵沢に居続けていたので、感染研の馬インフルエンザの会議に出席するのは久しぶりだ。

駿美は、会議の五分前にインフルエンザウイルス研究センターの第四室に到着した。部屋では滝沢が、関連ニュースを検索していた。

「一ノ瀬さん、久しぶりだね。小淵沢では色々大変だったと聞いたよ。お父さんは、ご愁傷《しゅうしょう》さまでした」

駿美は礼を言った。しんみりするのは嫌なので、すぐに話題を変える。

「さっき、戸山庁舎で、感染研のユーチューブ動画を見ました。滝沢先生だけ顔を出していましたけれど、大丈夫なんですか？」

「感染研が発表済みの資料に基づいて、話しているだけだ。非難されるいわれはないよ」

「それでも非難するのが、人というものです」

「全く気にならないね。それに、動画で顔を売れば、長崎大の助教どころか、私大の任期なし《パーマネント》の准《じゅん》教授も夢じゃないぜ。テレビの解説にも呼ばれるかもしれない。輝かしい将来を想像すると、鞭で打たれているみたいに、ゾクゾクするよ」

「相変わらず、清々《すがすが》しいまでの野心家ですね。変態だし」

軽口を叩いて、気分が楽になる。

「タイの感染経路についても、動画で知りました。滝沢先生の調査のおかげで、ＮＲＡも協力してくれそうです」

「エクセレントの馬が繋養されていたバイアリーターク牧場から、Ｈ５Ｎ１型ウイルスが見つかったそうだよ」

「バイアリーターク牧場は、単に競技場の隣にあっただけじゃないんですね。エクセレントの馬が暮らしていたなら、感染も納得できます」

「先に、マニラのＷＨＯ地域事務局に問い合わせて良かったよ。タイのインフルエンザ協力機関も、ＷＨＯが出てきたから、事実を厳しく調査してくれた。ＮＲＡは、感染経路の主張合戦に白旗を掲げたの？」

駿美は馬業界の事情を説明する。

「ウイルスが見つかった牧場のオーナーは、ＮＲＡにとって最重要人物です。来年には、売上が五百億円の、新しい国際レースを共催する予定と聞いています。平原先生が今は牧場名を伏せると約束したら、中園先生は態度を軟化させました」

滝沢は「なるほどね」と独りごちた。

「しばらく小淵沢にいたので、最近の発生状況に疎くなってしまいました。教えていただけませんか？」

「よし。まずは、馬だ。競走馬はＮＲＡが仕切っていて、あまり情報が出てこない。でも、組織として優秀だし、金もあるから、抑え込めていると思うよ。東京競馬場での発生以来、関東地方での競馬開催も取りやめている。地方競馬の南関東四場での感染も、ＮＲＡが面倒を見ている」

森と平原が、石橋を伴って部屋に入ってきた。

「滝沢君、発生状況の説明か？　一ノ瀬さん、そのまま質問を続けて。今日は桐谷先生が欠席だから、会議を始めよう」

森に促されて、駿美はさらに尋ねた。

「乗馬と動物園の状況も教えてください」

「乗馬のサンプリングは、農研機構の協力を得られることになった。現在、散発的に発生が確認されているのは、エクセレント乗馬クラブの地方校の周辺だ。農研機構が、サンプル採取と検査をしてくれる」

森が説明したので、駿美は恐縮した。森は気にせずに話を続ける。

「それから、乗馬では小淵沢の二回目の流行……一月に競技場内に封じ込められて殺処分された四十頭ではなく、二月に大流行して非常線を張った事例だね。この件について、感染研に『謝礼を貰えれば情報提供したい』と連絡してきた獣医師がいる」

「森先生、うちは国立だから、情報提供料は出せませんよ」

石橋が慌てて釘を刺す。森は苦笑した。

「気になるんだけどな。……一ノ瀬先生は、エクセレント乗馬クラブの三宅俊次獣医師を知っているかい？」

「え、三宅先生ですか？　日馬連の登録獣医師で、馬術大会で一緒になる機会も多いです」

「どんな経歴の人？」

「元々はフリーランスの大動物獣医師で、エクセレント乗馬クラブに転職したのは最近です。小淵沢での最初の発生の時も、現地にいらっしゃいました」

「それは、是が非にも話を聞きたいな。金を払えないなら、どうしたら話してもらえるか、策を練ろう」

森の話が終わるのを待って、滝沢が発言する。

「発症動物がいる動物園は、一週間前と同じだ。でも、恐れていたとおり、サイやバクからもH5N1型のインフルエンザ・ウイルスが検出されたよ」

「やっぱり、ウマ科だけじゃなく、ウマ目に広がったんですね」

平原が話に入ってくる。

「サイは特定動物だから、陽性が発覚すると、発症前に殺処分されそうだな」

特定動物は、平たく言えば「猛獣」だ。ライオンやトラ、オオカミ、毒蛇などが当てはまる。猛獣が『狂騒型』のインフルエンザになったら、手に負えなくなる。珍しい野生動物のためには、今後もわざわざワクチンを開発しないだろう。

駿美の考えが通じたように、滝沢は話を続けた。

「日本にいるサイやバクの数は、たかが知れているけれど、感染する動物種が増えたのは重要だね。でも、それ以上に問題なのは、イヌでも感染が見つかった件だ」

「どこで、何匹、ですか？　本当にウマ由来のH5N1型ですか？　これまでにも馬インフルエンザのイヌへの感染は、H3N8型ではアメリカで報告がありますけれど……」

「一ノ瀬さん、そんなに興奮しないで」と平原にたしなめられて、駿美は恥ずかしくなる。

「ちゃんと一つずつ説明するよ。型はH5N1型で、ウマ由来で間違いないよ。確認されているのは、まだ三匹。ただし神経症状を示している。発生場所は川崎だ。川崎競馬の厩務員の飼い犬だそうだよ」

ウマは大型動物だから、暴れれば人への危害が計り知れない。ただ、飼育場所は特殊で、通常は人の生活圏の近くにはいない。今回、人と共に暮らすイヌに発生した事態は、由々しき問題だ。

「もっとも、おかげで国がワクチンの開発に、やっと積極的になってくれたようだ。平原先生、動物のワクチネーションについてアイディアはありますか？」

森が水を向けると、平原は即座に回答する。

「まずは発生地域のウマとイヌに予防接種するべきだな。国内には、鳥インフルエンザH5N1型がヒトにも感染した時の備蓄で、不活化ワクチンはある。だが、それをウマに接種するわけにはいかないから、ワクチンが完成した時、どう配分するかの優先順位が大事だろう」

「そうですね。H5N1型は、ヒトでパンデミックを起こした時に使えるように、備蓄しているわけですから、いくらオリンピック前でも動物には使えないでしょう」

「幸い、我々は感染馬のウイルスを多様に採取している。量産体制さえ整えば、国内でウマ用のH5N1型不活化ワクチンは作製できる。だが、効果を考えれば、生ワクチンも視野に入れたほうがいいだろうね」

インフルエンザ生ワクチンは、弱毒化したインフルエンザ・ウイルスを鼻腔の中に噴霧する。注射する不活化ワクチンに比べて、ウイルスが侵入する鼻腔内の免疫も得られるため、発病予防効果が高くなる。

森は平原に賛同した。

「どちらにしても、ワクチン開発なら、農研機構が主導するでしょう。平原先生、近々、先方と打ち合わせをしましょう」

平原は了解した。森は、続いて駿美と滝沢に向き直った。

「滝沢君と一ノ瀬さんには、今までどおり、情報収集とサンプル採取をしてもらいたい。一般向けの動画制作もお願いするよ。他にも意見や提案があったら、教えてくれないか」

「あの……」と駿美は挙手した。

「戸山庁舎でも相談したのですが、感染研だけでなく、馬インフルエンザに関わった若手研究者を集めて、勉強会をしたいと思います。動画のアイディアも、勉強会で募ります」

滝沢も、「僕は、タイのインフルエンザ研究機関と連絡を取り合って、他の動物種への感染状況も調べます」とアピールする。

「二人とも、了解した。若手が仕事をしやすいようにサポートするから、今後も遠慮なく意見を言ってくれ。頼りにしているぞ」

ほぼ解き明かされた感染経路と、整いつつある鑑別・診療体制。さらにワクチンができれば発症や重症化の予防ができる。

馬インフルエンザの封じ込めに一歩ずつ近づいていると、駿美は勇気づけられた。

第六章　半減却《はんげんきやく》―Half-halt―

一

　一週間後。村山庁舎では、新型馬インフルエンザに関する若手の勉強会が始まった。世話人は、駿美と滝沢だ。

　滝沢は、ロの字型に机が置かれた会議室の議長席で、手元の紙を繰った。

「感染研から参加する五名のメンバーは、桐谷、一ノ瀬、菊池、北野と、滝沢です。所属、専門分野は一覧表にして、皆さんにお配りしました。今日、外部機関からいらしているのは、三名ですか？　名前と所属をお願いします」

　利根、新山、坂井は顔を見合わせた。まず、右端に座っていた利根が立ち上がる。

「エクセレント乗馬クラブの獣医師の利根です。一ノ瀬先生とは日本馬術連盟の登録獣医師でご一緒しています」

「ＮＲＡ総研の新山です。所属は、分子生物研究室です。専門は、ゲタ・ウイルスによる皮膚病です。東京オリンピック馬防疫委員会のメンバーです」

「旧・動衛研、今は名前が変わって農研機構になりました。そこの博士学生の坂井です。今、農研機構には若手の馬の研究者がいません。僕は、豚の研究者です。でも、一ノ瀬先生の大学の同級生の縁で参加しました」

滝沢は、隣に座っている駿美に話し掛けた。

「一ノ瀬先生、これで全員かな？」

「もう一人、お声掛けしたのですが……」

部屋の扉が勢いよく開く。若宮がハイヒールの音を立てて、空いている前方の席までやって来る。

「農林水産省畜産局の若宮です。毎回は来られませんが、一ノ瀬先生にお誘いいただいたので、参加します。霞《かすみ》が関《せき》からは、『若手が未熟な正義感から暴走するかもしれないから、同席するように』とも言われています」

（誘ったのは、間違いだったかも）

皆のげんなりする顔を見て、駿美はため息をついた。

滝沢に促されて、気を取り直して、会の趣旨を説明する。

「この会は、新型馬インフルエンザに関わる若手が、情報交換をする勉強会です。月二回、隔週の水曜日に、午後六時から開催します。馬インフルエンザの対策は、偉い人たちだけには任せられません。忖度せずに真実を追求することが、会の目的です。ぜひ、議論を尽くして、若手の意見を上にあげましょう」

言葉を切って、メンバーを見回す。若宮は苦い顔をしているが、他のメンバーは拍手をしている。

心強い。

ただ、自分の所属機関を有利にするために、腹の探り合いになっては迷惑だ。ルールは最初に決めておくべきだろう。

「様々な機関から、お集まりいただいています。オフレコの情報は、前もって注意喚起してください。所属機関の事情で話せない場合は、はっきりと断ってください。皆さん、よろしいですか？」

全員が賛同する。

「では、まず、新山先生から、ＮＲＡとオリンピック馬防疫委員会の現状を伺いたいです」

新山が立ち上がる。

「ＮＲＡは、三月一杯までの競馬開催の全場中止を決めています。美浦トレセンでは、現在も散発的に発生しています。発生したら、二週間の麻酔コントロールをする対症療法です。回復した馬の血清を未罹患馬に接種して発症を防ぐ『血清療法』も行いましたが、芳《かんば》しくありませんでした。栗東《りっとう》トレセンや馬産地《ばさんち》の北海道では、未だ馬インフルエンザは発生していません」

「『血清療法』は、タイミングが難しいからな。インフルエンザみたいに変異しやすいウイルスには不向きだ。ワクチンを接種して、自前で抗体を増やす方法でないと、効果が出にくいと思う」

滝沢がコメントをして、ふいに思い出したように尋ねた。

「そういえば、シェイクがワクチンを提供してくれるって噂を聞いたけれど、詳しい人はいる？」

若宮が挙手する。

「一週間前に、シェイク・ザイヤーンの代理人から、連絡がありました。日本の馬のために、アラブ首長国連邦で認可されたばかりの馬インフルエンザＨ５Ｎ１型の生ワクチン三万頭分を、一ヶ月で用意すると、申し出がありました」

たっけ？」

「ワクチンの製造って、鶏卵を使うよね。量産して流通するまでに、半年は掛からなかったっけ？」

　桐谷が首を傾げる。

「五年ほど前に、鶏卵の代わりにベンサミアタバコの葉を使う方法が開発されました。タンパク質を高速に合成できる性質があり、一ヶ月で商業流通するワクチンを作れます」

　坂井の回答に、桐谷が「最近の技術って、すごいんだな」と感心し、「でも、三万頭分も必要なの？」とさらに質問する。

「日本の馬の飼育頭数は、約七万頭です。一九七一年の日本最大の馬インフルエンザの流行では、約六千四百頭が発症しました。ワクチン三万頭分は妥当な数字だと思います」

　駿美が答えると、利根が大仰《おおぎょう》に感嘆する。

「それにしても、シェイクは大盤振舞《おおばんぶるまい》だね。馬インフルエンザの新たな発生は、まだ、ちょくちょくある。けれど、NRAの補助金で麻酔コントロールが可能だから、殺処分は免れている。結局、日本の馬の命運はNRAとシェイクが握っている。乗馬業界としては、やる瀬ない気分だよ」

「わかるわ。小淵沢で最初に発生したのは、たった一ヶ月前よ。狂騒型で対処できないと思われて、ずいぶん殺処分になった。最初から競馬業界の補助があれば……」

二人の会話を聞いて、若宮が立ち上がる。

「言葉に気をつけてください。シェイクは、同じく一週間前に、『オリンピック近代五種と来年のレーシング・ホース世界選手権が日本で実施できるように、最大限の支援をする』と世界に向けて声明を出しました。ありがたい限りです。これも、農林水産省やNRAが、親密な関係を築いてきたからこそです。乗馬業界だけに任せていたら、できなかったでしょう」

駿美がムッとすると、滝沢も鋭い声で話に割って入った。

「おいおい。シェイクのワクチン補助や声明の発端は、感染研が馬インフルエンザの感染経路を特定したからでしょ。さらに、『とある配慮』をしたからだよね。農水とNRAだけの手柄にされるのは面白くない。何なら、今、もっと詳しい事情を皆で共有するけど」

若宮が周囲を見回した。旗色が悪そうな雰囲気を察知して、トーンダウンする。

「乗馬の獣医師と感染研には、いち早く馬インフルエンザを発見、対処いただいて、深く感謝しています。今後の研究も、感染研の主導が不可欠です。同じ国の機関として、協力をお願いします」

駿美は慌てて取りなした。

「小淵沢の発生では、利根先生を始めとするエクセレント乗馬クラブの獣医師が、粉骨砕《ふんこつさい》身《しん》して治療にあたりました。滝沢先生は、ほぼ全ての発症馬のウイルス同定をしています。皆さんが、それぞれの立場でご活躍です」

場の雰囲気を戻すために、滝沢が助け舟を出す。

「今日の会合は、顔見せの意味合いが強い。これから五分、休憩を取って、あとは自由に情報交換をしませんか。よかったら、休憩中に感染研の馬インフルエンザの動画を見てください。作った菊池君、北野君もいるので、コメントをお待ちしています」

「次の動画の内容は、どんな構想なの？　第一弾は見たよ。すでに再生数が十万回を超えていた。大人気だね。そこにいる二人が、イヌ男とウサ子だろう？」

新山の言葉に、菊池が意気込んで答える。

「馬インフルエンザの症状の解説が、メインになります。新山先生と利根先生は、臨床状況をよくご存知なので、是非、ご参加ください」

菊池が、動画再生の準備をする。駿美は気分転換をしたくて、会議室の外に出た。

(若宮先生の、あの態度ったら！　でも、農水の動向は探りたい。回を重ねていけば、若宮先生も馴染むのかな)

駿美は、近くの窓枠に寄り掛かって考え込んだ。背中から「サラ先生」と、声を掛けられる。

「久しぶりだね。お父さんはご愁傷さまでした」

いつものライトグレーのスーツ姿の新山は、握った拳を駿美の前で開いた。思わず、掌《てのひら》で受ける。個包装のチョコレートを二粒、乗せられる。包装紙には、やはりCLBのロゴが入っている。

優しくされて、溢れ出そうな感情を抑える。

「……私、ミルク・チョコよりも、ビター・チョコのほうが好きなの。父へのお悔やみを、ありがとうございます」

俯いても、新山がフッと笑う息が聞こえる。駿美は恥ずかしくなって、チョコの銀紙を剝いて二粒同時に口に入れた。

「次は、とびきり美味しい、カカオ六十五％を持ってくるよ。サラ先生も、きっと気に入る。ところで、知らせておきたい話があるんだ。三宅先生のことなんだけど、サラ先生のところには最近、連絡はある？」

「最近は会ってないわ。新山先生は、三宅先生を知っているの？」

「小淵沢の馬インフルの発生日には、僕も三宅先生もいた。だけど、その時は名刺交換すらしなかったな。三宅先生は、『情報を売りたい』と馬防疫委員会に連絡してきた」

駿美はびっくりした。

「その連絡は、感染研にも来たみたい。断ったらしいけれど」

「馬防疫委員会は、三宅先生から情報を買ったんだ。中園先生が面談して、僕も立ち会った」

「内容を教えてもらえる？　感染研は今、中園先生と折り合いが悪いから、無理にはお願いできないけれど」

「話すつもりだから、呼び止めたんだよ。三宅先生は『遊佐先生の指示で、小淵沢の馬に故意に馬インフルエンザを感染させた』と言っている。最初でなく、再発生の時だ」

「遊佐先生の動機は？　なぜ、三宅先生は協力したの？　どうやって感染させたの？　今になって何で暴露したの？」

新山は掌を駿美に向けて、「ストップ」のゼスチャーをした。また悪い癖が出てしまった。居たたまれない気分の駿美の前で、新山は頭の中を整理するように、指で額を叩く。

「三宅先生は金銭目的で協力したけれど、遊佐先生と決裂したらしいよ」

「だから、馬防疫委員会や感染研に情報を売って、お金を得ようとしたのね。でも、遊佐先生がどうして？」

「動機はわからない。遊佐先生は、前のオリンピックの時から、馬防疫委員会の主要メンバーだ。名門の出身でもある。呼び出して事情を聴くにしても、慎重に準備をしなければならない。三宅先生の話が本当かどうかも、確かめなければならないし」

駿美は、最も聞きたい部分を再度尋ねた。

「それで三宅先生は、馬に故意に感染させた方法は話したの？」

「『感染方法は別料金だ。さらに金を払うと決めたら連絡しろ』と告げて、その日は帰った」

駿美は、小淵沢での再発生の状況を思い返した。

再発生は、二月六日。最初の発生で競技場に留置された馬は、その日までに全頭が殺処分されていた。なのに、いきなり百頭近くが発症した。

（その直前に、三宅先生の怪しい行動はあった？）

三宅とは競技場で会ったのが最後だ。全頭殺処分の前だった。それ以降で三宅について話を聞いたのは……。

駿美は利根との電話を思い出した。考えをまとめてから、新山に向き直る。

「簡易検査のフリをして、健康な馬に感染馬の鼻腔スワブを塗りつけたんだと思う。今日は、三宅先生と検査で一緒に回っていた利根先生も来ているから、確認しましょう。自然な発症ではなく、故意である証明も、滝沢先生の力を借りれば可能だわ」

話に付いて来られない新山をその場に置いて、駿美は会議室に戻った。

二

若手勉強会から、半月が経った。駿美は「東京オリンピック馬防疫委員会」による遊佐の聴取会に、参考人として呼ばれた。

開始時間の三十分以上前に、会場の馬事公苑《ばじこうえん》に着く。同じく、参考人として呼び出されている、滝沢と利根との待ち合わせ時間には、まだ二十分近くある。

駿美は、散策を始めた。

ここは、二〇二一年東京オリンピックの会場だった。馬事公苑は桜の名所として有名だ。だが、蕾《つぼみ》は、まだ固く茶色く、枝と一体化している。

(桜が満開になる頃には、馬インフルエンザも、遊佐先生の件も解決しているかな)

考え事をしながら、厩舎に到着する。オリンピックでは、仮設厩舎をメインに使ったらしい。だから、徳郎が責任者だった『第一厩舎』は残っていない。

(でも、その時、確かにお父さんは存在した。ヘンドラ・ウイルスも存在していたんだ)

「サラ先生も、厩舎を見に来たの」

振り向くと、利根が神妙な顔をして立っている。

「僕も早めに来たから、記憶を辿りに来た。第一厩舎の場所は覚えているよ。この近くだ。サラ先生も、一緒に来る？」

利根は、駿美の返事を聞かずに歩き始めた。

ほんの五十mほどの距離で、利根は立ち止まる。

「この辺りだよ。仮設といっても、馬房は充分に広く、空調も、ミスト・シャワーも付いていた。一ノ瀬先生……サラ先生のお父さんの管理のおかげで、掃除も行き届いていた。馬は居心地が良かったと思うよ」

「その言葉を聞いたら、父も嬉しいと思う。感染した馬が、最期まで気持ちよい厩舎で過ごせていたら、せめてもの救いになるわ」

利根は駿美を促して、先ほどの厩舎に戻った。入口から左奥を指差す。

「クリニックは常設厩舎の一角にあって、剖検もそこで行われたんだ。感染症の疑いだから、本当は遠く離れたところに運びたかったはずだけれど、馬の遺体は目立つし、二次感染も心配だったんだろうね」

「剖検の様子を教えてくれる？」

「僕は下っ端《ぱ》だったから、解剖そのものには携《たずさ》わらなかったんだ。臓器を渡されて、ホルマリンの入ったチャック付きバッグに入れただけだ。でも、出血性肺炎の肺なんて初めて見たよ。解剖した先生が、馬の胸部を開けた時に悲鳴を上げたのを覚えている」

駿美は教科書で見た、ヘンドラ・ウイルス症特有の呼吸器の状態を思い出した。写真だけで身震いした。水が溜まって鬱血《うつけつ》して赤茶色になった肺に、出血の赤黒い点が浮かび上がる。繋がる気管はパンパンに膨《ふく》らんでいる。少しでも傷がつくと、まるで機械泡消火器の中身のような、肌理《きめ》が細かくて多量の泡があふれ出るという。

「とねっこ先生は、すぐにヘンドラ・ウイルスってわかったの？」

「恥ずかしながら、思いもしなかったよ。でも、解剖していた外国人獣医師が『ヘンドラ、ヘンドラ』って叫んでいて、気づいた」

「居合わせた日本人は、とねっこ先生と父だけだったの？」

「すぐに、中園先生が駆けつけたよ。剖検を最後まで見ていた」

利根は腕時計をチラリと見た。釣られて駿美も見る。待ち合わせの時間だ。

「今日、遊佐先生に不利な証言をしたら、僕は職を失うかもしれないね。でも、馬を救うために動きたいんだ。もう、馬を見殺しにしたくない」

「同感よ。馬は、理不尽なことをされても話せない。それならば、私たちが何をされたのか解き明かして代弁すればいい」

正門が見えてきた。遠くの滝沢が、こちらに気づいて手を振っている。

「今まで気が重くて、馬事公苑には寄り付けなかった。だけど、いい場所だよね」

「乗馬の聖地だもの。良い思い出に塗り替えましょう」

駿美と利根は、目で合図して正門まで駆け出した。

三

馬事公苑の管理棟に着くと、駿美たちは会議室の隣の控室に通された。

「壁の液晶画面に会議の様子が映ります。皆さんに加わってほしいタイミングで、中園先生がカメラに向かって、呼び掛けるそうです。そうしたら、隣の会議室に入ってくださ い」

案内の職員は、説明すると出ていった。

画面には、コの字型に配置された机が映っている。各辺に四名ずつ、最大十二名が座れるようだ。

定刻の少し前に遊佐が現れて、部屋の奥の机に座る。

「定刻なのに、遊佐先生以外は来ないですね」

駿美が呟くと、滝沢が画面をじっと見た。

「あの人が遊佐先生か。スリー・ピースにポケット・チーフまで挿して、ずいぶんと貴族趣味だな」

「そりゃあ、やんごとなき血筋の『乗馬界のウラヌス様』ですから」

利根の口調には揶揄するような響きがあった。

定刻を三分過ぎて、六名が連なって部屋に入る。駿美は滝沢に解説した。

「黒縁メガネでダークグレーのスーツが、馬防疫委員会のトップで、NRA防疫課長の中園先生です。ライトグレーのスーツが勉強会にも来ている新山先生。その後ろの四名は初めて見ます。とねっこ先生は、知っている?」

「僕も知らない。NRAの人かな」

中園と新山は、前方の席に座る。残りの四名は遊佐に向き合って着席した。

移動が落ち着くと、中園が口火を切る。

「本日は定例会の前に、委員会の中心メンバーにお集まりいただきました。議題は、遊佐先生の背信行為と委員会からの勧告です。ご自身のやったことはわかっていらっしゃるでしょう?」

遊佐の返事はない。

「本委員会メンバーを辞任していただきたい。さらに馬業界からも完全に身を引いてください。今、自ら辞めていただければ、大事《おおごと》にはしません」

中園の言葉に、遊佐は不愉快そうに身体を揺らした。

「ずいぶんと不躾ですね。私は長年の間、本委員会及び馬業界に、極めて貢献していると自負しています。背信行為など、身に覚えはありません。私を陥れたい者の陰謀です」

中園は淡々と続ける。

「遊佐先生は、馬術界の功労者です。解任ではなく、辞任にしたかったところですが、仕方ありません。二月に小淵沢で発生した馬インフルエンザは、遊佐先生の配下の獣医が、故意にウイルスを与えて発症させたものです」

遊佐がビクリと身じろぎするのを、駿美は見逃さなかった。

新山が事務的に進行する。

「実行者本人にズームが繋がっています。身元を明らかにしない条件で、証言をお願いしました。ご了承ください」

中園と新山の後ろのスクリーンに、三宅らしき人物が映る。音声テストらしきことも行う。

駿美たちは場違いに噴き出した。

「おい、馬の被り物をしているぞ。さては新山先生が菊池君に借りて渡したな」

「ボイス・チェンジャーも借りたみたいですね。用意周到だな」

「三宅先生は、体型に特徴があるんです。体型を隠すために黒いケープを着ている。配慮が行き届いているわ」

新山が三宅に話すように促す。

「お名前は聞きません。所属だけ教えてください」

「エクセレント乗馬クラブの獣医師です」

「証言をお願いします」

「私は、インフルエンザの検査と偽って、健康な馬の鼻腔に、発症馬の洟水を塗り込めました。遊佐先生の命令です」

遊佐は「嘘だ」と吐き捨てるように否定する。

新山は質問を続ける。

「いつ、何頭くらいの馬に、罹患馬の洟水を与えたのですか」

「二月二日、三日で、約百五十頭」

「罹患馬の洟水は、どのようにして用意しましたか」

「二日の午前中に、八王子校にいる獣医師が持って帰ってきた、馬インフルエンザ発症馬の洟水サンプルから採取しました」

三宅は澱みなく答える。

中園が遊佐に尋ねる。

「証言の内容を認めますか？」

「認めるわけがないですよ。この人物が、いい加減な発言をしているだけです。万が一、この人物がやったことが事実だとしても、私には一切、関係ありません」

中園は挑発するように鼻で嘲笑《わら》う。

「エクセレントの獣医師が行っただけでも、充分にあなたの引責問題になると思いますが。トカゲの尻尾切りですか？」

遊佐は、普段とは違う中園の失礼な態度に気色ばんだ。

「そいつはエクセレントの者ではない！　関係者を騙《かた》って、私を陥れる魂胆《こんたん》だ」

中園は、さらに遊佐を見下すような態度を取る。

「往生際が悪いですね。遊佐先生がそう仰るなら、仕方ありません。他の関係者にも証言してもらいましょう。控室の三名、会議室まで来てください」

駿美が先頭で部屋に入ると、すぐに遊佐が睨みつけてきた。

中園は三人に、遊佐の並びにある椅子を勧めた。

「まず、利根先生に伺います。利根先生は、ズームの告発者と一緒に、小淵沢でインフルエンザの検査をしたということですが」

「告発者の発言は間違いありません。一緒に回っている時は、ウイルス入りの洟水を塗り込めているとは、思いませんでした。ただ、複数の馬の鼻腔スワブを、同じ綿棒で取っている仕草が不思議でした」

「それは、ウイルス入りの洟水のついた綿棒を、複数の馬の鼻腔に入れていた行動と見做《みな》せますか」

「僕は、最初は、告発者が手抜きをして、簡易検査で陰性の馬に同じ綿棒を使っていると思っていました。でも、告発者の検査した馬ばかりが三、四日後に発症したので、ウイルスを付けたのだと思います」

中園は駿美のほうを向いた。

「一ノ瀬先生は、二月六日の発生日に小淵沢にいらっしゃいましたね。再発生について、どのように思われましたか？」

「小淵沢では、一月に四十頭あまりが発症しました。けれど、競技場に集められた馬は全頭が殺処分されました。もし、最初の流行時に見逃しがあっても、時期的に回復期のはずです。百頭が一斉に発症するには、同時にウイルス感染しなければなりません」

「先ほどの告発者の話で、説明がつきますか？」

「同時にウイルス感染した理由として、納得できます」

中園は、最後に滝沢を指名した。

「滝沢先生は、インフルエンザ・ウイルスの研究者です。新型馬インフルエンザの陽性サンプルは、ほぼ全て入手し、測定しているそうですね」

「二月の小淵沢の発症馬のサンプルも、全頭分を入手しました。私が全てのＲＴ－ＰＣＲ測定をしています」

「何か気づかれた点は、ありますか？」

「遺伝子型の相同性から、二月の小淵沢のインフルエンザ・ウイルスは、一月の小淵沢のウイルス由来ではありません。同時期の埼玉動物公園のシマウマから採取されたウイルスと一致しました。告発者は、直前にシマウマの洟水を入手し、小淵沢の馬に使ったと思います」

ズーム画面の三宅は叫んだ。

「当たりだ！　同僚の獣医師が埼玉動物公園に診療に行って、多めにシマウマの鼻腔スワブを採取してきた。俺はそれを拝借したんだ」

遊佐は立ち上がった。

「もう結構だ。これ以上、聞くに堪えない。私が委員会メンバーと、乗馬業界の名誉職を辞任すれば満足か？」

新山が声を荒らげる。

「役職退任なんて、組織の追及逃れでしかない。二月の小淵沢の大流行では、馬三十八頭が殺処分された。その中には、陽性ですらないのに殺された一ノ瀬乗馬苑の七頭も含まれているんですよ。オーナーに、馬の損害賠償と精神的苦痛に対する補償が必要です！」

（気持ちを代弁してくれるのは嬉しいけれど、新山先生の立場が悪くなる）

駿美は話の先を、落ち着かない気分で見守った。

中園は机を叩いて立ち上がった。

「オリンピックは、絶対に成功させなければならない。これ以上の不祥事は、あってはならないんです。不本意ながら和解を取り持ちますが、せめて金だけでも誠意をみせたらどうなんですか？　殺処分された馬だけではない。免れた馬の麻酔費用、乗馬クラブの休業補償もです。後ほど、馬防疫委員会の弁護士から、内容証明を送らせていただきます」

「中園先生、あなたと私は協力して馬業界を盛り立ててきたのに、なぜ……」

「感染経路くらいなら、組織のため、オリンピックのために知らぬふりはできました。でも、良識を踏み越えてしまったあなたは罪人だ。自覚して温情に感謝してください」

声を失う遊佐に、中園は言い放つ。

「あなたはもう、業界から完全に縁を切られたんですよ。エクセレント乗馬クラブを譲渡すれば、賠償金は捻出《ねんしゅつ》できるでしょう。ただし、身内以外の人に譲ってください」

遊佐は机を叩いた。そのまま出入口に向かう。

「遊佐先生、一つだけ教えてください」

駿美は慌てて背中に声を掛けた。

「先生は、父に恨みがあるのですか。なぜ、感染源がセバスチャンだと誤解させるような、思わせぶりな発言を繰り返したのですか。父は、二〇二一年の事件で、あなたを庇っていたのに」

遊佐は立ち止まったが、振り返らなかった。

「一ノ瀬徳郎選手と私は同い年です。障害馬術選手として、切磋琢磨《せっさたくま》してオリンピック選手の座を二回、争いました。二回とも負けました。バロン西の血を引く遊佐家で、私だけがオリンピックに縁がなかった。耐え難い屈辱です」

(そんな……)

駿美は言葉を絞り出した。

「父に一言ください。ご存じと思いますが、父は亡くなりました」

遊佐は今度は振り返って、駿美の目をじっと見た。

「憎かった。でも、尊敬もしています。あの飛越《ひえつ》には敵わない」

遊佐は、そのまま立ち去ろうとした。

駿美は思わず呼び止めた。

「遊佐先生！　私もオリンピックには出場できませんでした。でも、獣医師の仕事は全うします。生きている限り、馬の命は守ります！

あなたのせいで、たくさんの馬が死にました。うちの乗馬苑の馬も、小淵沢の馬関係者の心ない行動で死にました。でも、彼らを恨む気持ちにはなりません。あなたが、全ての元凶だからです。

あなたは、なぜ、平気な顔をしているのですか？　あなたの馬を愛する気持ちは、消えてしまったのですか？」

遊佐が、虚を突かれた表情で駿美を見返す。

「バロン西の愛馬のウラヌス号は、バロンが亡くなった一週間後に、後を追うように亡くなったそうですね。あなたには、そのような馬はいないでしょう」

中園が静かに語ると、遊佐が突然、激昂した。

「その名を出すな！　私にはウラヌス号はいなかった。オリンピックに行けず、地位だけを得て、皆に能天気に『乗馬界のウラヌス』と呼ばれる。そしてこのザマだ。君たちに、私の気持ちがわかるか！」

駿美は、遊佐が感情を露わにするのを初めて見た。

「オリンピックは『馬術の遊佐家』の歴史そのものだ。本来の感染経路が明らかになれば、あまりにも重要な人物が絡むから、息子もオリンピックに出場できなくなる。バロン西の前から続く、百年の歴史が完全に途絶えてしまう。ならば病気の馬を増やして、目眩ましをすれば良い。そう思った。思ってしまったのだ」

遊佐は、ボロボロと泣き出した。

「私の頼みならばＮＲＡも協力してくれるはずだ。病気の馬に麻酔処理をしてくれるはずだった。全頭を殺処分なんて思わなかった。

馬は私の人生そのものだ。私は全ての馬を愛している。能力があろうと、なかろうとだ。馬を殺したかったわけがない。私が……私が愚かだったのだ」

遊佐が幼子のように泣き続ける。だが、誰も手を差し伸べない。そこにいるのは、身勝手で醜悪な老人だからだ。

やがて、日馬連の古株の事務職員が現れた。気心の知れた初老の男に促されて、遊佐はようやく部屋を後にした。

誰も口を開かず、室内は静けさに包まれる。

しばらくして、中園がわざとらしく咳払いをした。

「一応の区切りが付いたな。……ズームの馬の被り物の人、君は今後はどうするつもりだ？」

「俺は元々、大動物獣医師だ。田舎に戻って、以前のように牛を診るよ。もらった金で自分の牧場を持とうと思ったが、欲をかくものじゃないな。馬業界は複雑でおっかないね。牛なら『全国和牛能力共進会《ぜんこくわぎゅうのうりょくきょうしんかい》』の勝者を皆で盛り立てるぜ」

三宅の言葉に、中園は苦笑する。

「証言をしてもらったが、君に対しては、全くのお咎めなしとはいかない。弁護士を差し向けるから、今後の対応を相談してくれ。くれぐれも秘密は守ってくれ。悪いようにはしない」

ズームが消えると、中園は閉会を告げた。

駿美たち三人は、荷物を取りに控室に戻った。身支度をしていると扉が開く。

「今日は、証言をありがとう」

三人は、タイミングを合わせたように、中園に会釈をする。

「今日はこれから、馬防疫委員会の定例会があるんですが、一ノ瀬先生は残れますか？この後、予定はありますか？」

駿美は中園の意図が掴めぬまま、応えた。

「大丈夫です。定例会でも、私の証言が必要ですか？」

「一ノ瀬先生には、今後、馬防疫委員会のメンバーに加わっていただきたい。最近は、新型馬インフルエンザの若手勉強会も主催しているそうですね。若手の意見も、是非、委員会に伝えてくれませんか？」

駿美は滝沢と利根の反応を窺った。二人は笑顔で駿美の参加を後押しする。

「喜んでお引き受けします。今回、現場やウイルス分析の最前線にいた若手の考えを、皆さんには是非、聞いていただきたいです」

駿美の返答に、中園が満足そうな表情を見せる。

「来週には、ワクチンも届く予定です。国際オリンピック委員会は、五月末までに新規発生ゼロに持ち込めば、近代五種の馬術競技を日本で行うと確約しています」

「隠し事のあるシェイクの口添えのおかげですか？」

中園は苦笑いした。

「『大人の事情』です。これからは、オリンピック開催について、国民の理解を得られる行動をしなければならない。予防や啓発が重要になります。若手目線の意見は貴重です」

（いよいよ『馬インフルエンザ狂騒曲』のクライマックスだ。私は、幕開けに図らずも立

ち会った。幕切れまで、最前列で見届けるわ）
駿美は、中園に先導されて再び会議室に向かった。

四

三月後半になって、若手勉強会が再び開かれた。

「勉強会が一回、抜けてしまって、ごめんなさい。馬防疫委員会での証言の準備があったから、前回は開催できなかったの」

「その甲斐があって、一ノ瀬さんは、馬防疫委員会のメンバーになったんでしょ。不満はないよ」

駿美の詫びに、坂井が笑顔で応じる。

「今日は、あのツンケンした官僚女史がいないんだな。気が楽だ」

新山が悪びれずに伝えると、滝沢は苦笑いした。

「ワクチンが完成して日本に到着した。そろそろ、接種が始まる。どの地方に何頭分を供給するとか、地域の家畜衛生保健所《かほ》の獣医師がどう対応するとか、官僚は苦心して計画を立てているんだろう。しばらくは、忙しくて来られないかもね」

駿美は滝沢に続いて、これまでの経緯を説明した。

「最初の新型馬インフルエンザの発生から、今日でちょうど二ヶ月です。これまでの馬の発症は、一九七一年の大流行並みの五千四百頭。小淵沢以外の大半は競走馬絡みで、NRAはプライドに懸けて封じ込めています。乗用馬でも麻酔コントロールが可能になってからは、一般人を巻き込むような事件は起きていません。でも、数は減ったけれど、発生は収まらない。ワクチン投与が終われば、新型馬インフルエンザは、収束するのかな」

最後の方は独り言になってしまう。

桐谷が難しい顔をする。

「馬では収束可能と思う。だけど、ワクチン開発をしない動物園の特定動物は、今でも殺処分が前提だ。動物種で薬品開発の優劣をつけられるのは当たり前だけど、希少動物が淘汰されていくのは無念だよ」

「桐谷先生は、コウモリ関連で、動物園や希少動物には馴染みがありますものね」

駿美が桐谷に、さらに慰めの言葉をかけようとした時、菊池が口を挟んだ。

「サイやバクのH5N1型も、元は馬から感染したんですよね。馬用のワクチンを使えば、サイやバクも免疫を獲得できるのではないですか？」

「馬インフルの遺伝子型が変異したからこそ、馬以外の動物で発症したんだ。馬用のワクチンは効かないと思うよ。ただ、日本には、サイやバクは、それほどの数はいない。馬にワクチンが行き届いたら、試させてもらえるかもしれない。効いたらラッキーだ。念のため、若手からの意見として、一ノ瀬さんに進言してもらおうか」

駿美は、滝沢の提案を承諾した。

北野も質問をする。

「馬用ワクチンは三万頭分でしたっけ。日本の飼育頭数の約半分ですよね。それだけの頭数に注射するのは、大変です。日本中の馬獣医師が動員されるんですか？」

駿美が答えようとすると、部屋の出入口のほうから、声が聞こえた。

「生ワクチンだから、鼻に向けて噴霧するだけで、注射しないでいいんだよ。普段、馬に触っていない家畜《か》衛生保《ほ》健所の獣医師にも簡単な、ルーチンの仕事になる。現場仕事は、僕たち臨床の馬獣医師や、第一線の研究機関の手からは離れるだろうね。ヤレヤレだよ」

予期せぬ利根の登場に、駿美は驚いた。

「とねっこ先生、来ても大丈夫なの？」

「バタバタしているけれど、何とかなっているよ」

「エクセレント乗馬クラブの状況を教えて。解体するって噂だけど、勤務しているスタッフや獣医師の職は保障されているの？」

「まだオフレコだけど……。東日本にある六つと札幌校は、仁科先生が名誉校長になる。クラブの運営も、職員の待遇も、そのままだ」

「良かった。あれだけ大きい乗馬クラブだから、他の乗馬クラブには受け皿がなさそうだと心配していたの。『伝説の調教師』の仁科先生が乗馬クラブの顔になるなら、会員さんも職員も安心ね」

「でも、仁科先生は、しばらくは札幌校に居続けになる。東京オリンピックの近代五種の競技馬は、札幌校で調教する計画らしい。仁科先生が自ら、現地で指導するらしいよ」

駿美は首を捻った。

「札幌校に、百二十cmを飛ぶ馬が四十頭も揃っていたっけ？　近代五種の会場は、未だに新型馬インフルの発生がない北海道がふさわしいと、馬防疫委員会も検討しているわ。実際にそうなったら、競技馬も、クリーンな道内で揃えるほうがいいのは当然だけど」

「仁科先生の人徳をもってすれば、きっと道内じゅうの乗馬クラブが協力してくれるさ。北海道全域から掻き集めれば、どうにかなる」

北海道の馬の分布を思い出す。名案を思いついた。

「競走馬上がりの馬を、競技馬に転用するのもアリかもね。仁科先生の調教技術なら、サラブレッドを従順にして、近代五種に使えるようにできるかもしれない」

北海道は、日本一のサラブレッドの生産地だ。しかも、中央競馬、地方競馬とも行われている。競馬にも障害レースはあるから、百二十cmを飛べるサラブレッドは少なくないだろう。

「それは、いいアイディアだね。仁科先生が気づいていないなら、むしろ伝えたいよ」

利根が感心する。

「すみません」と、菊池が遠慮がちに会話に入ってくる。

「ワクチンの普及で、新型馬インフルの問題が、感染研や農研機構の手を離れるのはわかりました。若手勉強会と僕らの動画は、今後どういう方向性で進めていけばよいでしょう」

「さっき話題になった、ワクチンの種類の話はどうだい？　一般人は生ワクチンと不活化ワクチンの違いを知らない」

新山の返答に、菊池はホッとした顔を見せて頷いた。

「実は、とっておきの動画ネタがあるんだ。今日はせっかくだから、ここにいるメンバーにもクイズを楽しんでもらおう」

滝沢の提案に、全員が注目する。

「クイズその一。馬インフルエンザは、元々は発熱、発咳、洟水の呼吸器症状を示しました。今回、流行した新型では、罹患すると脳が侵されて暴れるようになる神経症状が現れました。では、馬インフルエンザの未来は、どんな性状・症状になるでしょう？」

一同は面食らって黙り込んだ。坂井が恐る恐る尋ねる。

「……滝沢先生、それって正解はあるんですか？」

「あるわけないだろう。自由に考えるんだよ。自由な発想こそ、科学する心を養う！」

「こじつけですね。でも、ゲームと思えば面白いわ。これまで呼吸器と神経系に症状が出ているから、次は消化器系とか？　そのために糞便《ふんべん》からも感染するようになる。ネズミが媒介者になる」

「一ノ瀬先生、想像力が豊かでいいね！　他の意見は？」

「感染力とサバイバル能力が強まって、空気感染が起きる」

「強毒型になって、致死率が七十％になる」

「潜伏期間が二十年になる」

「全動物種に感染するようになる」

皆は口々に、馬インフルエンザ・ウイルスの将来を語った。ほとんどが、より悲惨な状況を予測している。とはいえ、他のウイルスの性状を参考にして語っているので、全くありえない話ではない。

「こうやって、他のウイルス病の特徴を聞くと、新型馬インフルエンザって、それほど質《たち》は悪くなかったのね。病気自体に致死性は、ほとんどない。狂騒型になる十日程度の間を、いかに安静を保つかが大切なだけだもの」

駿美が感心すると、滝沢は胸を張った。

「現在、問題になっている疾病を振り返る方法としても、悪くないだろ？　じゃあ、次のクイズだ。画面を見たほうがわかりやすいかもしれない」

皆で、滝沢のノートＰＣを覗き込む。

「これは動画の第一弾でも見せた、二月十三日時点の発生地図だ。北から宮城県、栃木県、茨城県、埼玉県、東京都、神奈川県、山梨県、愛知県で発生している。離れた土地での発生は、エクセレント乗馬クラブの発症馬の移動が絡んでいた」

利根は「間違いない」と頷いた。

「次に、三月一日時点の発生地図だ。新たに福島県、長野県、滋賀県、広島県、福岡県が加わった。理由を考えてくれ」

駿美は、真っ先に発言した。

「福島県には、競走馬の放牧に使う育成施設がある。滋賀県には栗東トレセンがある。きっと競馬由来ね。福岡県に競馬場はあるけれど、競馬開催は休止中だから、違うと思う」

「今、調べたら、長野、広島、福岡にはエクセレント乗馬クラブの地方校がありますね。この三つは、エクセレントさんの発症馬が移動して、発生を広げました」

北野のコメントに、利根が異論を唱える。

「長野校に八王子校から馬が移動したのは事実。だけど、エクセレントは、東日本と西日本で別法人なんだ。会員は日本全国の地方校で自由にレッスンや外乗できるけれど、東と西では馬の移動はしないよ」

滝沢がヒントを出す。

「発生場所の馬房に近づけたかと、伝搬《でんぱん》スピードから考えてみよう。滋賀と広島の間で約四百㎞だね」

「インフルエンザだから、やっぱり、鳥じゃないかな」

新山の発言に、滝沢は応えた。

「鳥の可能性は、充分にある。でも、鳥が伝搬するならば、発生地がこんなには飛び飛びにはならないと思う」

「鳥と似ていますけれど、コウモリはどうですか？」

坂井の発言に、桐谷が答える。

「コウモリだったら、由々しき問題だけどね。全国にいるアブラコウモリがウイルスを運ぶと書かれた文献は、見た記憶がないな」

手元のタブレットを見ながら、菊池が切り出す。

「これまでに、わずかながら、イヌで発生がありました。川崎では狂騒型の馬インフルと同様の症状でした。日本には、野犬はほとんどいません。でも、野良猫は多い。ネコが中間宿主としてウイルスを持って移動した可能性は、ありませんか？　今、移動スピードを調べましたが、ネコは時速四十八㎞を出せるらしいです」

桐谷はすぐに、「ネコには縄張りがある。餌が充分なら、三百mの範囲でしか行動しないよ」と反論した。

携帯電話を弄っていた利根が、目を輝かせる。

「どこにでもいて、縄張りがなくて、移動スピードが速い。……ゴキブリはどうかな？　調べたら、秒速一・五mらしい。一日に百三十㎞を移動できる計算だ」

滝沢が冷ややかに否定する。

「獣医師の国家試験で何を勉強したんですか。ゴキブリは体表面の油膜に糞便や菌を付けて、病気を媒介する。ウイルスは細胞がないと、生きてられない。糞便に排出されないウイルスの運搬は無理です」

利根は、きまり悪そうに、駿美に助けを求める。

「サラ先生だけ、『運び屋』の仮説を話していないよ。僕だけに恥をかかせないでよ」

駿美は一つ一つの思考を確認するように、ゆっくりと話した。

「私は、今なお、散発することが気になっています。こんなふうに考えられませんか。新型馬インフルエンザ・ウイルスはヒトにも感染する。ただし、ヒトは不顕性感染で症状がない。けれどウイルスの持ち運び役を担っていて、ウマやイヌに感染させて発症させている、って」

滝沢が顔色を変える。

「人獣共通感染症は、動物由来でヒトに病気をもたらすものばかりが注目されている。今回の新型馬インフルエンザでは、ヒトが動物に病気をもたらす運び屋になっているってこと？」

「臨床で現場の馬に濃厚接触した利根先生、桐谷先生、私の鼻腔スワブと血中抗体を検査すれば、はっきりしそうですね。滝沢先生、手伝ってください」

滝沢は、「ねえ、一ノ瀬さん」と真顔で呼んだ。

「もし、ヒトの不顕性感染が確認できたら、馬防疫委員会に知らせる前に論文にしてもいい？」

「相変わらずですね。ともかく、さっさと確認しますよ！　道具を持ってきます」

駿美は、滝沢の返事を聞かずに部屋を飛び出した。

五

前回の馬防疫委員会から、約一ヶ月後。駿美は、桜が満開の馬事公苑を訪れた。

二週間前に事務局がメールで会議の議題を募った時に、『ヒトが新型馬インフルエンザ・ウイルスの中間宿主である可能性』を報告すると伝えて、資料を添付した。けれど、資料に対する反応は全くなかった。

苑内は、平日にも拘《かか》わらず、花見客で溢れている。

馬事公苑のある世田谷区では、まだ発症馬はいない。だが、馬事公苑の中には、警視庁騎馬隊の馬がいる。花見客の中に無症候性キャリアがいたら、すぐに発生するおそれがある。

会議室のある管理棟に入ると、エントランス・ホールで中園と鉢合わせした。

「メールの添付資料を読んだよ」

駿美は会釈して、会議室まで中園に付き従った。

定刻まで時間はあるが、会議室の席は二つを残して埋まっていた。仁科もいる。遊佐の役職を引き継いだようだ。

中園と駿美が着席すると、司会の新山が開会を宣言した。

「まず、畜産局から、ワクチンの投与状況の報告があります。ウマの担当係長が本日は不在なので、若宮先生が代理で説明します」

若宮が、ここぞとばかりにハイヒールの踵《かかと》を鳴らして登壇した。資料を映しながら「口を挟ませない」と宣《のたま》うように、マシンガンのように捲《まく》し立てる。

ワクチンの導入からは、まだ半月ほどしか経っていないのに、発生地域のウマには投与が終わっている。駿美は「官僚の本気」に舌を巻いた。

「次の報告です。馬インフルがイヌでも発生している件と、ヒトが無症候性キャリア疑いである件について、ワクチン提供者のシェイク・ザイヤーンに非公式に相談しました」

思わず声を上げる。若宮は仏頂面《ぶっちょうづら》で駿美に尋ねる。

「何か問題でも？」

「今日これから私が話す前に、農水がヒトの不顕性感染を前提とした対処をしているので、驚きました」

「添付資料でいただいた一ノ瀬先生のデータは、信用に足ると評価しました。シェイク・ザイヤーンも、オリンピックと来年のレーシング・ホース世界選手権の開催を念頭に、判断されました。ウマだけでなく、ヒト用とイヌ用にも噴霧型生ワクチンを提供してくださるそうです」

駿美は手際の良さに驚愕《きょうがく》した。

「ヒトには健康被害は報告されていない。だから、国民には、あくまで『オリンピック対策に自主的に協力する』という形で、ワクチンを受けてもらう。イヌは、ちょうど狂犬病ワクチンのシーズンだ。飼い主の了解を得て、馬インフルのワクチンも同時に投与する予定だ」

中園が補足して、「よくやったね」と駿美をねぎらった。

「続いて、今日から馬防疫委員会のメンバーに加わる、元調教師の仁科敏行先生を紹介します。近代五種の障害馬術競技は、八月九日、十日に、苫小牧《とまこまい》市のノーザンホースパークで開催されます。我が国は貸与馬として四十頭を用意し、その調教責任者が仁科先生です」

新山が紹介すると、仁科が立ち上がった。

「北海道では、未だ新型馬インフルエンザの発生は見られません。五月以降は、ノーザンホースパークへの人馬の立ち入りを、さらに厳しく制限します。オリンピックの貸与馬は、一ノ瀬先生のアイディアで、競走馬も有効活用して道内で賄《まかな》います」

仁科は駿美に小さく会釈をする。

（とねっこ先生が、伝えてくれたのね。出場はできなかったけれど、私もオリンピックに少しは貢献できたかな、お父さん）

駿美は胸が一杯になった。

「同じく五月から、貸与馬をノーザンホースパークに集めて、飛越やマナーの調教を強化します。調教はエクセレント乗馬クラブの者だけでなく、全日本クラスの選手も担います。貸与馬と調教メンバーの一覧をお配りしています」

表の中には、駒子の名前もある。

新山が質問を募る。誰も挙手しないので、会議は終了した。

退出する仁科に、駿美は駆け寄った。

「徳郎さんのお別れ会以来だね。サラ先生も頑張っているようだね。駒子ちゃんも頑張っているよ」

「先生、駒子は自分で先生のお手伝いをしたいと申し出たのですか？　まだ、日本選手団は決まっていないと思いますが……」

仁科は駿美の言いたい意味を察したようだ。

「私は、遊佐先生の日馬連の役職も引き継いだ。だから状況には通じている。日馬連は、オリンピックの派遣で、日本国内にいる馬の渡航は自粛すると決めた」

「つまり、東京開催を見込んで、早めに自馬を日本に帰国させていた選手は全員、代表候補から外れるんですね」

セバスチャンもブケパロスも、オリンピックに出場できない。

仁科は、駿美の心境を慮《おもんばか》るような表情をした。

「小淵沢の馬である時点で、セバスチャンはとうてい無理だと、駒子ちゃん自身がわかっていたはずだ。だけど、ずいぶんと気落ちしていてね。だから、私の助手になってほしいと、声を掛けたんだ」

「先生、ありがとうございます。駒子は馬を育てるのが大好きです。元気が出る特効薬になります」

「サラ先生も、オリンピックを手伝わない？　日馬連から獣医師団に推薦できるよ」

駿美は苦笑いした。

「私は国際馬術連盟の登録獣医師としては、ツー・スターの競技までしか参加できないんです」

「ならば、獣医補佐や、前回の徳郎さんのような厩舎担当はどうだろう。いっそ、サラ先生も候補馬の調教に参加するか？」

「先生、私の専門は馬場馬術ですよ。百二十cmの障害なら飛べます。でも、総合馬術選手の駒子ほど上手ではありません。オリンピックのお手伝いの件は、考えておきますね」

仁科は「頼むよ」と手を振って、去っていった。

携帯電話を取り出して、待ち受け画面を見つめる。フランシスコの前で、駿美、駒子、徳郎が笑っている。

『苫小牧で会おう！』

駿美は簡潔なメールを駒子に送信した。

第七章　旋《せん》　回《かい》—Pirouette—

一

八月九日。二〇二四年東京オリンピック近代五種競技の初日が来た。

馬術の開始時刻は、暑熱対策のために午後五時だ。しかし、獣医検査は午後二時からある。昼過ぎには、どの厩舎も慌ただしく動き始めた。

各馬に付き添う世話係《グルーム》は、晴れの舞台のために、馬体をピカピカにブラッシングする。お洒落《しやれ》と競技の邪魔をしない実用性を兼ねて、たてがみを編み込んでいく。

馬の準備運動をしておかないと、つまづいたのを獣医検査で見咎められて、出場できなくなる可能性がある。だから、世話係《グルーム》は時間一杯を使って、引き馬をする。

駿美は獣医補佐として、本格的な検査前に『ＴＰＲ（体温、心拍数、呼吸数）』を測定していた。聴診器と水銀体温計を持ち、準備が整った馬から尻に体温計を挿す。体温測定の間は、呼吸数を数えたり、心拍を聴診したりして、流れよく捌《さば》いていく。

「サラ先生、『TPRが終わった馬から獣医検査に回して』だって」

同じく獣医補佐の仕事をしている利根が、駿美に声を掛ける。

「とねっこ先生、顔色が悪いけれど、大丈夫？」

「仁科先生に、扱き使われてるだけだよ。今日、明日が本番だ。明後日からは、やっとゆっくり眠れる」

「私の悪口か。聞こえているぞ」

仁科が登場すると、利根は慌てて持ち場に戻った。

「サラ先生、獣医補佐をありがとう。北海道では、今日まで新型馬インフルエンザは発生しなかった。ここまで全てが順調だ」

「仁科先生。失礼ですが、競技が終わって馬が会場を出るまでは、油断しないでくださいね」

「前回の東京オリンピックを教訓として、熱中症対策は万全だよ。しかも、今日は二十二℃で、涼しい。予期せぬ北海道開催だったが、怪我の功名となったな。東京は三十五℃らしいよ」

仁科は、二〇二一年のヘンドラ・ウイルス発生の件は知らないらしい。前回オリンピックでの馬の死亡は、熱中症だと信じている。

「絶好の乗馬日和《びより》ですね。人馬ともにベストが尽くせそうです」

駿美は、当たり障《さわ》りのない言葉で応じた。

仁科と別れて、隣の厩舎に向かおうとした時、利根が息を切らしながら戻ってきた。

「仁科先生、第三厩舎で発熱、発咳の馬が見つかりました」

「詳細は？」

「三十九・七℃、乾性の咳。洟水はありません。心拍、呼吸数は正常です。隔離馬房に連れていきました」

「見に行こう。なに、新型馬インフルエンザとは限らないさ」

仁科は利根を促して、隔離馬房に向かう。

「私は、第三厩舎の残りの馬のTPRを取っておきます」

駿美は、二人の背中に声を掛けた。

第三厩舎の馬は、世話係《グルーム》に連れられて、厩舎前の検査スペースにすでに整列していた。

駿美は手際よく検査を進めた。最後の馬の番になる。

「十五番。オーバーイージー号」

駒子が青毛の馬を引いて、駿美のもとに来る。

「この馬で、何か気づいた異変はありますか？」

「ありません。平常どおりです」

駿美はＴＰＲを取りながら、さり気なく、大会獣医師が分担する検査も行った。

「眼も、舌の色も、毛細血管再充満時間《CRT》も正常。駒子が調教したの？　マナーも良いし、健康で良い馬だわ。お父さんも褒めると思う」

駒子が空を仰いで、きつく目をつむる。駿美は、優しい口調で語り掛けた。

「小さい頃から、すぐに泣くんだから。褒められたら、泣かないで。胸を張って」

「駿美ちゃん。競技が始まったら、お父さんと一緒に、この馬の勇姿を見てくれる？」

駒子はパーカーのポケットから、写真を取り出した。

「了解。ほら、獣医検査にいってらっしゃい」

駿美は、受け取った父の写真と一緒に、駒子に手を振った。

二

馬術大会での獣医師の仕事は、全ての馬の退厩《たいきゅう》を見届けるまで続く。オリンピックでも、それは変わらない。

男女別の近代五種競技は、落馬事故や馬の怪我もなく終了した。駿美や関係者は安堵した。

ただし、競技が終わったのが夜だったため、出場馬の退厩は明朝になる。

(あと半日。馬たちは、今夜さえ無事に過ごせれば、あとは馬運車に乗り込むだけだ。最後まで気を引き締めよう)

懐中電灯を点ける。照明を落とした厩舎には、わずかな関係者のみが残っている。駿美は、馬を驚かせないようにしながら、見回りをした。

厩舎を出ると、大会ボランティアの獣医専攻の女学生が、辺りを見回している。駿美を見つけると、切羽詰まった口調で呼び止める。

「一ノ瀬先生、いらしてよかった。インフルエンザの馬を診てください」

「また、新たに発症したの?」

「競技前に発症した一頭だけです。麻酔コントロールをしています。でも、担当の利根先生が、時間になってもいらっしゃいません」

「利根先生は、数日前から体調が悪そうだったの。控室で眠っちゃったのかな」

駿美は、学生に指示を出す。

「点滴を空にするわけにはいかないわね。急ごう。あなたは、控室からカルテを持ってきて。薬の種類や分量に、特別の配慮が必要な馬かもしれない。私は、点滴を生理食塩水にして、時間稼ぎするから」

学生は控室に走っていった。

駿美はマスクを医療用に着け替えて、隔離馬房に近づいた。

病馬は、うつらうつらと船を漕いでいた。寝ぼけても倒れないように、馬体は天井から吊起帯で吊るされている。オリンピック中に暴れられては大事《おおごと》になるから、麻酔で眠らされているが、症状は安定しているようだ。

駿美は、点滴している麻酔薬入りの生理食塩水に、時間稼ぎ用の生理食塩水を繋いだ。点滴のスピードも緩める。これで、三十分は保つはずだ。

一息つくと、「一ノ瀬先生」と厩舎の外から声がした。動転した様子で忙《せわ》しなく何度も呼んでいる。声の主は、先ほどの学生だ。

学生は駿美を見つけると、駆け寄った。

「控室の近くで、利根先生が倒れていました。全く動いていません。スタッフの女性が付き添っています」

「救急車は？」

「その女性が、『救急車は自分が呼んだから、誰か呼んで来て』と仰いました」

駿美は控室に向かって駆け出した。

プレハブの控室の二十mほど手前に、人だかりができている。

十名ほどの人垣を掻き分ける。中央には、仰向《あおむ》けになった利根がいた。

「利根先生！」

駿美は叫んで、駆け寄った。近くの男に腕を掴まれる。

「蘇生の邪魔だから、下がっていて！　身内の方ですか？」

「獣医師仲間です」

利根のそばには、開封したものの使用した形跡のないＡＥＤが、転がっている。若い男二人が協力して、利根に胸骨圧迫を施している。

駿美は為す術もなく、見守った。

やがて到着した救急救命士は、「警察を呼ぶ」と告げて、すぐに帰った。「死亡して蘇生の見込みがない」という意味だ。一同は落胆して、人垣が解けた。

「駿美ちゃん！」

正面に駒子がいる。顔は涙でぐちゃぐちゃだ。

「駒子もいたの」

「私が第一発見者なの。さっき、残っている大会スタッフは控室に集まるようにって、一斉メールが来たでしょう？」

「厩舎の見回りだったから、着信音を消していたの。気づかなかった」

「読んでみて」

　駿美は内心、それどころではないと思ったが、手元を覗き込む駒子のために、携帯電話でメールを開いた。

「大会の獣医委員長のジェイムズ・コリンズ博士が……新型馬インフルエンザ発症の疑いで、ホテルで死亡⁉」

　メールは、関係者にインフルエンザの簡易検査をするので、宿泊ホテルの食堂か大会控室に集合するように、と続いている。

「私は、メールが来た時は、担当のオーバーイージーをブラッシングしていたの。控室に急いで向かったら、ここで倒れている、とねっこ先生を見つけたの。ねえ、駿美ちゃん、馬インフルエンザって、人にも感染《うつ》るようになったの？　とねっこ先生も、馬インフル？私たち、どうなっちゃうの？」

　駒子の思い詰めた声に、遠巻きの人が振り返る。駿美は駒子を近くの木陰に連れて行った。自分の心臓もバクバクしているが、駒子を落ち着かせるために、努めて冷静に振る舞わなければならない。

「検査の結果が出ないと、何で死んだかはわからないよ。とねっこ先生の状態は、最初から厳しかったの？」

駒子は洟を啜り上げる。

「救急車は呼んだけれど、難しい状況なのは、わかっていた。何人かでウマ用の聴診器を使ったけれど、心音は全く聴こえなかった。ＡＥＤも持ってきたけれど、反応しなかった。私、お父さんの時を思い出しちゃって……」

駒子は、さらに涙を零した。

最近の利根とのやり取りを思い返す。

大会中から体調が悪いと訴えていた。そういえば、以前からよく、頭痛持ちだと言っていた。まだ若いけれど、脳出血なのだろうか。

「とねっこ先生には、一ノ瀬乗馬苑の会員が出場する大会で、ずいぶんお世話になったわ。私は、ドクター・コリンズとも、顔見知りなの。私が出場した海外の試合で、よく大会獣医師をされていたわ。オリンピックの晴れ舞台で、知り合いが二人も亡くなるなんて、現実とは思えない」

駿美は違和を感じた。

「駒子が海外で出場するのは、総合馬術のスリー・スターやフォー・スターの競技でしょ？　トップ・クラスの試合を受け持てるコリンズ先生が、なぜ、近代五種で行う百二十cmの障害馬術競技の獣医委員長をしていたの？　デンマークの馬術競技に行くはずよ」

「ドクター・コリンズは、前回の東京オリンピックで、獣医委員長をしていたの。その時、死んだ競技馬の解剖に立ち会って、ものすごくショックを受けたみたい。それで『悲劇は二度と起こさない』と、日本行きを志願したんだって。国際馬術連盟のインタビュー記事に書いてあったよ」

利根とコリンズの共通点に、背筋が凍った。

(二人とも二〇二一年に、ヘンドラ罹患馬の剖検に立ち会っていた)

愕然としていると、背後から「北海道警察です」と聞こえた。

「遺体の第一発見者があなただと聞きました。お話を伺いたいのですが……」

駒子への声に駿美も振り返ると、眼光の鋭い男が警察手帳を掲げている。

「検視官の方ですね。国立感染症研究所の一ノ瀬駿美と申します。遺体に近づく時は、防護服を着てください」

検視官は、駿美をじろりと睨《ね》めつけた。

「何を根拠に仰っているのですか」

「控室前で亡くなった利根先生と、オリンピック関係者が泊まるホテルで亡くなったコリンズ先生。二人共、新興感染症の感染疑いがあります。馬と人に発症する病気です」

「あなたの証言の真否を、確認できますか？」

「感染研の獣医科学部の平原室長に連絡を取ってください。近くに一ノ瀬がいると伝えてください。私は山梨県で、同じ病気の感染者の遺体搬送に立ち会いました。剖検も、感染研に隣接する国際医療研究センター病院で行っています」

検視官が慌ただしく、部下に指示をする。

駒子が、声を潜めて尋ねる。

「駿美ちゃん、山梨県の事例って、お父さんのこと？」

「コリンズ先生と利根先生は、前回の東京オリンピックの剖検で病気が感染《うつ》った可能性があるの。その病気は、人には無害なはずの新型馬インフルエンザによって、重篤な症状を起こすかもしれない。お父さんがそうだったように」

駒子は、もう少し詳しく聞きたそうだったが、駿美はストップのゼスチャーをした。

「ごめんね。関係各所に連絡しなくちゃ。まずは中園先生に知らせないと。ご自身も、前回の東京オリンピックで剖検に立ち会っているはずだから」

携帯電話をかけるために、人気《ひとけ》のない控室に向かう。

部屋の中で一人になって、駿美の目からやっと、涙が零れた。

三

駿美は利根の死の翌日に、東京へ戻った。羽田空港から一直線に、村山庁舎に向かう。まず、滝沢の実験室を訪ねる。

「北海道では、よく頑張ったね。お疲れさま」

目が合うと、滝沢は即座に駿美をねぎらった。

「私は、何もしていません。平原先生は、父の剖検を担当した医師を、北海道に差し向けてくださいました。警察や、利根先生のご両親への説明も、その先生がしてくださって……」

「いっそ、ゴキブリが中間宿主だったら良かったたな」

滝沢は唐突に呟いた。駿美が怪訝な顔をしていたのか、滝沢は補足する。

「以前、新型馬インフルエンザの、感染経路当てクイズをしただろ。その時の利根先生の答えを覚えている？」

「思い出しました。利根先生が『ゴキブリがウイルスを運んでいる』と答えた事件。それを聞いた滝沢先生が、めちゃくちゃ冷たい反応をしたやつですね」

滝沢は苦笑する。

「あれは、獣医師免許持ちと思えないほど、酷かった。でもさ、ヒトが無症候性キャリアになる特徴がなければ、ヒトへの生ワクチン投与もなかったでしょ。いっそ、ヒトじゃなくてゴキブリのせいだったら良かったよね」

「私の指摘が生ワクチン投与に繋がって、結果として、利根先生の命を奪う事態になったのでしょうか」

「自分のせいにするなよ。『ヘンドラ・ウイルスの感染経験があると、新型馬インフルエンザ・ウイルスの変異株が活性化して致死的な脳炎症状が現れる』なんて、事前に予測できないって」

「でも、私は、二〇二一年の東京オリンピックで、死亡馬の剖検現場に父と利根先生が立ち会ったって知っていたんです。父の死の後に、利根先生に注意するように言っておけば……」

滝沢は「話は終わりだ」と主張するように、手をパンパンと叩いた。

「強いて言えば、生ワクチンじゃなくて不活化ワクチンを投与しておけば良かったのかな。でも、オリンピックの近代五種に関わる人には、早く馬インフルの強力な免疫をつけさせたかったから、仕方ないだろう」

　滝沢は立ち上がった。

「空港から直行で、昼飯がまだだろ？　一時から会議だから、生協で食っちゃおうぜ。今日くらいは奢ってやるよ」

「お返しは、論文のファースト・オーサーを差し上げれば、いいですか？」

「減らず口が叩けるなら、大丈夫だな。ヘンドラ・ウイルスにも言及する論文だから、桐谷先生も仲間に入れてやろう。もちろん、著者名の順番は、俺と一ノ瀬さんの後だ」

　駿美は滝沢に促されて、食堂に向かった。

四

　食事を終えた駿美と滝沢は、インフルエンザウイルス研究センターの第四室に入室した。森と平原が、すでに席に着いている。

「今日は、H5N1型の新型馬インフルエンザとヘンドラ・ウイルスの関係について情報を共有しよう」

　森の開始の合図に、駿美は周囲を見回した。

「桐谷先生は、いらっしゃらないんですか？　ヘンドラ・ウイルスの話だから、日本のコウモリ事情を是非、聞きたかったんですが……」

「一ノ瀬さんは、ニュースを見ていない？　ちょうどオリンピックの近代五種をやっていた頃、三宅島で噴火があったんだ。……ネットに動画があるかもしれない」

滝沢は、ネットのニュースの動画を大画面に映した。

赤い熔岩《ようがん》と、灰色の噴煙に包まれて、無数の黒い物体が島から飛び出している。

「黒く映っている物は、コウモリですか？　桐谷先生は、コウモリの調査で三宅島まで行っているんですか？」

滝沢は、噴き出した。大袈裟に首をブンブンと横に振る。

「島までは行かないよ。都内の何箇所かで、オオコウモリらしき動物の目撃例があってね。動物園経由で、桐谷先生に調査依頼があった。一般の人は三宅島の噴火と結びつけて、不安みたいだよ」

果実を主食とするオオコウモリ類は、人や家畜の近くに来て、人獣共通感染症の原因病原体をばら撒くおそれがある。桐谷は、オオコウモリの本州進入を気にしているに違いない。

（でも、三宅島にオオコウモリは、いたっけ？）

平原が、もどかしそうに「本題に入ろう」と提案する。

「北海道のオリンピック近代五種の馬術競技会場で起きた、ヘンドラ・ウイルスとH５N１型の新型馬インフルエンザ・ウイルスの共感染だ。一ノ瀬さんがいち早く気づき、現地で適切に動いてくれた。亡くなった二人のご遺体は、国際医療研究センター病院で検査中だ」

「ヘンドラとインフルエンザの中和抗体は何倍ですか？」と、森が焦れたように尋ねる。

「ヘンドラは二人共、八から十六倍。インフルエンザのH５N１型は八十倍以上だった」

「ヘンドラ感染歴があると、インフルエンザ・ウイルスの複製速度が速まって変異が増え、種の壁を超えて発症するのかな。直接の死因は、何だったんですか？」

「おそらく、インフルエンザによる髄膜脳炎だが、まだ検査中だ。ヘンドラ・ウイルスの検討は、獣医科学部が主導する。様々な動物種のH５N１型は、森先生のところで調査してくれないか」

平原の依頼に、森が了解する。続いて森は駿美を見て、「一ノ瀬さんは、気づいた点はある？」と促した。

「H５N１型の新型馬インフルエンザの生ワクチンは、オリンピックに間に合うように、日本全国のヒト、ウマ、イヌに投与されました。生ワクチンは弱毒化しているとはいえ、ウイルスそのものです。ヘンドラが流行したら、全国でH5N1型の新型馬インフルエンザを発症する人が、現れる可能性があると思います」

平原は顔を顰める。

「さすがに、ヘンドラは流行しないだろう。そもそも、日本には存在しない病原体だ」

「二〇二一年の東京オリンピックで、ヘンドラ・ウイルスが見つかりました。死亡馬の解剖に携わった人、つまりヘンドラに感染したおそれのある三人は、最近、日本で相次いで亡くなりました」

父の徳郎と、利根、大会獣医師のコリンズだ。

「三人の遺体は全て、国際医療研究センター病院にあるんだろ？　国内のヘンドラ症患者の封じ込めは、できている」

森は心配を振り払うためか、必要以上に断言した。

「ただ、二〇二一年の剖検の時に同席した日本人は、あと一人います。NRAの中園先生です。平原先生は、中園先生の検査もされたんですよね？」

「ヘンドラの中和抗体は二倍以下だった」

駿美はホッとした。ヘンドラ・ウイルスに接触していない一般人と変わらない。

その時、駿美の携帯電話が鳴った。

「マナーモードにしていなくてすみません。桐谷先生です。出てもいいですか？」

全員が頷くのを確認して、駿美は電話を取った。

「一ノ瀬さん？　会議中だと思うけど相談がある。今、大丈夫？」

桐谷の声は張り詰めている。

「大丈夫です。患畜ですか？」

「オオコウモリの目撃例を調べに、世田谷区の馬事公苑まで来た。ここには警視庁の騎馬隊があるだろ？　聴き取り中に、馬が咳をして厩舎内をぐるぐる回っているっていうから、今、厩舎まで診察しに来たんだ」

「狂騒型の馬インフルエンザの発症ですか？」

「よくわからない。熱が四十℃で発咳がある。それに、鼻からは出血していて、洟水の代わりに泡沫《ほうまつ》を出している」

「桐谷先生、すぐ馬から離れて！」

駿美の大声に、第四室にいるメンバーが身を竦める。

「インフルエンザで鼻出血はありません！　インフルエンザ様の症状に、鼻出血、泡沫は、ヘンドラ・ウイルス症の特徴です。致死率五十％以上の病気です。早く離れて、救急車でセンター病院に行ってください。騎馬隊員の方もです。馬への対応は、私が獣医科学部に頼みます」

「わかった。ともかく電話を切るよ。詳細は今晩」

桐谷が電話を切っても、駿美はそのまま立っていた。周囲に電話の詳細を聞かれて、駿美はようやく我に返った。

五

翌朝、駿美は平原と国際医療研究センター病院を訪ねた。

「昨日、桐谷先生は即時入院したそうですね。病院に問い合わせたら、面会できないと言われました。今日は、会えるでしょうか」

「担当医師の榊《さかき》先生に経過を聞いた。桐谷君の症状は、予断を許さない。感染症病棟だから、病室に入るのは無理だ。モニター越しに元気づけられればいい、程度に思ってくれ」

感染症病棟に着いて名乗ると、面談室に通された。しばらく待つと、平原と同い年くらいの恰幅の良い男が現れた。

「桐谷先生の担当医の榊です。一ノ瀬先生のお父上からずっと、ヘンドラ・インフルエンザ症の担当をしています」

手を差し出され、駿美は迷いながら握手をした。平原が「私の医学部時代の同級生だ」と補足する。

「桐谷君の症状は、どうだ」

「今朝の時点で、ヘンドラ・ウイルスの中和抗体価が二百五十六倍だ。急性髄膜脳炎と同時に、出血性肺炎の兆しもある。ヒトのヘンドラ・ウイルス症候群で、呼吸器症状は珍しい」

「楽観は、できないか」

「すでに、ご家族に連絡を取っている。本来なら会話も許されないが、桐谷先生本人が、研究の重大な報告をしたいと切望した」

榊は部屋にあるＰＣを操作した。桐谷の病室が映る。

桐谷は、リクライニング式のベッドに横たわっていた。目を見開いて、前方を見つめている。

「桐谷先生、榊です。平原先生と一ノ瀬先生が来てくれました」

榊は、マイクを使ってモニター画面に対して発した。振り返り、駿美と平原にも話すように促す。

「桐谷君、平原だ。研究の状況を聞きに来た」

「一ノ瀬です。お話を伺いに来ました」

桐谷は、お礼らしき発言をした。だが、喘鳴音が酷くて聞き取りにくい。

「警視庁騎馬隊員がオオコウモリを撮影した。クビワオオコウモリが写っていた。三宅島から来たコウモリではなさそうだ」

桐谷は苦しそうに肩で息をする。平原が助け舟を出す。

「桐谷君、こちらがたくさん話そう。桐谷君は、イエス、ノーだけでいい」

画面の桐谷が頷くのを待って、平原は語りかけた。

「クビワオオコウモリは、南西諸島産のオオコウモリだ。東京の島嶼《とうしょ》部では、オオコウモリは小笠原諸島にしかいないとされる。桐谷君は、南西諸島のオオコウモリが、東京に住み着いていると考えるんだな」

「一ノ瀬さん、日野動物公園……」

桐谷が何かを伝えたがっている。駿美は懸命に頭を働かせた。

「桐谷先生と一緒に、日野動物公園にサンプル採取に行った経験があります。桐谷先生はサル山でコウモリを見つけて、私を放ったらかしにしました。……確か、『東京にはいないオオコウモリを見つけた』と仰っていました」

桐谷は瞬《まばた》きで同意を示すと、再び話し始めた。

「先生、僕が死んだら、血清を……」

平原が怒鳴る。

「馬鹿を言うな。生き長らえて、新鮮な血清を提供しろ。君には、コウモリの論文を、もっと書いてもらわないと困る」

榊は、平原の肩を叩いて制止する。

「一度にたくさん話すと疲れる。桐谷先生、もう休んでください」

榊は、面談室のマイクを切った。駿美と平原に、元の席に戻るように促す。

「今までのヘンドラ・ウイルス症は、ヒトが死亡する場合は感染から二週間程度という報告が多い。だが、今回の桐谷先生や警察官二人は経過が速い。先にインフルエンザに感染して、後からヘンドラに感染する場合でも、拍車《はくしゃ》が掛かる要素があるのだろう」

医師の見解も、駿美たちと同じらしい。

「一ノ瀬さん、桐谷先生は、都内でオオコウモリを事前に見つけていたのか」

「日野動物公園に行った時、サル山のフルーツを食べているコウモリが確かにいました」

平原は、困りきったように唸った。駿美は説明を続ける。

「今までも、鹿児島市内で見つかる例がありました。さらに北上して、都内に住み着いた個体かもしれません。その場合、少なくとも東京以南には、オオコウモリの媒介でヘンドラ・ウイルスの感染可能性があると言えます」

榊は要領を得ない顔をする。

「温暖化のご時世だから、オオコウモリの北限が変化しても驚きはしない。でも、南西諸島産にしろ、小笠原諸島産にしろ、日本のオオコウモリがヘンドラ・ウイルスを持っていると思える？」

「二〇二一年八月より以前に都内にオオコウモリがいたのならば、説明がつきます。二〇二一年の東京オリンピックでは、オーストラリアから来たウマが、ヘンドラ・ウイルス症を発症しました。馬の体液などから、オオコウモリがヘンドラ・ウイルスに感染した可能性があります」

「そんな以前から、ヘンドラ・ウイルスが日本で広まる兆しがあったのか！」

榊は驚愕の声を上げる。

（二〇二一年オリンピックの爪痕が、こんなにも深い）

駿美は気持ちは暗くなる一方だった。

六

馬事公苑でヘンドラ・ウイルス症が発生した二日後。オリンピック馬防疫委員会が、オンラインで開催された。

感染研からは委員会メンバーの駿美の他に、平原と滝沢にも参加依頼があった。三人は同じ部屋に集合して、一人一台のＰＣを使って会議に参加した。

「オリンピックでは、皆さんのご協力で、馬インフルエンザは確実に防疫できました。しかし、二〇二一年の余波で、仲間を二人、失ってしまいました。ここに、遺憾《いかん》の意を表します」

中園は冒頭で、深々とお辞儀をした。

早速、滝沢が中園に嚙み付く。

「今日、ウェブ会議に参集したメンバーは、全員が二〇二一年のヘンドラ・ウイルス発生の事情を知っています。話を曖昧にしないでください。今、現在進行形でヘンドラが発生しているんだ」

中園が苦い顔をする。

「利根先生とコリンズ先生の件は残念でした。中園先生に発症の兆しがなくて、ホッとしています。でも、今は、一昨日に発生した馬事公苑の事案に、早急に対応しなければなりません」

駿美も臆《おく》さずに補足する。

「センター病院に収容された三名は、予断を許さない状況だ。回復は見込めないだろう」

平原が断言すると、画面の向こうから唸り声が聞こえた。

「感染研は、馬の状況までは把握できていない。発症馬のサンプルが送られてきただけだ。説明してくれ」

平原の要求に、新山が応じる。

「ヘンドラ・ウイルス症の感染馬は、国際的に『確定診断後に完全な感染防御措置をして殺処分』とされています。今は感染研に頼んだ確定診断の結果待ちです。ただ、今回の発症馬は、NRA施設内に置かれている警視庁騎馬隊の馬です。警視庁は『市民をいたずらに不安にさせるなら』と、馬事公苑に置いてある馬の全頭処分を検討しています」

「ヘンドラ・ウイルス症は、治療法がないと聞いた。今後の対応は？　オーナーができる方策はあるのか？」

仁科が、忙しなく尋ねる。

「オーストラリアにはウマ用のワクチンがあります。今、至急、取り寄せています。抗ウイルス薬としては、クロロキンやリバビリンも挙がっていますが……」

新山が言い澱んだので、駿美は後を引き取った。

「抗ウイルス薬は、実験室で細胞を相手にすると効きますが、マウスなどの実験動物では効果がないんです。同様に、ヘンドラ・ウイルスのワクチンも、効果は疑問視されています」

「うちのウマが罹っても助けられないし、予防も難しいのか」

仁科は、気落ちした様子を見せる。

「ヘンドラ・ウイルスは基本的に、ヒトには対症療法、動物は見つけ次第、感染が広がらないように淘汰、しかありません」

中園が断言すると、平原が補足する。

「ヒトには血清療法も可能だろう。動物に対する方策は、感染研と農研機構とで、ウマとイヌのワクチンの開発を予定している」

仁科が、身を乗り出した。

「エクセレント乗馬クラブの馬を、実験馬に進呈しよう。サラブレッドよりも乗馬のほうが扱いやすいだろう」

平原は「助かります」と礼を言った。仁科は続けて質問する。

「平原先生は先ほど、イヌのワクチンも開発すると仰った。イヌもヘンドラ・ウイルスに感染するんですか？」

駿美は平原と目が合った。「説明するように」と促される。

「二〇一一年にオーストラリアのクイーンズランド州で、イヌのヘンドラ・ウイルスの感染例があります。今回の日本での発症は、ヘンドラとH5N1型インフルエンザが共感染すると、互いに重篤化しやすいケースです。H5N1型の生ワクチンを投与したイヌが、インフルエンザの慢性感染の状態になっていたら、ヘンドラに感染しやすいかもしれません」

画面の向こうで、中園と新山はしばらく相談した。画面に向かって、箇条書きのノートを見せる。

「皆さんの話を踏まえて、ヘンドラ・ウイルスの監視の分担を決めました。ヒトは国際医療研究センター病院に集めて、サンプル採取と診断・治療を行う。馬事公苑のウマのサンプル採取と近隣の聴き取り調査は、NRAが担当する。イヌのサンプル採取は保健所が担当。感染研は、全てのサンプルの分析を担ってください。血清・ワクチン開発は、農研機構と感染研の協働でお願いします。

仁科先生は、全国乗馬倶楽部振興協会を通じて、各地の乗用馬の状況をモニターしてください。全国の競走馬のモニターはＮＲＡが行います。

感染者の病状に変化があったり、新しい感染が見つかったりしたら、すぐに私に情報を送ってください。取りまとめて共有できるようにします。ウェブ会議も適宜いたしましょう」

新山がコメントして、閉会を告げる。

ウェブ会議から、次々とメンバーが退出する。駿美も『退出ボタン』をクリックしようとすると、新山に呼び止められた。

「サラ先生、オリンピック前に馬インフルエンザの若手勉強会をしたよね。ヘンドラ・ウイルスでもやらない？」

駿美は滝沢を振り返った。すでにＰＣを片付けた滝沢が、駿美の画面に入ってくる。

「新山先生、俺も賛成だ。メンバーは少し減ってしまったけれど、是非、ブレイン・ストーミングしよう」

「滝沢先生、サラ先生と一緒の部屋にいたの？」

いきなり現れた滝沢に、画面の新山が狼狽する。

「私も賛成よ。あとで皆さんにメールを送ります」

駿美が応じると、新山は「よろしく」と告げて画面から消えた。

七

馬事公苑でのヘンドラ・ウイルス発生から十日後。馬インフルエンザの会議メンバーは、いつものインフルエンザウイルス研究センターの第四室に沈痛な面持ちで集まった。

「馬事公苑での感染者三人は、感染の七日から九日後に相次いで死亡した。最後に亡くなったのが、昨日の桐谷君だ」

平原の言葉に、全員が一分間の黙禱《もくとう》をする。黙禱が終わると、森が性急に尋ねた。

「ヘンドラ・ウイルス症で亡くなったのは確かですか？　インフルエンザが出血性肺炎まで起こすようになったケースも考えられるのでは？　滝沢君、データは？」

「三人のインフルエンザの抗体価は、十六倍から三十二倍でした。感染と言えるか、ギリギリの数値です。……いや、むしろ慢性化していると考えたほうがよいのかな？　ヘンドラの抗体価は四千九十六倍でした」

「その数値なら、ヘンドラ・ウイルス症と考えるべきだな」

森が納得すると、平原が続けた。

「問題は、警察官二人が亡くなったと、マスコミに大きく取り上げられたことだ。予想以上に近隣住民の不安は大きい。世田谷では、ペットのイヌを捨てる家庭が増えているそうだね。詳しい経緯を知っている人は、いるか？」

　駿美は挙手をした。

「榊先生のチームが、昨日、テレビの取材を受けたんです。ヘンドラ・ウイルス症の歴史や性状を話しました。リップ・サービス気味に、『ウマやイヌからヒトに感染する致死性の病気で、ペットの犬のせいで人が死ぬかもしれない』と説明しました」

「間違いではないけれど、非常に言葉足らずだね」

　滝沢が、気難しい評論家のようにコメントする。

「榊先生は、『H5N1型の馬インフルエンザ・ワクチンを受けたヒトや動物は、ヘンドラ・ウイルスに罹りやすい』とか、『インフルエンザとヘンドラが相乗効果になって、イヌが狂うかもしれない』などとも、話しました」

　平原が気鬱な顔をする。

「あいつは、マスコミが喜ぶ言い方を知っているんだ。だから、テレビで重宝《ちょうほう》されている。だが、今回は好ましくない方向に進んでいるな」

「ペットのイヌは、今年の四月から六月の狂犬病ワクチン接種期間に全頭、馬インフルエンザ・ワクチンも受けています。犬のヘンドラ・インフルエンザ症を恐れて、榊先生の出演の直後から犬を捨てる人が現れたようです」

さっき駿美が見たニュース・サイトには、馬事公苑の周辺には、すでに十数匹の野犬がいると書かれていた。

「昨夜、新宿のセンター病院からの帰り道に、一ノ瀬先生と実際に馬事公苑周辺をドライブしました。野犬が恐ろしくて、下車できなかったよね」

滝沢の話に、駿美も付け足す。

「野犬が、すごいスピードで走り回っているんです。それも、血統書が付いていそうな、ペット犬です。馬事公苑の中にも入り込んでいました。犬種自体は、チワワやトイ・プードルが多かったです。だから余計に奇妙でゾッとしました」

「激しく吠《ほ》え続けたり、車に向かって飛び出してきたりしたな。あの犬たち、感染していたのかな」

駿美と滝沢の状況説明に、平原は眉を寄せた。

「野犬になった状態では、一匹ずつ捕まえて、感染の検査をするのは難しそうだな。動物愛護団体には怒られるが、野犬は一斉淘汰して、家庭にいる犬にヘンドラ・ワクチンを打つのが現実的だ」

「馬インフルエンザ・ワクチンの次は、ヘンドラ・ワクチンの開発が火急の用件か。でも、新しい病気でライブラリが揃ってないから難しいんじゃないですか？　状況は、どうなんですか？」

森が尋ねると、平原は苦笑した。

「ＮＲＡが、オーストラリアのヘンドラ・ウイルス・ワクチンを輸入した。まもなく到着して、感染研にも譲ってくれる。もっとも、ワクチンの効能はオーストラリアでも疑問視されている。まあ、私たちは信じすぎずに雛形《ひながた》として使って、日本製の優秀なワクチンを開発するまでさ」

平原は、駿美に向き直った。

「できれば、一ノ瀬さんには、しばらくの間、ワクチンの実験に携わってもらいたい。週明けには、仁科先生のところから実験馬が納入される。馬が死ぬ場合もある実験だから、無理には頼めないが……」

「やらせてください。馬の獣医師は、オーナーさんの意向で安楽殺を請け負う場合もあります。ワクチン開発の研究は、一頭の尊い犠牲のもと、数百頭、数千頭を助ける大切な仕事です。自分だけ『可哀想だから、できない』などとは言えません」

平原は満足そうに微笑んだ。

「ありがとう。実験馬の世話係で駒子ちゃんも来る。駒子ちゃんは『妹は獣医師だから、実験では生死を握る役割になって辛いだろう』と心配していた。一ノ瀬さん本人が承諾するまでは、決して駒子ちゃんの名前を出さないように、と念押しされていたんだ」

「私も駒子も、精一杯、務めさせていただきます」

上着のポケットにそっと手を当てる。ポケットの中には、駒子から預かったままの父の写真が入っていた。

八

夜になって、駿美は駒子に電話をかけた。

「電話で話すのは久しぶりだね」

駒子は、感極まった声を出す。

二人は、今回のオリンピックでの出来事を、しばらくの間、語り合った。

オリンピックが終わって、まだ二週間しか経っていない。なのに、ヘンドラ・ウイルスとの戦いは山場を迎えつつある。

駿美は本題に入った。

「ヘンドラ・ウイルスのワクチン開発に携わる成りゆきになったの。そうしたら、駒子も、仁科先生が提供する馬の世話係で感染研に来るって聞いた。駒子って、仁科先生とそんなに親しかったっけ？」

「私、オリンピックの少し前から、仁科先生に弟子入りしているの。調教技術を学びたくて。エクセレントの八王子校にいるから、今回の実験馬の話も聞けたの」

「実験馬の世話で駒子が離れても、一ノ瀬乗馬苑は大丈夫なの？」

「インフルエンザ騒動で、馬も、ずいぶんと減っちゃった。だから、岡本先生に任せておけば大丈夫だよ」

「セバスチャンは？」

「日馬連の自粛で、しばらくは海外の試合に行けないでしょ？　仁科先生のご厚意で、セバスチャン込みで、私を八王子に置いてもらっているの」

「エクセレントのスタッフに、セバスチャンの世話を任せられるなら、安心だね」

厳しい現実も突きつけなくてはならない。

「やる気を削ぐつもりはないけど、一言、言わせて。実験馬って、ウイルスに感染させるの。ワクチンがうまく効かなければ、死んじゃうかもしれない。根っからの馬好きの駒子が、耐えられる？」

「お父さんの命を奪ったヘンドラ・ウイルスと、私も戦いたい。そのためなら、耐えられる」

駒子はきっぱりと言った。さらに、駿美からの追及を避けるためか、早口で話を続ける。

「乗馬クラブは、ヘンドラ騒ぎでどこも開店休業中よ。だから、仁科先生に迷惑は掛からない。実験中は、感染研が宿舎を用意してくれるから、駿美ちゃんの迷惑にもならない」

「わかった、わかった。別に、駒子の参加を嫌がっているわけじゃないわ。私の家にも、たまには泊まりに来なね」

駿美は駒子の勢いに若干怯《ひる》みつつ、通話を切った。

九

週が明けて、駿美は騎馬隊員に聴き取り調査をするために、滝沢と馬事公苑に向かった。コンビニで買い物をしてから中央自動車道に乗る。助手席の滝沢が駿美に話し掛ける。

「今日、慌てて馬事公苑に行く理由を教えてくれよ。さっき、馬防疫委員会からメールが来たって言っていたよね」

「『明日、八月二十七日午前五時から、環七《かんなな》と環八《かんぱち》の間に非常線が張られる』とありました。速報で部外秘扱いです。今日の午後五時にマスコミ発表するらしいです」

「理由は、馬じゃなくて野犬だろ？」

「昨晩、ニュースで、捕獲犬が三百匹を超えたと報じていました。犬を捨てる人は、日に日に増えているそうです。保健所は、野犬狩りに力を入れているみたい」

世田谷区役所は、「飼い犬の処分は保健所に相談してください。捨てるのではなく、せめて動物愛護センターに持参してほしい」と訴えている。だが、効果は薄いようだ。

「それでも、非常線まで張るかな。獰猛《どうもう》なドーベルマンやボクサー犬が野犬になっているのかい？」

「わかりません。ただ、非常線の影響なのか、馬事公苑自体が明日から閉鎖になるみたいです。馬事公苑の調査の担当はＮＲＡだけど、感染研も把握しておくべきでしょう？」

「同感だね。独自に一次情報を得たほうがいい」

高速道路の出口が近づく。駿美は、高井戸《たかいど》インターチェンジで高速を下りた。

「せっかくだから、環八通りを使って馬事公苑に向かいますね」

東八道路《とうはちどうろ》を右折して、環八に入る。

「すでに、交差点付近で警察官が色々と準備しているな。あ、あそこに野犬が三匹いる。あっちも犬だ」

滝沢は助手席から、窓の外を実況する。

「まだ非常線を張っていないのに、ずいぶんと道が混んでいますね。環八の内側から外に出ようとしている車が多いみたい」

ニュースでは「馬事公苑の周囲では、住民が犬を捨てて郊外に避難している」と伝えていた。

「こんなに動かないんだったら、さっき買った弁当を食っちゃっていい？」

「焼肉弁当、レジで温めを頼んでいましたね。においがきついから、早く食べちゃってください」

滝沢は、ゴソゴソと後部座席を探る。

「動いている車だと、箸は使いづらいな。サンドイッチにしておくよ」

「滝沢さん、痩せの大食いですよね」

ようやく環八を抜ける。住宅地に入れば、馬事公苑までは残り一㎞だ。

駿美は違和を感じた。この辺りは保育園や小学校がある。普段は、若いお母さんが幼児を連れて、井戸端会議をしている。馬事公苑に散歩に向かう老夫婦の姿も、今日は全く見えない。

滝沢も、警戒した様子で険のある声を出す。

「いつもと雰囲気が違う。車も人もいない。あっ、犬がいる。でも、ずいぶんと薄汚れているな」

徐行しながら、辺りを窺う。

「ゴーストタウンみたいですね。洗濯物も干されていない。でも、犬が数匹ずつの集団でこっちを見ている」

ポインターやスパニエルなどの猟犬が、パグやチワワのような小型犬の取り巻きを連れている。大小、色とりどりの犬の集団は、御伽話《おとぎばなし》の風景にすら見える。

「前に来た時は、野犬といってもお座敷犬ばかりだったのに。今は、大型・中型犬が目立ちますね。ぞっとしないわ」

ドンッと何かにぶつかる音がして、急に視界が暗くなる。駿美は急ブレーキを踏んだ。目の前が、グレーのカールした毛で覆われている。

「おい、犬がフロントガラスに張り付いているぞ」

駿美は、視界を塞ぐ物体が、大型犬の腹部と気づいた。

犬の唸り声が増えてくる。様々な音階が混じっている。駿美は、運転席側のフロントドア・ガラスから外を眺めた。犬は大抵が痩せこけて、歯を剥き出してこちらを威嚇している。目が合うと、大口を開けて、声の限りに吠え始めた。

「柴犬、シベリアン・ハスキー、トイ・プードル……色々なサイズの犬が集まっていますね。三十四は、いそう。痩せこけて餌が足りてない。車を見て、餌をくれると思って集まったのかな。ううん、こんなに気が立っているのは、野犬狩りで追われて人間不審になっているのね」

「何で君はそんなに冷静なんだよ！」

滝沢は、助手席からクラクションを何度も鳴らした。犬たちは、音にはびくともしない。

「犬たちは、感染しているかもしれない。そうでなくても、あんな狂犬に取り囲まれたら怪我をする。外に出て、追い払うのは無理だ。犬を轢《ひ》く覚悟で突破するか？」

駿美は、滝沢の胸ポケットを指差した。

「携帯電話。保健所を呼んで、来るまで待っていればいい」

「名案だ。文明の利器の世話になろう」

滝沢は、きまり悪そうに、電話番号を検索し始めた。

フロントガラスの犬の姿が消える。犬の唸り声も、少し遠巻きになる。駿美は辺りを見回した。

目の前に、両手で抱えるほどの大きさの火の塊が落ちてきた。駿美は思わず悲鳴を上げた。

「びっくりした！　家の二階から、火を点けた布を落とした人がいるみたい」

「残っている住民がいて、俺たちに加勢してくれているのか？」

　火は一軒からだけでなく、次々と降ってくる。布や紙を丸めて火を点けた、簡単なものだ。油やアルコールに浸しているのかもしれない。

「本当に加勢かしら？　車を囮《おとり》にして犬を燃やして殺す作戦じゃない？」

「……何か聞こえないか？」

　滝沢の指摘に、駿美は耳を澄ませた。

　死ね！　死ね！　死ね！　死ね！

　住民のシュプレヒコールだ。声は、ぐんぐんと大きくなる。

「冗談じゃないぞ！　一つ間違えば、車が炎上する。焼死するのはこっちだ！　犬が離れた隙に逃げよう」

　発車するが、すぐに動かなくなる。左の後輪からキリキリと音がしている。

「どうした？　早く出せよ」

「左の後輪に、何かが挟まったみたい。たぶん、犬よ」

「じゃあ、取り除くしかないだろ。俺が行く」

　滝沢が車のドアに手を掛ける。駿美は滝沢の上着を引っ張った。

「ちょっと待って！　ヘンドラの感染犬がいるかもしれないから、防護服を着て！　私がアシストするから、タイミングを見て」

滝沢は、長身を折るようにして後部座席に移った。洋服の上から防護服を着始める。

駿美は身を乗り出して、今、滝沢が脇に避けたコンビニ袋を掴んだ。おにぎりの包装を剝き、焼肉弁当のラップを剝がす。中身を、使い捨てのビニール手袋に小分けに入れる。焼肉のタレのにおいをたっぷりと付ける。

「私は、右前の窓から、前に向かって食べ物を投げます。犬が動いたら、滝沢先生は左後ろのドアから出てください」

「了解だ。準備ＯＫ。合図は、いつでもいいぞ」

「犬からサンプルを取ろうとしないでくださいね。論文にする前に、今、死にます。防護服も、ちゃんと脱いでから車に戻ってください」

「わかっているよ！」

「じゃあ、今から食べ物を投げます」

車の窓を開ける。家から投げられた火の塊が、駿美の腕のすぐ傍を通る。

怯まずに、矢継ぎ早に食べ物を投げていく。一匹の犬が前方に走ると、釣られて他の犬も走っていく。

「滝沢先生、今よ！」

滝沢が車外に出る音がした。駿美はリズムを取りながら、小分けにした弁当を投げていく。

もう一度、ドアが開いて、外から熱気が入る。駿美は窓を閉めた。後ろを振り向くと、シャツがズボンから飛び出した滝沢が肩で息をしている。

「出発して！」

滝沢の指示に、駿美は思い切りアクセルを吹かした。

二人とも無言のまま、馬事公苑の正門に着く。正門は閉まっている。

「滝沢先生、受付に電話してもらえますか。アドレス帳に入っています。少なくとも、NRAの施設は私たちの味方です。何かあったら、すぐ逃げられるように、私はハンドルを握っておきます」

自分の携帯電話を、後部座席の滝沢に差し出す。

滝沢が電話をすると、すぐに警備員がやってきた。駿美たちが苑内に入ると、即座に門を閉める。

「犬が入ってきちゃうんで、閉めているんです。騎馬隊にご用事ですね。連絡を取りますので、少々お待ちください」

敷地内に入って、駿美はやっと一息ついた。外に出た滝沢が少しして助手席に乗り込む。手には、ペットボトルを二本、持っている。正門脇の自販機で買ったらしい。ボトルを受け取って、がぶ飲みする。滝沢も飲み干している。

「これは、非常線も止《や》むなしだな。犬は確かに恐怖だった。でも、それ以上に……」

「住民が怖かったですね。事態が落ち着くまで、計画的に避難させたほうがいいと思います」

警備員が近づいてくる。駿美は運転席の窓を開けた。

「騎馬隊長から、事務所までお越しくださいとの伝言です。申し訳ありませんが、厩舎は消毒済みなので、入るのはご遠慮いただきたいそうです。事務所から、厩舎の外観は見られます」

「わかりました。仰るとおりにします」

「騎馬隊の場所はわかりますか？　苑内は広いので、車で五分くらい掛かりますが」

「一度、来たことがあります」

駿美たちは、騎馬隊事務所に向かった。

十

事務所に着くと、騎馬隊長は外で待っていた。

「警視庁騎馬隊・隊長の小野寺実《おのでらみのる》です」

人懐こい笑顔と引き締まった身体で、四十歳くらいに見える。だが、隊長であればもう少し年嵩《としかさ》だろう。青いツナギにキャップを身に着けているせいもあり、乗馬クラブの気の良いオーナーのようだ。

小野寺は「暑いですから」と、駿美と滝沢を室内に案内する。

名刺交換が済むと、駿美たちは椅子を勧められた。すぐに、冷蔵庫から取り出したペットボトルの茶が渡される。駿美は恐縮した。

「夏休みも、そろそろ終わりますね。例年だったら、秋は交通安全教室で、うちの馬たちは引っ張りだこなんですよ。今年は寂しいです。亡くなった二上《ふたがみ》君と十河《そごう》君は、優秀な隊員でした」

小野寺は、しんみりと語る。

駿美と滝沢は、お悔やみを述べた。死亡した隊員と馬たちに黙禱してから、質問を始める。

「思い出すと辛《つら》い内容もあると思いますが、お話を聴かせてください。馬が最初に発症したのは、八月十二日ですか？　この日は、感染研の桐谷先生が騎馬隊に来て、コウモリの調査と馬の診察をした日です。それとも、もっと前から病気の徴候はあったでしょうか」

小野寺は棚から馬のカルテを取り出した。

「隊員に獣医はいないから、詳しくはわかりません。でも、一日二回、隊員が熱を測っています。……八月十一日の朝に三十九℃の熱が出て、運動を中止。夕方には三十九・五℃で、『鼻から泡？』と書いてある。測定したのは、亡くなった二上君です」

「その時は、獣医師を呼ばなかったのですか？」

「風邪はよくあるし、様子見をしたのでしょう。翌朝のカルテは……、担当が十河君で、朝は三十九℃。昼も測って四十℃。この時に『血咳・馬房内で旋回』と書いてある。それでNRA総研の新山先生に電話をかけました」

奇妙だ。駿美は聞き返した。

「新山先生って、アルパカみたいな顔をしている、新山先生ですか？」

小野寺は、ほんの少し口元を緩めた。

「その新山先生で間違いないです。八月八日に、インフルエンザの検査に来た先生です」

「なぜ、新山先生を、わざわざ宇都宮から呼ぼうと思ったんですか？」

滝沢が横から尋ねると、小野寺はうなだれた。

「私たちは、ヘンドラなんて知らない。インフルエンザを発症したと思ったから、新山先生に診断してもらうつもりでした。けれど、その日は来られないと仰ったんです。ちょうど昼過ぎに、桐谷先生との約束があったから、ついでに馬も診てもらいました。軽い気持ちでお願いをして、取り返しのつかない事態になってしまった」

「オオコウモリの写真を、桐谷先生に見せたと伺いました」

「うちの隊員に、写真が趣味のやつがいてね。一ヶ月くらい前に見慣れないコウモリが馬事公苑内を飛んでいる、と写真を撮った。台東動物園に写真を見せたら、オオコウモリだと言うんです。桐谷先生への連絡は、台東動物園からしたようです」

「最近、騎馬隊の馬房でオオコウモリが見つかったわけでは、ないんですね」

「もしかして、来ていたのかもしれない。でも、隊員からの報告はなかったな」

その後、駿美と滝沢は、カルテを見ながら各馬の経過を追った。要所要所で小野寺に質問し、必要事項を滝沢がノートＰＣに打ち込む。

小一時間で聴き取りは終わった。駿美たちが「帰る」と告げると、小野寺は突然、手を打った。

「忘れるところだった。あなたが感染研の筋肉美人の一ノ瀬先生でしょ。新山先生の知り合いの」

爆笑する滝沢を、駿美は睨んだ。

「新山先生は知っています。何ですか?」

小野寺は冷蔵庫から、洒落たロゴの入った紙袋を取り出した。

「新山先生が、『一ノ瀬先生は、きっとここを訪ねてくる。来たら渡してください』と預けていったんです」

小野寺は、にやけた顔をしている。

サンプルでないのは明らかだ。二週間以上も前に預けたなら、サンプルは超低温フリーザーに入れておかないと、役に立たなくなる。

小野寺が新山との仲を誤解しているようで、気が重い。けれど、受け取らないわけにもいかない。

「それは、お手数を掛けて恐縮です。お預かりします」

「では、また何かあったら、滝沢はすぐに駿美に話し掛けた。

車に乗り込むと、滝沢はすぐに駿美に話し掛けた。

「なんか機嫌が悪いな。新山先生からのプレゼントが、気に入らないのか?」

「話したいことは、いっぱいあります。でも、せめて環八に出るまでは運転に集中します。滝沢先生も、帰り道は無事でいられるよう、注意しておいてください」

駿美の車を見て、馬事公苑の正門が開けられる。駿美は、犬に囲まれないように広い道を選びながら、環八に向かった。

十一

環八に到達すると、案の定、渋滞している。

「往きみたいに、高速に乗りますか？　それとも、下の道？」

「下の道で、ゆっくりと帰ろう。聞かれたくない話が、たくさんできるだろ？　君は何で、苦虫を噛み潰したような顔をしているの？」

「さっきの紙袋を取っていただけますか？　後部座席にあります。中を見てください」

滝沢は後部座席から袋を取った。

「カカオ六十五％の個包装のチョコレートだ。高そうだな。ブランド名が書いてある。CLB？　シャルル……シャルルラ」

「シャルル・ルイ・ベルナール。超高級ショコラティエらしいです」

「一ノ瀬さん、詳しいね。それで、何か問題があるの？」

「二月の若手勉強会で、新山先生からミルク・チョコを貰いました。私は軽い気持ちで、ビター・チョコのほうが好きだと言ったんです」

「そうしたら、半年後に人を介して、超高級ビター・チョコを渡されたと。俺は、一ノ瀬さんのモテ・エピソードを聞かされているのか？　あー、熱い、熱い！」

「新山先生とは何でもない仲です！　それなのに、私が現れそうなところに、わざわざ先回りしてビター・チョコを置きますか？」

滝沢はまだニヤニヤしている。

「まあ、確かに、新山先生のやり方は、ちょっと重いかもしれないけど。チョコには罪はないから、気にせずに食べたら？　チョコはヘンドラに感染しないから、騎馬隊に保管されていても食えるよ」

「不謹慎な発言をしないでください！」

滝沢は「貢《みつ》ぎ甲斐のないやつだな」とブツブツ呟く。

「チョコの話は前説《まえせつ》です。ここからが本題です。滝沢先生は、騎馬隊のヘンドラはコウモリが原因だと思いますか？」

「ヘンドラはオオコウモリが自然宿主の病気だろ？　騎馬隊の馬が、ヘンドラ罹患馬と直接接触した経験はないでしょ」

「日本のオオコウモリは、ヘンドラ・ウイルスを持っていないのが定説です。それに、馬事公苑も、オオコウモリが馬房まで入り込んだ証拠は、ありません」

「じゃあ、どこからウイルスは来たんだ?」

駿美は、断言した。

「二〇二一年の東京オリンピックで発生したヘンドラ・ウイルスです。NRA総研は感染研に渡しましたが、まだ持っている可能性はあります」

「一ノ瀬さんは、人為的に発生したと言いたいの?」

滝沢が驚いた声を出す。

「ヘンドラ・ウイルス症の臨床症状は、最初はインフルエンザ様《よう》です。呼吸器症状ですから、三宅先生みたいに、鼻腔スワブを使えば感染させられます」

「それを行ったのが、新山先生だと疑っているんだね」

「はい」

駿美ははっきりと肯定した。

「さっき、騎馬隊のカルテを見せてもらいました。騎馬隊の馬は、全頭が四月に、新型馬インフルエンザの生ワクチンを投与されています。インフルエンザ発生地の東京ですし、最優先に投与されたはずです」

「狂騒型を発症して、式典で暴れられでもしたら、大変だからな」

「カルテには、新山先生が八月八日にインフルエンザの簡易検査をしたと書かれていました。生ワクチン接種から四ヶ月後です。熱も咳もない馬に、インフルエンザ検査をする必要性は、全くありません」

滝沢は考え込んだ。

「一ノ瀬さんの推理は理に適っているな。でも、なんでそんな真似を……」

「それは、私にもまだわかりません。ただ、新山先生が怪しいと考える理由は、もう一つあります」

「まだある？　重要なこと？」

駿美は頷いて、ため息とともに口を開いた。

「そもそも、新山先生は獣医師じゃないんです。清里で初めて一緒にサンプリングした時に、本人がはっきりと否定しています。私も今さっき、思い出したんですが」

「獣医師ではない人が、鼻腔スワブなんて採取できるの？」

「清里で、私の手法はしっかりと見ました。騎馬隊の馬は、都内で一番、マナーが良いです。騎馬隊員は保定もプロです。採取をしているような動作は、新山先生でもできるでしよう。実際は、用意したヘンドラ・ウイルスを、鼻腔に擦りつけていたんです。フェイクの方法は、遊佐先生の件で三宅先生の証言を聞いて、嫌というほど知っているはずですから」

滝沢は、助手席の椅子からずり落ちるようなリアクションを見せた。

「一ノ瀬さんに理詰めで説明されると、その解釈しかないと思えるね」

「ありがとうございます。残っている謎は『何のために』ですね。NRAの組織的な犯行とか？」

「いや。意外と、単純な動機かもよ？　ところで、一ノ瀬さんは、俺を信用しているの？ウイルスで世界転覆を目指しているかもしれないぜ。培養技術は誰にも負けない」

信号が赤になる。駿美は、助手席の滝沢を挑発的に見つめた。

「滝沢先生が裏切るとしたら、研究に絡む事くらいでしょう？　でも、少しでも手法やデータを捏造《ねつぞう》したら、研究者人生が終わります。滝沢先生は絶対にやりません」

「それでも、やったとしたら？」

「滝沢先生の捏造を糾弾する論文を、私が書きます」

「怖いな。そういうの、嫌いじゃないけどね。むしろ、お仕置きされたい」

滝沢は嬉しそうに笑う。

「堂々と、マゾだと主張しないでください」

「一ノ瀬さんにだったら、喜んで鞭で打たれるよ。そのムキムキの腕で振るったら、いい音が出そうだ」

「じゃあ、そのときは乗馬用の短鞭《たんべん》と長鞭《ちょうべん》、好きなほうを選ばせてあげますよ」

駿美は笑った。まるで馬のように、鼻が鳴った。

十二

翌日、エクセレント乗馬クラブの馬運車が、村山庁舎にやってきた。運転は駒子で、仁科が助手席に乗っている。

駿美と平原は、二人と実験馬を出迎えた。

「仁科先生、ご協力を誠にありがとうございます。中間種の馬を三頭ですね。ポニーだと身体が小さくて薬量が異なるので、助かります」

平原は深々とお辞儀をする。仁科は「頭を上げて」と居心地悪そうにする。

「到着が遅くなって申し訳ない。よかったら、馬を馬房に連れていきながら話しませんか。思いのほか、時間が掛かったから、馬が苛ついていてね。サラ先生、手伝ってくれるかい？」

仁科、駿美、駒子の順に並んで、大動物実験棟まで三頭の馬を引いていく。

「八王子から村山庁舎なら、非常線には引っ掛からないでしょう？　でも、混んでいましたか？」

「環七と環八の間に非常線を張られて、一般車が入れないからね。その区間は電車もバスも停まらないいし、迂回《うかい》する車で普段の三割増しだったよ」

「大変でしたね。私は昨日、馬事公苑の帰りに下の道で帰りました。非常線が張られる前でしたが、区間外の道も避難する人の車で混んでいました」

平原と仁科の会話に、後ろから駿美も加わる。

「非常線については、報道でしか知らないんだ。ヘンドラのイヌが現れたんだって？」

仁科の質問に、平原が説明する。

「三日前に、野犬に咬《か》まれたと訴えた三名がヘンドラ症と確認されました。保健所がさらに大規模な野犬狩りをして、ヘンドラに感染している犬が初めて見つかったんですよ。場所は、馬事公苑から百ｍも離れていない住宅地です」

「ヘンドラの犬が見つかる前に、馬事公苑の辺りは、すでに捨て犬が問題になっていたとか」

「一週間前に、テレビでヘンドラ・ウイルスの特集をしたんです。知り合いの医師が、『ウマやイヌからヒトに感染《うつ》る致死性の病気』と説明しました。番組の放映時点では、感染犬はいなかったはずなんですが……。それで住民が、こぞってペットを捨てたんです。一ノ瀬さん、野犬は今、何匹だっけ？」

平原は、げんなりとした声で駿美に尋ねる。

「今朝、七百匹を超えたって報道していました。馬事公苑の中にも入り込んでいたので、ヘンドラ感染馬が処分される前に、下痢《げり》便などの体液に触れる機会があったのだと思います」

「それで、イヌの間に広まったのか。人を咬んだイヌも感染していたんだな」

仁科が納得したような声を出す。

ようやく大動物実験棟に到着した。話を中断して、馬を所定の馬房に入れて、水や飼葉を準備する。

馬たちは喉を鳴らしながら、一斉に水を飲み始めた。

作業が一段落すると、駒子が「ねえ、駿美ちゃん」と話し掛けてきた。

「テレビで言っていたけれど、イヌ自身は発症しないの？　だから発見が遅れたって、解説していたよ」

「たしかに、今のところ症状が出たイヌはいないわ。ウイルスを運ぶだけみたいよ」

駿美の表情を見て、仁科が怪訝な顔をする。

「症状が出ないほうがいいだろ。サラ先生は、何で、そんなに残念そうな顔をしているの？」

「新型馬インフルエンザは、ヒトが無症候性キャリアで、無意識にウイルスをばら撒いて馬を病気にしました。ヘンドラでは、イヌが無症候性キャリアになって、ヒトを病気にしている。人類が仕返しされた気分です」

「動物を悪く言うなよ。悲観的に考えても、解決策は天から降ってこないよ」

仁科に嗜《たしな》められて、駿美はバツが悪い気分になった。

「そういう事情ならば、ウマよりもイヌのワクチン開発を急ぐほうがいいんじゃないか？」

仁科の言葉に、今度は平原が憂鬱そうな顔をする。

「陽性のイヌは、三人咬んだ後は行方不明になったんです。ワクチンの研究に使えるイヌがいないんです」

「非常線を張るのも道理だな。そのイヌを捕まえなければ、犠牲者は増えるばかりだ」

「それに、やはりヘンドラ・ウイルスはウマの病気です。ウマに対するウイルスの性状の研究が最も進んでいます。まず、信頼性のあるウマのワクチンを開発するのが近道だと思います」

仁科は、何度も頷いた。

「仁科先生、そろそろ次の馬も降ろさないと」

駒子が遠慮がちに催促する。仁科が慌てて時計を見る。

「平原先生に、事前に相談していた件だ。エクセレントで最も価値のある二頭を持ってきた。非常線も張られたし、万が一の時に治療が遅れないように、しばらくは感染研に預かってもらいたいんだけど」

「仁科先生には、実験馬の提供でお世話になります。うちの空いている区画に、二頭を繋養するくらいは構いません。施設部の許可も取ってあります」

平原の快諾に、仁科と駒子が頭を下げる。

「これから連れてくる二頭は現役の競技馬で、毎日、適度な運動が必要なんです。隣の大学の馬場を使えるので、空いている時間に、連れて行って運動させても良いですか？」

「構わないよ。駒子ちゃんは実験馬の世話さえしてくれれば、残りは自由時間だ。何なら、一ノ瀬さんも、空いている時間は手伝ったらいい。運動させたい馬は、二頭いるんだろ？」

平原の提案に、駒子は目を輝かせた。

「今から馬を連れてきます。どちらに入れれば良いですか？」

「仁科先生と駒子ちゃんを、二頭を入れる厩舎に案内しよう。一ノ瀬さん、ここの三頭を見ていてもらっていい？」

「もちろんです。実験馬の健康状態も診ておきます」

「仁科先生に書類を書いてもらったり、駒子ちゃんに宿舎の場所を教えたりするから、少し遅くなるから」

三人は実験棟を出ていった。あとには、駿美と三頭の馬だけが残された。

馬を念入りに観察する。体高百六十㎝くらい。大人しくて身体が引き締まっていないから、初心者の乗馬に使っていたのだろう。ワクチン試験の最初期に使われて、死ぬ可能性が高い馬たちだ。せめて、居心地良く過ごしてもらいたい。

駿美は早速、一番近い馬からブラシを掛け始めた。

十三

翌日、村山庁舎では久しぶりに若手勉強会が開かれた。

駿美が駒子を連れて部屋に入ると、滝沢と新山はすでに来ていた。

駒子は目を潤ませながら、両手を合わせて上目遣いをする。

「難しい話はわからないと思います。でも、勉強のために聴講させてください。お願いします！」

「君が駒子さんか。女の子っぽいね。一ノ瀬さんのお姉さんとは思えないや。もちろん、大歓迎だよ。遠慮しないで、気がついたことは何でも言ってね」

滝沢はニコニコしながら、駒子を席に案内した。

駒子が、近くに座っている新山に挨拶をすると、新山もにこやかに対応する。

「サラ先生のお姉さんですね。一月二十七日に小淵沢で開かれた第一回経過報告会のあとで、サラ先生が姉妹喧嘩したって気にしていましたよ」

「新山先生、すごい記憶力ですね」

駿美は不自然さがないように用心しながら、新山と目を合わせないようにした。馬事公苑のヘンドラについて追及したいが、背後に大きな企みがあるのかもしれない。もっと証拠を集めるべきだ。

定刻より五分遅れで坂井が到着する。

「ごめん、ごめん。普段は使わないルートだから、時間がわからなくて」

坂井は両手を合わせて、頭を下げる。

「農研機構は筑波《つくば》だから、大変だったでしょ？」

「環七と環八の間に非常線を張られるなんて、考えもしなかったよ。皆で集まるのも、大変になったね。新山先生は、来るのに苦労しなかったですか？」

「僕は元々、都心は通らないルートで村山庁舎に来ていたから、大丈夫だよ。でも、一番大変なのは、新宿の戸山庁舎から来る菊池君と北野君でしょ。今日はまだ姿が見えないな」

噂をしていると、汗だくになりながら、菊池と北野が駆け込んできた。

「遅いぞ。学生は先生よりも早めに来い」

滝沢が叱ると、二人は直立不動になる。

「申し訳ありません！　三時間前に出発したんですけれど……」

「環七と環八の区間は電車も停まらないから、まず北上して埼玉県に行って、そこから立《たち》川《かわ》駅を目指してバスに乗って村山庁舎に来ました。そんなルートは、ネット検索してもすぐには出てこないから、どれくらいの時間が掛かるかわからなくて……」

「もういい、座れ。一ノ瀬さんの説明の間に、少し休んでいろ」

滝沢が仏頂面で告げる。二人は息を切らしながら、椅子に雪崩《なだ》れ落ちた。

「この会は、オリンピック前までは、新型馬インフルエンザについて議論をしてきました。今後は主に、最近、社会問題となっているヘンドラ・ウイルスの診断・治療・予防について、若手ならではの柔軟な考察をしていきたいと思います」

駿美は一同を見渡す。

「でも、まずは、私たちの仲間の桐谷先生と利根先生が、ヘンドラ・ウイルスで命を落としましたので、ご冥福を祈って黙禱します」

(桐谷先生は、新山先生のせいで亡くなった疑いが濃厚だ)

追及したい気持ちを、黙禱の間に落ち着かせる。

滝沢の合図で目を開く。菊池はメンバーを見回した。

「若宮さんがいませんが、ヘンドラに感染したんですか?」

駿美は菊池を軽く睨んだ。

「冗談にならないわよ? 若宮さんは、仕事で忙しいだけ。それから、新しいメンバーは、私の姉の駒子。あとで紹介します。では、馬事公苑で発生後の、ヘンドラ・ウイルス症の経緯を説明します。今日は情報の共有が中心になると思います」

滝沢が、プレゼンテーション・ソフトを立ち上げる。経緯の箇条書きに沿って、駿美は説明を始めた。

「今日は、八月二十八日です。馬事公苑で最初のヘンドラ・ウイルスの感染馬が見つかったのは、今月の十二日。まだ三週間も経っていません」

一同から驚きの声が上がる。

「発端は、桐谷先生から私への電話でした。桐谷先生は、馬事公苑にコウモリの調査で行きました。警視庁騎馬隊の馬が、インフルエンザ様の症状を持つと聞いて、診療しました。でも、その馬は、出血性肺炎などのヘンドラ特有の臨床症状を示していました」

駿美は、いったん言葉を切った。皆が付いてこられているかを確認する。

「ヒトの患者は感染研の担当です。桐谷先生と騎馬隊の二名の警察官は、感染研の国際医療研究センター病院に即時入院しました。けれど、全員、入院後七日から九日目までに、命を落としました」

「経過がずいぶんと急なんですね。しかも致死率百％!?」

菊池が驚いて、大声を上げる。

「今は、イヌから感染したとされる三名が入院中です。ウマとイヌの状況については、新山先生、お願いします」

新山が入れ替わりで立ち上がる。

「騎馬隊には十六頭が所属しています。最初の発生は、桐谷先生が診療した一頭のみでした。ヘンドラ・ウイルスでは最も一般的な、呼吸器症状を示していました。その後、脳炎症状の感染馬が現れ、最終的に九頭の陽性、うち六頭の発症が認められました。陽性、陰性に関係なく、全頭が処分済みです」

「引き続き、イヌの状況もお願いします」

「イヌは、非常線を張る原因になりました。恐らく、ウマの糞便から感染。無症候性キャリアとして、ヒトに感染させています。陽性のイヌは複数いると予測されますが、未だ捕獲されていません。地域住民がペット犬を捨てていて、昨日午後五時の都庁の発表では、千五百三十四が野犬となっているそうです」

驚嘆ともブーイングとも聞こえる声が上がる。駿美は先に進めた。

「では、次に治療・予防状況です。ヒトは滝沢先生、お願いします」

「ヘンドラ・ウイルス症は、今のところ、有効な治療法はない。国際医療研究センター病院でも、対症療法に留《とど》まっている。血清療法やワクチン接種の報告は、目下、入っていない」

駿美は、ウマやイヌのワクチンの状況を、新山に促した。

「NRAは、オーストラリアのウマ用ワクチンを輸入しました。総研で感染試験、ワクチン試験が行われる予定です。感染研でも、実験馬の準備が進んでいると聞きました。イヌについては、感染犬の特定と捕獲が第一で、予防措置までは手が回っていません」

「感染研は、NRAに譲られたオーストラリア産や、独自開発のワクチンのため、三頭の実験馬を導入しました。馬を取り扱う技官は、私の姉の駒子です」

説明を止めて、メンバーからのコメントや助言を促す。

坂井が遠慮がちに挙手する。

「感染研って、大動物実験棟に、まだ余裕はあるのかな？」

「今は、駒子さんが世話をする馬しか、入っていない。余裕はあると思うよ」

滝沢が応えると、もじもじしていた坂井は意を決したように、語り始めた。

「僕に、感染研で実験ブタを取り扱わせてもらいたいんだ。ブタには、ヘンドラ・ウイルスと性状が非常によく似ているニパ・ウイルスがある。ヒトとブタに感染して、致死率も高い。ニパのワクチン開発も途上状態だけど、ウマのヘンドラ・ウイルスとは、互いにヒントを与えられると思うんだ」

「俺が平原先生に掛け合ってみるよ。最近は、イヌの捕獲状況が思わしくなければ、非常線を国道十六号まで広げるという噂もあるし。実験ブタを導入するなら、早いほうがいいね」

「私も口添えをする。若手で、ワクチン開発を主導しましょう」

駿美の威勢の良い呼び掛けに、メンバーは拍手で応えた。

十四

散会になって、メンバーが次々に退出する。

駿美は駒子と一緒に馬房に行くつもりで、しばらく待っていた。だが、駒子は滝沢に熱心に質問をしていて、思ったよりも長引きそうだ。

(先に馬房に行って、馬に夕飼をやろう)

廊下を小走りして馬房に向かう。

階段を下りると、薄暗い階段の踊り場で、ふいに呼び止められた。

「サラ先生、シャルル・ルイ・ベルナールのビター・チョコは美味しかった?」

背筋が冷んやりとする。意識的に、ゆっくりと振り返る。

新山が、階上から微笑んでいる。暑いのに、冬に会った時と同じライトグレーのスーツを、きっちりと着ている。右手には、「CLB」のロゴの入った紙袋が揺れている。

新山は、駿美の前まで下りてきた。

「騎馬隊で渡されたから、ちょっと驚いたわ」

駿美は曖昧に応えた。

「サラ先生の行きそうなところは、わかるよ。騎馬隊には冷蔵庫もあって、ちょうどいいと思ったんだ」

差し出される紙袋を見て、駿美は咄嗟に手を後ろで組んだ。新山が怪訝な顔をする。

「今日のチョコは、シャルル・ルイ・ベルナールのスペシャリテ、マダガスカル産のカカオ八十七％だよ。カカオの含有率が上がって苦味が強い。だけど、マダガスカルの豆に特徴的なベリーのような風味が味わえる。僕、チョコは詳しいんだ」

反射的に後退りする。

（得体が知れなくて、怖い。どう対応するのが正解なの？）

恐怖を懸命に抑え込んで、頭を働かせる。

新山が一歩、すっと近づく。

「サラ先生、僕を避けているの？　なぜ？」

（今は受け取って、『今後は止《や》めて』と伝える。そうしよう！）

駿美は、思い切って、手を差し出した。

急に、新山は、紙袋を持っていた手を下ろした。

「一ノ瀬さんは、ダイエット中だ。チョコを見せるのは酷だな」

滝沢が上の階から現れる。隣には心配そうな顔をした駒子もいる。二人は、階段の途中まで下りてきた。

「新山先生。先日は感染研に、差し入れをありがとう。ビター・チョコは、俺や研究室メンバーで美味しくいただいた」

滝沢は、有無を言わさぬ口調で告げた。新山は、ごにょごにょと何かを呟く。

「これから、実験の打ち合わせなんだ。一ノ瀬さんを探していた。一ノ瀬さん、新山先生とまだ話があるなら、このまま待つけど」

滝沢の助け舟に、駿美はありがたく乗った。

「打ち合わせの前に、早く大動物実験棟に行って、駒子と馬の世話をしなくちゃ、と思っていたところです」

「待たせてごめんね。駿美ちゃん、行こう！」

三人は、新山を残して、階段を急ぎ足で下った。

「おい、上を見るな」

一階に着くやいなや、滝沢が声を潜めて命じる。だが、駿美は咄嗟に階段を見上げた。

先ほどの踊り場には、ライトグレーのスーツが、今なお見えていた。

十五

実験馬が村山庁舎に来てから最初の週末に、駿美と駒子は、武蔵野経済大《むさしのけいざい》の馬場で初騎乗した。

村山庁舎で馬装を済ませた馬たちを、馬場まで注意深く引いていく。

駿美は馬場馬術馬のブケパロスの担当だ。セバスチャンと比べて、一回り大きい。筋肉も大きく骨太だ。明るい栗毛に金髪のたてがみを持つ「尾花《おばな》栗毛」の馬で、とても見栄えが良い。

ブケパロスと目が合うと、馬には珍しく見つめ返された。

（私の相棒になっていたかもしれない馬か。お互いに、お手並拝見というところね）

馬場に到着すると、駿美と駒子はそれぞれの愛馬に対して、入念に調馬索《ちょうばさく》で運動をさせた。

「駒子、二十分が経ったわ。調馬索は終了して、二頭を併せて、三種の歩様を確認しよう」

調馬索運動のために、いったんは解いた馬装を手早く整えていく。

「駿美ちゃん、ブケパロスの動きは、どうだった？」

「やっぱり、しばらく運動していなかったから、動きが硬いかな。セバスチャンは、どう？」

「この子は扱いやすいんだけど、ちょっとダレていたかな。もっと、キビキビ動かさないとね」

馬装が終わると、二人は早速、騎乗した。二頭を並べて、柵に沿って常歩で歩かせる。

馬の常歩は歩く動作だが、時速は七㎞に近い。競技馬は殊更《ことさら》、キビキビと歩かせないと、運動効果がない。馬にとってのジョギングである速歩や、駈歩と比べても、騎乗者の能力が試される歩様だ。

駒子は声を弾ませる。

「久しぶりの騎乗は楽しいね。馬場の中ならマスクも外せて、快適よ。楽しすぎて、他の人に申し訳なくなっちゃうけれど、平原先生の許可はもらったものね」

「毎日、朝夕一時間ずつ運動させるのが理想だけど……せめて、感染研の仕事がない、他人目につかない早朝や夜に来ようか。ヘッド・ランプを用意しよう」

「でも、この辺りが非常線の内側になったら、馬にも乗れなくなるね。非常線はそろそろ、国道十六号沿いまで、広がるんでしょ？」

ブケパロスはグングンと歩様を伸ばす。セバスチャンが追いつけない。

駿美は小さく円を描きながら、駒子を待った。

「そういう噂ね。非常線内は、ヘンドラを感染させる野犬がいるって意味だよ。私たちも、せいぜい気をつけないと」

「今日みたいに、のんびりと馬を引いて歩いたりできなくなるね」

「ヘンドラは馬が中心の病気だから、市民感情にも配慮しなくちゃならないと思うんだ。非常線を張られた街中《まちなか》で馬を引いて歩いていたら、石を投げられるかもしれない。セバスチャンとブケパロスは、感染研の室内施設に隠せるから、恵まれているよ」

「ヘンドラの死者は三十人を超えたって、テレビで言ってたよ。人同士で感染《うつ》るだけじゃなくて、イヌに咬まれたケースも多いんだって。しかも、肝心の病気の原因のイヌが見つからないんだって。怖いね」

「早くワクチンと治療法を確立しなくちゃね。そうしないと、人間はともかく、動物は殺処分だけが解決法になっちゃうから」

話が途切れたところで、「そろそろ、速歩にしよう」と告げて、駒子から離れる。ブケパロスは一頭になって、伸びやかに走った。速歩のあとは、駈歩で運動させる。駈歩後のクールダウンで、駿美は駒子に再び近づいた。駒子が話し掛けてくる。

「これ、聞いていいか、わからないんだけど……この間の勉強会のあとに、階段で出会った人は、駿美ちゃんの元カレ？」

(駒子にもそんな風に見えるなんて)

駿美は、げんなりした。

「何で、そんな風に思ったの？」

「駿美ちゃんが、男性に愛想がないのは普段どおりだけど、相手が執着しているように見えたから。破局した後も、未練があるのかなと思って」

「付き合うわけがないじゃない。新山先生は、ただの仕事関係者だよ」

(新山先生は、私の何が良くて、こだわっているのかな)

駿美はしばらく考えた。

「身に覚えはないんだけれど、何か、思わせぶりな態度でも取ったのかな。お菓子をくれるんだけど、はっきり断ったほうがいいの？」

駒子は、『お菓子』と聞いて噴き出した。

「駿美ちゃんは、真実が最善ってポリシーだよね。でも、もうちょっと慎重に考えなよ。恋愛に興味がないからって、露骨に『眼中にはない』って態度を取らないで。ヘンドラで死ぬ前に、痴情のもつれで、刺されて死んじゃうよ」

「笑えない冗談は、勘弁してよ」

馬場の出入口が近づく。駿美は下馬して、ブケパロスをねぎらった。ブケパロスは「ご苦労」とでも言うように嘶いた。

十六

若手勉強会の一週間後、坂井は五十頭のミニブタを村山庁舎に搬入した。

「君って、大人しそうに見えて、かなりの行動力があるんだな。一週間で農研機構の上司を説得して、この頭数を確保して輸送する。……見直したよ」

搬入を手伝う滝沢が、息を切らしながら坂井を称賛する。

「坂井君は、実験が丁寧でデータ処理にも長《た》けていると、農研機構の研究者が褒めていた。期待しているぞ」

平原も坂井の肩を叩いて激励する。

「坂っち、今日からは、一緒に桐谷先生の弔《とむら》い合戦ができるね」

駿美が勇ましい言葉を掛けると、坂井は力強く頷いた。

「一ノ瀬さんと一緒に、桐谷先生の病理実習を受けたのが、昨日のようだね。ヘンドラを抑制するのが、先生への何よりの供養だ。皆さん、感染研に受け入れていただいて、ありがとうございます」

坂井は、搬入に集まったメンバーを見回して、深々とお辞儀をした。

ブタ運搬車の見送りに行っていた菊池と北野が戻ってきた。

「僕と北野は、坂井先生を手助けするように、平原先生に命じられています。僕らも、しばらくは拠点を村山庁舎に移します。何でも仰ってください」

「すぐにでも、実験計画とシフトを教えてください」

「よろしくお願いします」と、二人は揃ってお辞儀をする。坂井は困惑したように頭を掻く。

「僕は偉い人じゃない。勉強会の仲間なんだから、頭を下げないで。それに、実験のやり方はすごく泥臭いんだ」

一同が坂井の話に注目する。

「僕は、感染研が持っているヘンドラ・ウイルスをブタに与えて、開発中のヘンドラ・ワクチンを試験する役割だ。ウイルス感染した時の症状や、ワクチン投与後に感染した時の動向のデータを、ひたすら取る。有益なものが見つかれば、府中にある農研機構のベンチャー企業に持っていって、有効成分の量産をする」

駿美が言い添える。

「コウモリからブタとヒトに感染するニパ・ウイルスは、ヘンドラ・ウイルスと最大で九十%の相同性があるんだよね。臨床症状も似ているし、致死率が五十%以上な状況もよく似ている。ニパ・ワクチンは、遺伝子組み換えワクチンが実用化されつつあるから、ニパの一歩進んだ防疫状態を、ヘンドラに応用できる可能性があるね」

「ブタは、人獣共通感染症では重要な動物だ。新興インフルエンザでは、ブタの身体の中での『遺伝子再集合』が起きた場合もある。人だけ、鳥だけに感染する二種類のインフルエンザが、ブタの身体の中で、人、鳥、ブタ全部に感染するインフルエンザに変化するケースだね。

ヘンドラはブタには感染しない。けれど、ブタも感染するようになれば、遺伝子組み換えワクチンの開発が容易になるかもしれないね。ましてや、今回の症例は、インフルエンザとヘンドラの共感染も鍵を握っているから、常識を超えた感染は常に意識すべきだね」

滝沢が補足すると、平原が「大事なことだが」と注意を喚起した。

「今回はレベル4ウイルスの感染試験をするから、実施場所はＢＳＬ4施設の村山庁舎となった。ヘンドラ・ウイルス感染後の血清療法は、あまり効果がないと言われるが、万が一の時のために、国際医療研究センター病院から回復者の血清を譲ってもらった。ここに備え付けるから、覚えておいてほしい」

「とうとう、ヘンドラに感染したのに、死亡しないで回復した方が現れたのですか！　朗報ですね！」

坂井が感嘆の声を上げる。しかし、平原は表情を緩めなかった。

「ヘンドラは回復したと思っても、数年経って、再度発症して死亡するケースもある。今は、インフルエンザとの共感染もある。油断できない」

（お父さんや、とねっこ先生のケースだ）

駿美は気を引き締めた。

「とはいっても、同じレベル4病原体のエボラ出血熱は、ワクチンも、感染者への治療手段も開発されつつある。ヘンドラも必ず克服できる。諦めずに実験を進めよう。すまないが、次の約束があるから、あとの作業は任せるよ」

平原は退室した。

駿美は、豚の飼育準備を続けた。隣で作業する坂井に声を掛ける。

「坂っち、私は馬のほうがあるから、あまり手伝えないと思うけれど、所内のことでわからないことがあれば何でも聞いて」

坂井はニッコリと笑う。

「ありがとう。一ノ瀬さんって、こういう肉体労働も嫌がらずにやるよね。たいていの女子は、いつの間にかいなくなるのに」

「実家で厩務をしていたから、慣れているのよ。筋トレにもなるし」

駿美が力こぶを出して見せると、坂井は噴き出した。

「一ノ瀬さんって変わっているよね。でも、同級生のよしみっていうだけじゃなく、信頼できる。困ったら相談するよ。よろしく」

坂井が手を差し出す。二人はがっちりと握手した。

十七

翌週、駿美と駒子が日課の夜の乗馬から戻ると、厩舎には灯りが点いていた。

「駿美ちゃん、ごめん。もしかして、消し忘れたかも」

「消し忘れじゃない。一ノ瀬さんを呼びに来た」

滝沢の声が、馬房の横の馬具置き場から聞こえる。駿美は声のほうに目を遣って、ギョッとした。

「乗馬用の短鞭を持って、何をしているんですか、滝沢先生！　妙に物欲しそうな顔して」

滝沢はキョトンとしてから、慌てて首を振った。

「おい、変な想像をするなよ。手持ち無沙汰だったから、馬具が珍しくて色々と触ってい

ただけだ。打ってほしくて、鞭を持って一ノ瀬さんを待ち構えていたわけでは、断じてな

い」

「駿美ちゃんって、変態ホイホイ？」

駒子の言葉をスルーして、滝沢に尋ねる。

「わざわざ厩舎まで来るなんて、何か急ぎの用ですか？」

「総務の石橋さんが、ヘンドラの話を聞きたいって。一ノ瀬さんが残っていたら、連れて

こいと言われた。森先生と平原先生も一緒だ」

「こんな乗馬の格好で行っても大丈夫かしら」

「記者発表じゃないから、いいよ。すぐに行こう」

駿美は、取り急ぎ、ブケパロスを馬房に入れた。

「駒子、悪いけれど、ブケパロスの馬装を解いて。手入れもしておいて」

駿美と滝沢は、総務部に向かった。

十八

総務部は、ほとんどの職員が帰宅済みで、閑散としていた。奥の応接スペースでは、森、平原、石橋の三人が、立ち上がって議論している。

「一ノ瀬さん、遅くにすまないね。こっちに来てくれ」

平原が手招きをする。

平原の隣にいる石橋が、駿美をじっと見ている。

(ラフな乗馬ファッションがまずかったかな)

上着のチャックを上まで閉める。

駿美と滝沢が席に着くと、平原は早速、説明を始めた。

「今日、初めて、環八の外でヘンドラの感染者が見つかった。死者は現在、八十三名だ。非常線の拡大も時間の問題だ」

「報道だと、次の非常線は国道十六号が濃厚ですね。でも警視庁は、結局は環七の内側の都心を守りたいだけに思えるな。一ノ瀬さん、オリンピック馬防疫委員会から、何か情報を聞いている？」

「オリンピックが終わってから、会合はありません。ただ、環七と環八の間に非常線を張る前日には、部外秘扱いでメール連絡がありました」

「引き続き、注意しておいてくれ。オリンピックが終わっても、馬に関係したウイルスの防疫ならば、中園先生に真っ先に情報が集まるはずだ。ヘンドラ・ウイルスが、二〇二一年の東京オリンピックでも発生していた話は、未だ報道されていない。こちらの切り札として、私も中園先生と交渉してみるよ」

平原の発言に、石橋が反応する。

「実は、『ヘンドラ・ウイルスは感染研から漏れた』という噂が立っています。BSL4施設は、全国で村山庁舎だけです。だから、噂には信憑性があると思われています」

滝沢が不満げにコメントする。

「実際は、BSL4施設だからこそ、漏れようがないんだけどね。国内のどこの施設よりも、管理は徹底している」

「そこを地域の方々に理解していただくのは、難しいです。実際、村山庁舎には、この騒動以前から、ヘンドラ・ウイルスが保管されています。情報開示を求められて、導入時期を公表しました。けれど、導入時に住民に説明がなかったことが、今になって問題視されています」

「あれは、ヘンドラ・ウイルスがレベル3からレベル4病原体になった時に、NRAが持て余して手放したサンプルだ。輸入ではないし、公表義務はなかったから、仕方ない」

平原が正論を言い立てる。石橋は苦笑した。

「先生、その説明では、地域の皆様のご理解は得られません。今日も、町内会と動物愛護団体のNPOが抗議に来ました。近々、村山庁舎を取り囲んでデモを行うそうです」

平原は憮然とした。

「ならば、感染経路を確定して、村山庁舎じゃないと主張する。あるいは、ワクチンと治療手段の、早期開発だ。市民に理解してもらうには、それしかないだろう」

滝沢は駿美に、そっと目配せした。駿美も頷く。

(感染研の名誉のためにも、新山先生がヘンドラ・ウイルスをばら撒いた疑惑を、急いで明らかにしなくちゃ)

石橋の泣き言は続いている。

「馬インフルエンザのワクチンも、市民は感染研が作ったと思っているんですよ。『ヘンドラの重症化は、馬インフルのワクチン禍だ』って騒いでいる連中がいるでしょ? 今でも感染研に電話をかけてきて、うちの広報が困っています」

「あれはシェイクが贈ってきたものだ。感染研は全く関係ない」

石橋と平原は、まだ押し問答を続けている。

今まで黙っていた森が、「結局、うちがヘンドラの治療に成功すれば、市民の不満も収まるということだ」と強引に話をまとめる。

「絵空事じゃないさ。坂井君の実験も順調と言うし」

平原は表情を明るくする。

「坂井君は熱心でいい。インフルエンザ・ウイルスについても、とてもよく勉強をしているんだ。滝沢君が助言しているんだろ？」

「坂井君は、今回のケースはヘンドラ単独でなく、新型馬インフルエンザ・ワクチンの投与が前提という事実に着目しています。治療薬も、二種のウイルスを同時に叩くタイプを考えているようです」

「開発に成功したら、この状況の救世主になるよ。感染研の助教に推薦できるな。坂井君には近々、セミナーをしてもらおう。センター病院の医師たちも呼んでやったら、刺激を受けるだろう。滝沢君、スケジュール調整をして」

森が興奮気味に語ったところで、打ち合わせは解散となった。

帰ろうとする駿美を、石橋が呼び止める。

「このような状況です。今後は馬を連れて近隣を歩くのは、止《や》めてください。住民感情を逆撫でしかねません。感染研内ではすでに、姉妹で乗馬をして遊んでいると不評です」

唇を噛む。言い返すのは我慢する。

「わかりました。以後、気をつけます」

駿美は、精一杯のプライドで、胸を張って退出した。

十九

駿美は、家に帰ってからも苛ついていた。リラックスをするために、ラベンダーのバスソルトをたっぷりと入れて、湯を溜める。その間、五kgのダンベルを持って、ストレッチをする。

風呂に入る寸前に携帯電話が鳴った。新山だ。一瞬、躊躇する。だが、録音アプリを立ち上げて、駿美は応答した。

「サラ先生？　しばらくは若手勉強会がないと、メールが来たでしょ？　どうしているのかな、と思って」

探るような口調が、余計に癇《かん》に障る。

「坂井先生のブタの実験が、最終段階に入っています。勉強会を再開する時は、皆さんにメールで知らせます」

口が強張って、うまく話せない。

新山は、わざとらしいほどに朗らかに応えた。

「相変わらず、研究熱心だな。僕はサラ先生の体調を心配して、電話したんだよ。チョコでも食べて休めば？　そうだ、この前ネットで、ストレスを軽くする効果のあるＧＡＢＡ入りのチョコケーキを見つけたんだ。今度持っていくよ。テオドール・フォンティーヌってショコラティエで……」

「結構です。それよりも、ＮＲＡの実験状況を教えてください」

（駒子のアドバイスのように、本音を隠して、にこやかな対応なんかできないわ。情報を聞いたら、さっさと電話を切りたい）

新山は、駿美をなだめるように、ユーモラスに受け応える。

「やれやれ、研究の話でしかコミュニケーションを取れないなんて、僕は悲しいよ。総研の実験結果は思わしくない。オーストラリアのヘンドラ・ワクチンは、やっぱり効き目が薄いね」

駿美は、余計な部分は無視して話を進めた。

「総研は、新たなワクチン開発はするの？」

「そこまでは無理だと思う。今、ヘンドラで問題になっているのは、ウマじゃない。ヒトやイヌでの流行だ。ワクチン開発は、感染研や農研機構に任せるよ」

聞くべき情報は、もうなかった。

「わかりました。調べ物があるから、もう切るわ」

「ちょっと待って！　大事な話！」

新山が大声で引き止める。耳がキーンとなる。

「何？　びっくりするから、大声を出さないで！」

「冷たいな。少しくらい、電話に付き合ってよ。やっぱり、サラ先生には、馬のパンデミックが起こらないと会えないね。ヘンドラが起きて良かった」

「どういう意味？」

駿美の喉がヒュッと鳴った。新山の声が明るくなる。

「やっと、興味を持ってくれた。サラ先生は、新型馬インフルエンザの時の約束を、覚えている？」

「いつの話？」

「二月五日の月曜日だよ。『この騒動が収まったら、またチョコの店に連れて行って』と、僕は頼んだ。サラ先生は、『解決した時は、また甘いものでも食べよう』って応じたんだよ」

背筋がゾワリとする。

「あいにく、新山先生ほど記憶力が良くないの」

「僕もサラ先生との会話を録音しているだけだよ。何度でも声を聞き返せるようにね。だから、サラ先生。今日もたくさん、喋《しゃべ》ってよ」

「お笑い芸人じゃないから、ペラペラと喋れないわ」

駿美は、必死に正気を保とうとした。

「じゃあ、聞いて。オリンピック馬防疫委員会で、ワクチンの投与状況が話されたのは、四月四日の木曜日だ。順調に収束して、四月の終わりには、新しい発症馬は見られなくなった。馬防疫委員会も、ウェブやメールがベースになった。本来はこのタイミングで、サラ先生は誘ってくれるはずでしょ？　楽しみに待っていたんだよ。騒動が収まったのに、サラ先生は冷たいよ」

「馬インフルが収束しても、私は普段から忙しいの」

「僕は責めているんじゃないよ。仕方なかったんだよね。だから、サラ先生に会うには、NRAと感染研が協働するような、馬の感染症が起こればいい。それが、一番確実だ。仕事熱心なサラ先生は、必ず現場に来る」

『そのために、ヘンドラ・ウイルスをばら撒いたの？』

喉元まで出てきたセリフを、必死に飲み込む。

「馬の感染症が起きるなんて、全くありがたくないわね」

新山は悲しそうな声を出す。

「サラ先生は、普段から素っ気ないけれど、今日は特別にイライラしてるみたいだ。糖分が足りてないんだろ？　筋トレのしすぎだよ。僕にはわかる。もっとチョコを食べたほうがいい。やっぱり、シャルル・ルイ・ベルナールがいいかな。僕が送ってあげる」

「駒子から、キャッチホンが入った。きっと大事な相談ね。もう、切るわ」

駿美は耐えられずに、電話を叩きつけるように切った。

風呂場に直行し、素早く身支度をする。駿美は、ねっとりとまとわりつく新山の声を洗い流すように、ラベンダーの香りがする湯を頭から被った。

第八章　完《かん》　走《そう》—Finish—

一

実験ブタの導入から一ヶ月後。感染研の村山庁舎では、坂井による記者発表の予行演習が開かれた。

三十分間のプレゼンが終わる。質疑応答の練習の前に、平原と滝沢がコメントをする。

「一週間後の記者発表では、もう少し嚙み砕いた説明を心がけたほうがいいな。専門的な話は、セミナーの時にしてくれ」

「記者発表の前日には若手勉強会もある。最終的な発表練習ができるよ。素晴らしい成果だから、自信を持って発表して」

坂井は、顔を紅潮させる。

「ご助言をありがとうございます。あまり自信はありませんが、精一杯、頑張ります」

森が苦笑する。

「坂井君はシャイで謙虚すぎるな。研究者は、押し出しの良さも必要だぞ。滝沢君ほどアクが強いのもどうかと思うが、少しは見習ったほうがいいな。今日は、仲間内での予行演習だ。皆で坂井君の研究のアピール・ポイントを考えよう」

森の提案に、平原が真っ先に反応した。

「何がすごいって、圧倒的な実験量だ。ブタにヘンドラ・ウイルスを投与し続けて、ついに不顕性感染する個体を見つけた。しかも、このブタは抗体の生産性が際立っている。まさに、人類の救世主、『神のブタ』だ」

滝沢は専門的に解説する。

「抗体を生産する白血球細胞からＤＮＡを抽出して治療薬にする。エボラ出血熱でＮＩＨが作製した治療薬『ｍＡｂ１１４』と同様の手法だね。しかも、『神のブタ』由来の治療薬は、ヒト、ウマ、イヌに効果があった」

森も負けじと、優位性を挙げる。

「さらに坂井君は、ブタの体内で新型馬インフルエンザ・ウイルスＨ５Ｎ１型の抗体を作って、ヘンドラ・ウイルスの抗体と併せた。この二種の組み合わせが、治療成績を飛躍させた。坂井君、是非とも、来年に公募するインフルエンザウイルス研究センターの助教に応募してくれ。私が推薦する」

興奮気味に話す一同に、坂井は恐縮する。

「僕は菊池君や北野君の手助けで、ひたすら実験をしただけです。一ノ瀬さんや駒子さんも、サンプリングを手伝ってくれました。有望個体が見つかってから、抗体をさらに増やしたり、ＤＮＡを抽出したりしたのは、滝沢先生や農研機構の研究者たちです」

「皆で力を合わせたのは、確かよ。でも、坂っちのアイディアと熱意があったからこそ、一丸となって頑張れたのよ。プロジェクト・リーダーの素質があるわ」

駿美の称賛に、坂井ははにかんだ。全員の助言を聞き終わって、遠慮がちに提案する。

「『神のブタ』なんですが、追加実験も終わったので、なるべく早く府中に連れていきたいです」

平原が「府中には、農研機構のベンチャー企業があるんだったな。そこで治療薬を量産する計画かい？」と確認する。

「生産ラインも、動物の管理体制も、整っています。それに、ブタは成長が早いから、ミニブタといえども、すぐに四十kg程度になります。非常線が広がるという噂もあるし、移動がしづらくなる前に、先方に渡したいです」

野犬がさらに増えたので、国道十六号にも非常線が張られるという噂が出てから、一ヶ月近く経っていた。

石橋が会話に横入りする。

「坂井先生、記者発表の後にしてもらえませんか。NHKには『神のブタ』の代表撮影を許可する予定です。確かに、ここ一ヶ月で、野犬は三千匹を超えました。とはいえ、ヒトのヘンドラの発症者は百人余りで、爆発的に増える気配はありません。まだ、国道十六号で非常線を張るには至っていません。不要不急の移動を禁じられているだけです」

石橋の熱弁を聞いて、平原が「弱ったな」と呟いた。

「NHKか。……先日は、感染研のヘンドラ研究のドキュメンタリー番組を作って、放映してくれたな」

石橋は前のめりになる。

「あの番組で、近隣住民の抗議がなくなりました。NHKには、恩があります。今後の付き合いもあります。NHKで報道されれば、今後の競争的資金も獲《と》りやすくなります」

「坂井君、すまないが、あと一週間、待ってくれないか。『神のブタ』の飼育は、気が休まらないかもしれないが……」

森の提案に、坂井は「研究所の立場は理解しています。あと一週間、『神のブタ』の健康を全力で守ります」と、困ったように微笑んだ。

二

一月半ぶりの若手勉強会の前夜。駿美は、駒子と滝沢と共に、感染研の会議室で待機していた。

「本当に、新山先生は駿美ちゃんに電話をかけてくるの？　もうすぐ零時だよ」

「あのチョコ野郎が、一ノ瀬さんに電話をかけるチャンスを逃すはずがない。ブタが来てから、忙しくて若手勉強会をしてないだろ。久しぶりの勉強会の前だから、絶対に確認してくるって。予想が外れたら、鞭で叩いてくれ」

「真面目な時に、変態発言は止めてください！」

「何、ナーバスになっているんだよ。一ノ瀬さんらしくないな」

滝沢は不満そうな顔をする。

(新山先生を追及せずに一ヶ月以上も放っておいたのは、私らしくない)

前回の新山との電話の直後に、『神のブタ』の成果が出た。ヘンドラ禍を一掃できる期待を持てる内容だった。森と平原は、坂井以外は、駿美、駒子、滝沢、菊池、北野だけが

『神のブタ』のいるブタ舎に携わるように命じた。感染研の若手勉強会メンバー以外には秘密にしろという意味だ。さらに、汚染や情報漏洩をなくすために、メンバーは村山庁舎内の宿泊所に泊まり込みになった。

以後、追加実験や日頃のケアで目の回るような忙しさだった。

駿美は毎日、朝四時半に出勤した。五時に馬の飼葉をつけて、六時まで所内で引き運動をする。朝のブタ当番の時は、シャワーを徹底的に浴びて、ブタ用の専用服に着替える。七時に自動給餌器《きゅうじき》の餌が足りているか確認し、水やり、ケージ内の掃除も済ませると九時を回る。さらに、六人全員で実験ブタの採血、鼻腔スワブの採取、ＴＰＲの計測、状態の目視をして実験日誌に記す。

専用服を脱いで、もう一度念入りにシャワーを浴びた後は、馬のワクチン試験だ。馬は、狂騒型の馬インフルエンザの時のように、麻酔コントロールで半分眠っている状態に保たれている。点滴を絶やさないようにして、実験馬の採血、鼻腔スワブなどのサンプル採取と健康診断を行う。

この半日のルーチンを、夕方にも同じ手順で行う。合間を縫って、ウイルスの培養や性状の検査も手伝う。午後七時に夜の引き運動が終わると、八時から、当日の『神のブタ』を中心としたブタたちの体調と実験状況について、メンバー全員で情報交換と検討を行う。

宿舎に戻れるのは、十時過ぎだ。

身体もメンタルも強いほうだと自覚する駿美でも、さすがにクタクタになる。近頃は筋トレをする気にもなれずに、ゼリー飲料とシリアルバーの夕食を摂って、バッタリと寝るのが常だった。

「駿美ちゃん、疲れているのよ。滝沢先生だって『神のブタ』プロジェクトの一員だから、最近、特に大変だったって、わかっているでしょ？」

「俺は普段は細胞《ビトロ》の実験しかしないから、生体《ビボ》の感染実験は新鮮で楽しかったよ。だけど、ブタの世話は大変だったな。駒子ちゃんはグラビア・アイドルみたいなのに、３Kの仕事をもりもりやってすごいな。一ノ瀬さんは女子プロレスラー並みの身体だから、力仕事が得意だろうけど」

「失言ばっかり。滝沢さん、細すぎるから、駿美ちゃんに筋トレを習ったら？　鞭で打たれるより健全よ」

駒子と滝沢の会話をぼんやりと聞いていると、滝沢が駿美のほうを向いた。

「いいかい、電話が来たら新山に、ヘンドラをばら撒いた犯人にしかわからない発言をさせるんだ。でも、踏み込みすぎるなよ。明日、感染研に誘《おび》き寄せるほうが重要だ。新山が話す内容がおかしくなったら、助けに入る。あいつは、まともそうに見えるけど、危険人物だ」

（下手に刺激して、さらにヘンドラを撒かれたくない。警戒されて、証拠隠滅《いんめつ》をされても困る。何が最善の方法だろう）

駿美は、黙りこくったまま考え続けた。

五分も経たないうちに、携帯電話が鳴る。滝沢の予想どおり、新山だ。駿美は皆に聞こえるようにスピーカーに切り替え、録音アプリを立ち上げた。

「新山先生、久しぶりね。明日の勉強会についての、問い合わせ？」

電話の向こうから、新山の嬉しそうな声が聞こえる。

「今日は、ちゃんと質問を作ってから、電話したよ。ニュースで見たけれど、明日は午後五時に、国道十六号の内側で一般車両が通行禁止になるんだって？」

「急に決まったらしいけれど、二週間限定で非常線を張るんですって。勉強会は、五時前に終わる予定。だけど、自家用車は十六号線の外に駐めて、公共交通機関で感染研まで来たほうがいいかも」

「勉強会は中止にならないよね？」

「坂井君の記者発表の練習も兼ねているから、開催は決定よ。記者発表自体は、非常線が解かれた後に延期になっちゃったけど。明日以降は若手の当番しか出勤しないから、練習は私たちが助けてあげないと」

滝沢が『誘き寄せろ』と書いた紙を掲げて、駿美を突っつく。思いつくままに、勉強会のセールス・ポイントを話す。

「坂井君の発表は聞く価値があると思う。何しろ、人のヘンドラ症治療の目処《めど》が付いたという話だもの。実験ブタを見るのも、最初で最後のチャンスよ。感染研の周りは野犬もいない。駅から歩くのが危ない感じではないわ。自己責任になっちゃうけど」

新山は、つまらなそうに相槌を打って、話を変えた。

「坂井君が、治療薬の開発に成功したんでしょ。今度こそ、小淵沢のチョコの店で、慰労会をしようよ。あの店は、良い思い出ばかりだ。僕のチョコ好きをバカにしないのは、サラ先生だけだよ。『詳しくてすごいね』って褒めてくれたね。姉も妹も『キモい』って言うんだ、酷いでしょ」

滝沢を振り返る。滝沢は、右手の人差し指を突き出し、GO《ゴー》サインを出している。

「何もないのに、小淵沢までは行けないわ。サンプル採取の必要があったら、新山先生に手伝ってもらえる。チョコのカフェにも行けるのにね」

「そうか。小淵沢で異変がないと、サラ先生は行けないのか」

新山の返答を聞いて後悔する。頭をフル回転させる。

（今夜中に、小淵沢にヘンドラをばら撒きに行けるはずがない。明日の勉強会で、警察に引き渡せるような証拠を掴めればいい）

駿美は、話を進めた。

「そうそう、今日は新山先生に意見を聞きたかったの」

新山は声を弾ませる。

「サラ先生から、電話を長引かせてくれるなんて、珍しいね。何でも聞いて」

「ヘンドラの最初の発生は、馬事公苑の騎馬隊よ。なぜ、ここだったのかな？」

「騎馬隊は、馬事公苑の一角に隔離されているからだろ」

息を潜めていた滝沢が、椅子を引いて前のめりになる。

「こんなに拡散すると思った？」

「感染は、騎馬隊の馬で終わると思ったよ」

「人にも感染《うつ》るって、知らなかった？」

「超マイナーなウイルス病だよ。獣医師でもない限り、知らないよ」

新山は「人為的な感染」を前提で話している。

（でも、警察を動かすためには、もうひと押し、必要そう）

思案していると、突然、電話を奪われる。

「おい、新山！　駿美に何の用だ！」

「サラ先生、一人じゃなかったの？」

新山の狼狽《うろた》える声がする。

「一人のわけがないだろ！　俺と一緒に住んでいるんだよ。お前は知らないだろうがな、駿美は男を鞭で叩いて喜ぶ女だ。そんなことも知らずに、ちょっかいを出すな！」

駿美は電話を奪い返して、叩き切った。憮然として尋ねる。

「今の猿芝居の、理由を教えてください。しかも、自分の性癖を、私に押し付けないでください」

「酷い言い草だな。電話中に名案が浮かんだんだよ。ヘイトを俺に集めて、明日、新山にボロを出させる策略だ。新山がヘンドラ・ウイルスを持ってきて、恋敵《こいがたき》の俺をヘンドラ付きの鼻腔スワブで襲ったら、証拠になるだろ？　平原先生が持ってきた血清や、坂井君の治療薬があるから、捨て身の作戦だ。どうだ！」

駒子が白い目で滝沢を見る。

「新山先生の凶器は、ナイフや、首を絞める縄かもしれませんけどね。……駿美ちゃん、本当に男運がないんだね」

「俺はイケてるぜ？　俺が新山に羽交《はが》い締めにされたら、一ノ瀬さんが強烈なアックス・

ボンバーで加勢してくれるさ」

「プロレス技なんてできません！　ただの同僚を命がけで救ったりしないから、勝手にして！」

駿美が言い切ると、滝沢はもう一度「酷いな」とボヤいた。

三

若手勉強会には、久しぶりに若宮が現れた。後輩を二人連れてきて、やる気満々に見える。ヒールの高さも、いつもより高い。

若宮は駿美を見つけると、右手を差し出した。

「感染研の若手勉強会のご活躍は、霞が関でも話題になっています。我が国の防疫のために、今後いっそう、精進してください」

「はあ、頑張ります」

(何？　この、上から目線！)

取り敢えず右手を前に出す。若宮はその手をガッチリと握って三回振ると、席に座った。

スクール形式の会議室に、参加者十名が集まっている。坂井は記者会見の発表に則《のっと》って、長めの自己紹介から、プレゼンを始める。司会は滝沢が務めている。

駿美は、上の空で聞きながら、三つ前の席に座る新山のライトグレーの上着を見つめていた。

(今日なら、新山先生と向き合って話せる。不本意だけど、ヘンドラがばら撒かれた背景には、私が関わっている。ならば、私が真実を追及して、自首させよう)

今日は、坂井のプレゼンと質疑応答の後に、実験ブタと実験馬の見学をする予定になっていた。

メインは坂井の『神のブタ』を見ることで、馬の見学はおまけだ。全てのスケジュールは四時に終了し、ゲストは四時半までに退所させる。非常線が張られる午後五時には、参加者全員が国道十六号の外に出られるようにしたい。

腕時計を見る。二時半を少し回っている。

ブタを見るには、専用服に着替えなくてはならない。見学時間は、三十分は掛かるだろう。馬の紹介を駒子に任せれば、三十分近くは新山と話し合う時間が取れそうだ。

考え事が終わり、意識を周囲に戻す。駒子も滝沢も、登壇中の坂井すら心配そうに自分を見つめているのに気づき、駿美はきまり悪くなった。

「非常に興味深いご発表でした。効能が確かであれば、農林水産省と厚生労働省がタッグを組んで進めるべき事案と考えます」

　若宮が官僚らしいコメントを述べる。

「それでは、今から、実験棟の見学をしていただきます。着替えがありますので、荷物は全て会議室に置いていってください。鍵を締めますし、荷物番も置きます。菊池君、北野君、皆さんは着替えの仕方がわからないだろうから、付いて行って。先に荷物番をするから、あとで交代してくれ」

　滝沢のアナウンスに、一同が連なって移動する。

　前室でシャワーを浴び、専用服に着替えてブタ舎に入室する。

　ブタは一頭一頭、二段十列に並ぶケージに入っている。見学者を入口付近に留め、坂井は「このブタです」と上段右端を指差した。ケージには「四六四号　生後五ヶ月　十・三kg」と書いてある。

（あれが『神のブタ』？　本当に？）

　駿美は違和を感じた。

　農林水産省の若手二人は、口々に質問する。

「ブタにしては小さくないですか？」

「ミニブタとマイクロブタの中間くらいの大きさです。この時点では、家畜ブタの十分の一くらいの大きさです」

「ブタの顔の見分けはつくんですか」

「耳刻《じこく》といって、耳にパンチ穴を開けます。穴の位置が示す個体番号で識別します」

坂井は、役人の素人《しろうと》っぽい質問にも、丁寧に答えている。

「あなたたち、もっと、坂井先生にしか聞けない質問があるでしょ？」

若宮が焦れたように口を出し、お手本とばかりに尋ねる。

「ヘンドラ・ウイルス治療キットは、現状で何人分くらい作製できますか？」

「今後、作製は私どもの関連ベンチャーでするので、お話しできない部分もあります」

坂井は申し訳なさそうに受け応えした。

「ただ、現状で、ストックは十数人分はあります」

質問を無視されなかった若宮は、納得顔で頷く。

駿美は、坂井の堂々とした態度に感心した。

「そろそろ、ブタのストレスにもなりますので、退室をお願いします。続けて馬の見学です。女性スタッフが案内します」

滝沢に促されて、一同は実験室を出る。

（このタイミングならば、新山先生に目配せをすれば、場所を変えて二人で話せそう）

駿美が実行しようとした時、坂井が駿美を呼び止めた。

「駒子さんから聞いた。お守りだよ。針とシリンジも入れてある。『神のブタ』の治療薬だ。ヒトの使用第一号にならないでほしいけど」

「投薬は自己注射？　自分の血管に、針を入れられる気がしないんだけど」

馬の頸静脈は、人間の親指ほどの太さがある。注射の容易さは、数㎜程度の太さしかないヒトの血管とは、比べ物にならない。

「いざというときは、菊池君か北野君に頼むといい。イヌとウサギの専門家だ。ヒトへの注射なんて楽勝だろう」

「そういえば、その二人は？　プレゼンの時はいたと思うけれど」

「今更、実験室見学でもないから、遠慮したんじゃない？」

「私も、今更、馬の見学じゃないから、上に戻っているわ。これ、ありがとう」

駿美は、コンパクトにまとめたヘンドラ・ウイルス治療キットを胸に抱いて、会議室に向かった。

四

会議室前には、新山がポツリと立っていた。駿美は目配せして、階段へと導く。途中、菊池とすれ違う。ハッとした表情をして、菊池は付いてこようとする。駿美は手振りで制止した。

半階分下りて踊り場に着くと、新山が立ち止まった。

「サラ先生、やっと会えたね。八月二十八日の勉強会以来だ。大好きなチョコだよ。シャルル・ルイ・ベルナールのカカオ九十％だ。しかも、期間限定のエクアドル産ルビー・カカオ製なんだ。じっくりと味わって食べて」

新山は、CLBロゴのチョコレートの箱を差し出して、微笑んだ。

怯まないように、腹にグッと力を込める。

「新山先生、単刀直入に言う。馬事公苑でヘンドラ・ウイルスを馬に与えたのは、あなたなの？」

「何でいつも、仕事の話ばかりなのかな？　もっとお互いの話をしようよ。僕はね、小さい頃はショコラティエになりたかったんだよ。でも、女みたいだって怒られて……」

新山の提案を、駿美はバッサリと却下した。

「私は、あなた自身に興味は一切ないの。完全にゼロ。それでも、馬インフルエンザの時は、相棒として信頼していたわ」

激怒されたら、と身構えたが、新山は怒らなかった。代わりに、顔を歪めてポロポロと涙を流す。

「結局、サラ先生は、僕がＮＲＡ総研に勤めていたから、利用したんだね。サラ先生は、僕自身に価値を認めてくれないんだ。僕の価値は、チョコよりも低いんだ」

頭の中で、駒子のアドバイスがぐるぐる回る。

(懐柔《かいじゅう》しないとヘンドラで殺される？　でも、ごめん。やっぱり私に建前は無理だわ)

駿美は新山を睨みつけた。

「何、ウジウジ、泣き言を言ってんのよ！　仕事仲間として信頼されるのが、どれだけ大変なことなのか、わからないの？　ＮＲＡなんて、給料も研究環境も抜群なところに勤めていて、俺の価値はそこだけかと悩むなんて、罰が当たるわ！　しょうもない理由で仕事に支障を来《きた》すボンクラは、男でも女でも願い下げよ！」

新山は駿美の剣幕に硬直する。

「一ノ瀬さん、無事か？」

廊下から滝沢の声と数人分の足音が近づいてくる。

すると、新山は駿美を抱き寄せて、羽交い締めにした。

(ヘンドラ・ウイルスを使われる?)

坂井から預かった『お守り』が入っている右ポケットを、ギュッと握る。身体を硬直させて、息を止める。

プロレス技……はできないので、駿美は急所蹴りで反撃しようと、蹴り上げる準備をする。

「おまえのヘンドラ・ウイルスは、俺が持っている。喰らえ!」

叫びながら、滝沢が階段を駆け下りてくる。

新山の拘束《こうそく》が解けた。

駿美は飛び退《の》いて、階段を駆け上がった。菊池と北野が、自分の身体の後ろに駿美を庇う。

踊り場を見下ろすと、滝沢が噴霧器付きのアンプルを手に持っていた。

「ちょっと、滝沢先生。あなたが新山先生に、ヘンドラを喰らわせちゃ、ダメでしょ? 穏便に拘束して」

滝沢は右手でアンプルを掲げながら、左手で新山の右腕をがっちりと掴む。

新山はアンプルから顔を背《そむ》けながら、アンプルを奪おうとする。

滝沢の右手が何度も空を泳ぐ。片手で噴霧器を操作しようとしているが、落とさないように慎重になっているようだ。

新山の身体が沈み込む。

「滝沢先生、下！」

駿美の注意も虚《むな》しく、滝沢は新山の頭突きを腹に喰らって転んだ。

新山の分《ぶ》が良くなり、アンプルに手が届きそうになる。だが、今度は、滝沢が新山の脛《すね》を蹴る。新山が体勢を崩した隙に、滝沢が肩で息をしながら立ち上がる。

階上の三人は、滝沢と新山の揉み合いを見守るしかなかった。

やがて、新山の身体がビクリと緊張した。新山は顔を袖口で拭いて、鼻と口を押さえて、階下に駆け下りていった。

滝沢が得意気な表情で、ゆっくりと階段を上ってくる。緊張が高まる。菊池と北野も後退る。

「滝沢先生、噴霧したの？　息をしないで、そのアンプルをどうにか処理して！　先生も生物兵器よ。こっちに近づかないで！」

滝沢は及び腰の三人を見て、ニヤリと笑う。

「新山がヘンドラ・アンプルを持ち込まないか、心配していた。だから、菊池君にブタの見学中に、新山の荷物のアンプルをすり替えてもらった。今、俺の手もとにある新山のアンプルを警察に持ち込めば、物証になる」

「それはお手柄だけど、新山にヘンドラを投与するのは、正当防衛を超えているでしょ」

駿美はなるべく息を吸い込まないように、小声になる。滝沢から間合いを取って、後退り続ける。

滝沢は、ニカッと笑って、サムズ・アップした。

「新山のアンプルをそのまま使うほど、俺はバカじゃない。このアンプルは、別に用意した生理食塩水だ。無害だよ」

力が抜けた。大きく深呼吸する。

「迫真の演技に騙されそうになったわ。驚かせないで」

「ただ、まだ館内に新山がいるかもしれない。今、感染研に警察を立ち入らせるわけにはいかない。俺たちで探そう」

滝沢の指摘に、駿美は合点がいった。

「新山はブタ舎の見学をした。警察が現場検証に来て、『神のブタ』が万が一にでも体調不良になったら、目も当てられないわ」

「そういうこと。新山は、まだ所内に残っているかもしれない。若手勉強会に来ていた農水の役人たちには、帰ってもらおう。新山が所内から消え去ったと確認できなければ、夜になっても徹底的に探そう」

「もちろん、私も付き合うわ」

滝沢は腕時計を見た。

「みんな、自分の動物の世話があるだろ？　いったん解散して、六時にもう一度、会議室に集まろう。北野君、馬の見学が終わった農水の役人に、現地解散を伝えてくれ」

滝沢が歩き出すと、菊池が不安そうに声を掛けた。

「今日は五時から、十六号に非常線が張られる日でしたね。感染研のメンバーは、自動車通勤禁止です。道も空っぽになる。俺たちは、密室に閉じ込められたようなものですね」

滝沢は苦笑した。

「公共交通機関は平常どおり動いているんだ。駅まで出るのは面倒だが、密室のわけがない」

駿美たちは、銘々に散っていった。

五

六時を十五分ほど過ぎると、北野が半泣きで会議室に現れた。

「実験ブタに毒が盛られました。五十頭中、二十頭は危険な状態です。坂井先生と菊池が付いています」

駒子は即座に立ち上がった。

「駿美ちゃん、馬のほうは大丈夫か、見てくる！」

「北野クン、私が手伝える作業はある？」

駿美が尋ねると、北野は首を横に振った。

「取り敢えずなさそうです。俺も、『現場はいいから、新山の動向を聞いてこい』と言われたんです」

滝沢は真顔になった。

「新山が所内に潜んでいて、ブタに毒を盛ったのか？ ……そもそも、今日は『神のブタ』の始末のために来たとは考えられないか？ ヘンドラ対策ができたら、世界の馬関係者から讃《たた》えられる。ＮＲＡが手柄を立てたかったら、『神のブタ』がいると不都合だ」

「でも、実験動物棟には監視カメラがある。カード・キーもある。私たちのＩＤカードなら入室できるけれど、ゲスト・カードでは入れないはずよ」

滝沢は、首の周りを弄り始めた。次に、白衣のポケットを何度も叩いて、顔を顰めた。皆に向かって急に姿勢を正すと、深々と頭を下げる。

「申し訳ない。俺のＩＤカードが見つからない。さっき、新山と揉み合いになった時に、失《な》くしたのかもしれない。いや、むしろ、新山の目当ては俺のカードだったのか？」

「滝沢先生と新山が揉み合ったのは、四時過ぎぐらいだった？　菊池クンと北野クンがブタの世話に行ったのは、いつ？」

「六時少し前です。いつも、夕方は六時に餌と水の取り替えをしています」

「時間は充分にあったのね。私、坂井君が心配だし、一度、ブタ舎に行ってきます」

「一ノ瀬さん、あとで自分からも謝るけれど、滝沢のＩＤカードがなくなったって、坂井先生に伝えてもらえる？」

駿美は承諾して、ブタ舎へと急いだ。

六

ブタ舎では、坂井が深刻な顔をして、菊池に投薬や殺処分の指示を出していた。

「一ノ瀬さん。相談したい。少し待ってもらえる？　毒入りペレットを食べて未処置のブタが、今でも十頭近くいるんだ」

それから三十分以上が経った。坂井がやっと作業を終えて、菊池に部屋を出ていくように告げた。

部屋には、駿美と坂井だけが残っている。

「実験成績が良くないブタは、治療ではなく淘汰の判断をした。しんどいな」

「守らなければならないブタの優先順位があるのは、仕方ないよ」

駿美は坂井を慰めた。

「一ノ瀬さん、監視カメラに背を向けてもらえる？　僕も同じ姿勢になる」

二人は口元をカメラから隠して、話し始めた。

「声は録音されていないけれど、念のために小声で。一ノ瀬さんは、ブタの殺害に関わりそうな情報を聞いている？　新山先生がヘンドラ・ウイルスを持ってきたって聞いたけど」

「滝沢先生が、新山と揉み合った時に、ＩＤカードを失くしたんだって。滝沢先生は、新山はＩＤカード狙いだったと推理していた。滝沢先生のカードなら、この部屋にも入れるから」

坂井は少し考え込んで、駿美の目をしっかりと見据えた。

「僕は今から、一ノ瀬さんに全幅の信頼を寄せる。もし、裏切られたら、人を見る目がなかったと思って自殺する」

「穏やかじゃないわね。誰かが裏切っている気配があるの？」

「というよりは、『神のブタ』を一刻も早く、府中に移動させるべき局面だと思う」

坂井は、自分の考えを確認しながら、状況を伝えた。

「僕は『神のブタ』が狙われる可能性は考えていた。だから、ケージを入れ替えておいたんだ」

「やっぱり。だって、ケージに付いている識別番号と、ブタの耳刻の数値が違っていたもの」

「二重、三重に隠していたんだ。本来の『神のブタ』のケージには、違う耳刻の数値の別のブタを入れる。『神のブタ』と同じ耳刻のブタは複数用意する。本物の『神のブタ』は、耳刻を弄って、本来と違う番号を付けて、該当するケージに入れておく」

「そこまでしていたら、完全に目眩《めくら》ましができたでしょ？」

「だけど、全頭に与えるペレットに毒を仕込まれたら、どうにもならない」

坂井は、必死な顔で駿美を見上げる。

「だから、一ノ瀬さん。今晩九時に、『神のブタ』を秘密裏に府中に移動させてほしい」

駿美は反射的に時計を見た。あと二時間ある。

「家から車を取ってくるわ。……でも、今日は非常線が張られている」

「一ノ瀬さんならではの移動手段が、あるでしょ？　小回りが利くし、追手を捲くのにもいい。一ノ瀬さんは、十kgの重りの入ったリュック・サックを背負って、十㎞の距離を騎乗できる？」

「そのくらい、簡単よ。今日は車が走っていないから、三十分も掛からない」

坂井は、やっと表情を和らげた。

「完璧だね。輸送先のベンチャー企業は、府中といっても北端で、西国分寺《にしこくぶんじ》駅の直ぐそばだ。村山庁舎から十㎞程度しかない」

駿美は、作戦をシミュレーションする。

「駒子を仲間に入れていい？　手伝ってもらったほうが、目立たないで動けると思うの。

馬装をしたり、警察や保健所に馬が公道を走ると連絡したりする人材が必要よ」

「ごもっともだ。お願いするよ」

「私も目立たないように、ベンチャー企業までの最適な道を探すわ。八時五十分に、『神のブタ』を引き取りに来るから、リュックに入れて渡して」

駿美と坂井は、監視カメラに見えぬ位置で、こっそりと拳と拳を突き合わせて、エールを送り合った。

七

八時四十五分になった。駿美はセバスチャンとブケパロスがいる馬房に向かった。

駒子が装備の最終チェックをしている。

「セバスチャンを馬装しておいたよ。ヘルメットには、念のためにヘッド・ライトを着けておいた。セバスチャンで、良かったんだよね？」

「さすがに、馬場馬術馬のブケパロスに、十㎞の外乗をさせるのは荷が重いわ。本当は、耐久競技馬《エンデュランス》がいれば、ピッタリだったけど」

駿美と駒子は手順を確認した。

「今から、『神のブタ』が入ったリュック・サックを取りに行く。受け取ったら、速攻で馬房に戻ってくる」

「私は、駿美ちゃんがブタ舎に向かったら、すぐに、正門の警備員に門を開けておくように頼む。駿美ちゃんが戻って騎乗したら、馬房のシャッターを開ける。シャッター音がしたら絶対にバレるから、急いで道路に出て。私もブケパロスに騎乗しておく。万が一、敷地内で邪魔が入ったら、馬で蹴散らすわ」

頭の中でもう一度、手順を復習する。

「リュック・サックを担いで戻ってきたら、話している余裕はないと思う」

駒子は、思い出したように短鞭を手に取った。

「一応、短鞭を持っていって。駿美ちゃんほどのライダーには、普段は要らない。でも、初めて行く野外の場所だから、何かに物見をして、セバスチャンが動かなくなるかもしれない。お守りよ。ヘルメットの横に置いておくね」

(短鞭を見ると、滝沢先生の顔が思い浮かぶようになっちゃった)

緊張が解けた。気合を入れ直して、駒子とハイ・タッチする。

「よし、お互い頑張ろう！」

駿美はブタ舎に急いだ。

八

八時五十分。ブタ舎の前に坂井がいる。

「農研機構ベンチャーの正門の内側に、九時十五分から『藤原夏樹《ふじわらなつき》さん』がいる。まず一ノ瀬さんが名乗って。次に相手の名前を確認して」

「了解」

「名乗り合った後に、合言葉も使う。一ノ瀬さんが『豚野郎は』と呼び掛けたら、相手が『鞭に打たれる』と返す」

駿美は呆然として固まった。

「は？　何なの？　その合言葉は」

「駒子さんに、最近の一ノ瀬さんの状況を聞いて、発想を得たんだ。偽者には答えられないだろ？」

「ふざけている場合じゃないでしょ！　TPOを考えてよ！」

「必要な程度にしか、ふざけていないよ。そんなにピリピリしないで。緊張しすぎても良くない。外に出たら、空っぽの道を馬が闊歩《かっぽ》する。この上もなく目立つし、追手も掛かるかもしれない。建物の中に入るまでは、『神のブタ』を絶対に渡さないで」

坂井は、『神のブタ』入りのリュック・サックを駿美に差し出した。

リュック・サックは温かかった。命を預かっている実感が湧《わ》く。

小走りに厩舎に戻る。『神のブタ』は内部の居心地が不満なのか、時折、鼻を鳴らして抗議する。

走りながら、リュック・サックの収納部が身体の前になるように、ショルダー・ストラップに腕を通す。

外乗の時は、通常は後ろに荷物を背負う。ウエスト・ポーチも背中側に回す。身体の前に荷物があると、手綱に絡むおそれがあって危険だ。

(でも、『神のブタ』は前側に抱きかかえよう。後方から攻撃されたら、守りきれない)

厩舎では駒子が待ち構えていた。ヘルメットと短鞭を取って、ものの数秒でセバスチャンに騎乗する。

駒子が引き手を外す。シャッターのボタンに手を掛ける。

「正門は、もう開いている。行って！　グッド・ラック！」

シャッターが馬の頭の高さを超える。駿美は馬の首にしがみついてシャッターの下を潜り、戸外に飛び出した。

九

追手が掛かる可能性があるならば、移動時間を短くすべきだ。

駿美は、駈歩をしやすくするために、なるべく広い道路を使うことにした。桜街道《さくらかいどう》から立川通り、府中街道を進み、国分寺陸橋を越えてＪＲ中央《ちゆうおう》線の南側に渡るルートが良さそうだ。

アスファルトの道路は、土に比べて、馬の肢に負担が掛かりやすい。本当は全ての行程を、肢への負担の少ない速歩で進みたい。でも、それでは、目的地まで一時間は掛かる。

街灯の光で路面状況をよく観察する。道の凹凸のない部分を選んで、駈歩を混ぜながら進む。見渡す限り、道路には車はない。車どころか、人っ子一人いない。

二㎞ほど走ると、多摩都市《たまとし》モノレール線の桜街道駅が見えた。高架の駅なので、人の気配はわからない。

駅を過ぎて、駿美は何気なく後ろを振り向いた。

五十ｍほど後ろに、白いセダンがいる。駿美を尾けているように見える。

（一般車両は通行禁止なのに、同じ方向に向かって走る車がいるのは、怪しすぎるでし

よ)

白いセダンの記憶を辿る。以前、NRA総研の近くでサンプルを受け取った時に見たはずだ。石橋駅で、新山の車らしい白いセダンが追い越していった。

(まさか、新山は、所内で騒ぎを起こして『神のブタ』を移動させる魂胆だった? 移動中に襲撃するの? 銃なんて持ってないだろうけど、車でプレッシャーを掛けて、落馬させるつもりとか)

立ち乗りで前屈《かが》みになる『ジョッキー・スタイル』になる。これならば『神のブタ』を守りつつ、スピードを維持できる。

十分ほど走って立川通りに入ると、駿美はもう一度振り返った。白いセダンは、もういなかった。神経質になりすぎていたようだ。

残り半分くらいまで来たはずだ。馬の駈歩の手前を適度に替えながら、今日の事件を振り返る。ヘンドラ・ウイルスが入っているアンプルと、ブタの実験室に入れるカード・キー。この二つが鍵を握っているのは、間違いない。

目の前の信号が赤になった。車も人もいないが、駿美は律儀《りちぎ》に停止した。セバスチャンの首筋を叩いて褒める。

「ここまで順調に来たから、三分だけ常歩をしようか。少し休んでいいわよ」

声を掛けて駿美もリラックスすると、突然、セバスチャンが、尻っ跳ねした。駿美の身体が前のめりになる。

すぐに、足元から唸り声が聞こえた。瞬く間に、十数匹の犬が駿美を取り囲む。しかも、中・大型犬ばかりだ。

（野犬？　こんなところまで、広がっているなんて。……理由を考えるのは後《あと》。『神のブタ』を安全に届けなくちゃ）

犬たちが、けたたましく吠え始めた。

「セバスチャン、ＧＯ《ゴー》！」

準備運動で少しだけ速歩をしてから、スピードを一気に上げる。

夜風を切る。馬はネコのように夜目が利くから、街灯が途切れて薄暗い道も迷いなく進む。

セバスチャンの規則正しい蹄の音に、犬たちの荒い息の雑音が加わる。

犬たちは、馬にぴったりと付いてくる。足元を見下ろすと、グレイ・ハウンドが舌を出しながら伴走している。駿美は気にせずに、前だけを見据えて駈歩を続けた。

（急に方向転換してみる？　無理だ、これだけの数は振り切れない）

足元に衝撃を感じた。セバスチャンが悲鳴を上げる。犬がセバスチャンの肢を咬もうと、体当たりしてきたようだ。

　馬体がグラリと傾く。駿美は懸命に手綱を引いて、馬の体勢を整えようとした。セバスチャンは動揺しているようだ。なかなか命令が伝わらない。その場でジタバタする。

　短鞭で馬体を一叩きする。セバスチャンの両耳が駿美のほうに倒れた。騎乗者に注意を払った仕草だ。駿美はセバスチャンを褒めて、歩様を伸ばした。

　頭をフル回転させる。

　犬が走る速さは、猟犬なら時速七十㎞、犬の平均時速は五十㎞だ。競走馬はレースで、時速六十㎞くらいで走る。だが、街の中では、そんなスピードは維持できない。スピードで振り切る以外の方法を考えなくてはならない。

（そろそろ玉川上水《たまがわじょうすい》だ。橋のないところで上水を飛び越えれば、振り切れるかも）

　まとわりつく犬のせいで、しばしば転びそうになる。駿美は、構わずに、馬を前へ前へと進ませた。

　セバスチャンの右後肢の動きが遅れている。犬に咬まれて怪我をしたのかもしれない。

「もうちょっとで、川よ。飛んだら、犬を振り切れる。ファイト！」

　声に出して、セバスチャンを励ます。怪我をしていたら飛越が不安だが、やるしかない。

　やがて、小川橋《おがわばし》が見えてきた。左右に上水沿いの木立が見える。目的地に少しでも近づくには、左側に走って、飛び越えられる木立の切れ目を探すべきだ。

駿美は小川橋の手前を左折した。

「えっ、嘘！」

左折した先に、犬の集団がいる。ジャーマン・シェパードがリーダーのようだ。豆柴やフレンチ・ブルドッグなどの小型犬が多いが、駿美を追いかけてきた犬の倍の数はいる。ジャーマン・シェパードと目が合った。新しい集団が吠え始め、先鋒役《せんぽうやく》の犬が駿美に向かってくる。

（一か八かで、ここで玉川上水を飛び越えるしかない！）

駿美は助走をつけるために、セバスチャンを道幅いっぱいまで下げた。

「よし、二完歩で踏み切るよ！」

突然、クラクションが鳴り響いた。駿美は準備動作を止めて、来た方向を見つめた。道の奥から、タイヤのスキール音が近づいてくる。

「一ノ瀬先生、助っ人《すけと》します！」

振り向くと、十mほど後ろに白いセダンが停まった。中から若宮が現れる。手には大きな袋を抱えている。

若宮が袋を後ろに投げた。袋は、細かい粒を零しながら飛んでいく。若宮は車から、もう一袋出して投げる。

全ての犬が、歓喜の声を上げながら、袋を追いかける。

気がつくと、若宮の車は駿美の目前まで来ていた。駿美は前方を指差した。時速十二㎞の速歩を維持する。この速さなら、犬の集団から離れながら並走する若宮と話せる。

若宮が運転席の窓を開けた。駿美は馬上から早速、話し掛けた。

「助かったわ。投げたのは犬のフード？」

「うちの子のカリカリ。十二kg入を二つ投げたから、しばらくは大丈夫です」

後ろを振り向く。遠くで、野犬たちが餌を奪い合っている。

「どうして、ここに？」

「追い出すように帰されて怪しかったから、感染研の裏で見張っていました。今日は、うちの子たちを埼玉の叔母《おば》に預けるために、フードやトイレも積んでいたんです」

車の窓から、茶、白、黒の三匹のトイ・プードルが顔を覗かせる。

「あら可愛い。静かでお利口さん」

駿美が場違いな歓声を上げると、若宮は満面の笑みを浮かべた。

「先生、車に乗って！　どこまで行くんですか？　送ります」

「馬を置いていけないよ。犬が餌に気を取られているうちに行くわ。ありがとう」

「じゃあ、私は戻って、残りの餌を撒きながら感染研の方向に走ります。あと二袋あります」

「気をつけて。適当な場所から保健所に連絡して。若宮先生とワンちゃんに怪我のないようにね」

若宮が嬉しそうに手を振る。手を振り返して、駿美は次の橋に向かった。

十

その後は野犬にも邪魔をされず、順調に農研機構ベンチャーに到着した。セバスチャンの歩様の乱れも直っている。右後肢に怪我はないようだ。

ホッとして、腕時計を見る。九時半だ。

正門の前には白いセダンが駐まっていた。ヘッド・ライトが駿美に向いている。

（若宮さん、サポートのために先回りしてくれたんだ）

セダンのほうに常歩で近づく。

（……そんなわけがない。私は目的地を言ってない！）

駿美は、セバスチャンに急ブレーキを掛けた。

止まったままの駿美に痺れを切らしたように、セダンのドアが開いた。運転席から、ライトグレーのスーツの男が現れる。

駿美は思いもよらない事態に、硬直した。

「サラ先生、やっぱりここだ。待っていたんだよ」

新山は嬉しそうに、駿美に近づいてくる。

「近づかないで！　そこで話して！」

新山は、仰《の》け反《ぞ》って立ち止まる。

駿美は、「冷静になれ」と、懸命に自分に言い聞かせた。

「なぜ、私がここに来るって、知っていたの？」

声が震えないように喉に力を込める。

駿美の態度に、新山は顔を歪めて啜り泣き始めた。

「なんでそんなに冷たいの？　滝沢先生に、僕の悪口を吹き込まれているんでしょ。僕は、ちゃんとわかっているよ。サラ先生は、本当は優しい人だ。僕と一緒にチョコを食べてくれたもの」

「滝沢先生が、何か話したの？」

「さっき、電話が掛かってきた。僕に『自首をしろ』って言うんだ。意味がわからないよ。

ブタがどうとか、わけがわからなかったから、サラ先生を電話に出してって言った。同棲している彼氏なんでしょ？　サラ先生、趣味が悪いよ」

「そんなことはどうでもいいから、なぜ、ここにいるのか教えて」

駿美の迫力に気圧されて、新山がたどたどしく説明する。

「滝沢先生が『サラ先生は、ブタを運んでいるからここにいない。諦めろ』って言ったんだ。運ぶ先は農研機構ベンチャーしかないよね。ここで待っていれば会えると思った」

「ブタを奪いに来たの？」

「違うよ。僕を信じてよ。サラ先生ともっと仲良くなりたいだけなんだ」

今すぐ、警察を呼ぶべきだ。でも、電話に手間取って、馬体にタックルでもされたら、『神のブタ』に危険が及んでしまう。正門の横の警備員室にはシャッターが下りていて誰もいない。

(大声を出したら、奥の建物にいる警備員が来る？　でも、犬に襲われてナーバスなセバスチャンが驚いて暴れて、肢を怪我するかもしれない)

駿美は、セダン越しに正門を見据えた。

正門は格子状で、高さが二mほどだ。新山のセダンの車高は一・五m。車にはノーズがある。完璧だ。

「あなたの話なんて聞きたくない。警察で話しなさい！」

間合いを測る。新山から目を離さないまま、ゆっくりと輪乗りして、後ろに下がる。

その時、正門の奥の建物から、小太りの中年の男が現れた。

「農研機構ベンチャーです！　本館の向かって右の、荷物搬入口のシャッターを開けました！　……他に、誰かいますか？」

「正門は開けないで！　一ノ瀬駿美です」

「藤原夏樹です」

駿美は、思い切りセバスチャンを走らせた。

「豚野郎は！」

セバスチャンは、セダンのノーズからルーフまで駆け上る。

「鞭に打たれる！」の藤原の返答と同時に、駿美は一気に正門を飛び越えた。

「藤原さんも、早く建物に入って！　それから、警備員に連絡して！」

馬のスピードを緩めずに叫ぶ。

荷物搬入口から、馬ごと建物に入る。

駿美はすぐに下馬をして、シャッターの開閉ボタンを探した。シャッターの左横に見つけて押す。

新山が『神のブタ』を狙っているならば、強行突破で敷地内に侵入するかもしれない。万が一に備えて、再度、騎乗する。シャッターの閉まるまでの時間が、果てしなく長く感じる。

シャッターが地面に着いて、ブルンと揺れる。駿美はやっと、息を吐《つ》いた。下馬をして、セバスチャンの首筋を叩いて褒める。

セバスチャンは、誇らしげに嘶いた。

呼応するように、リュック・サックが蠢《うごめ》く。

駿美はリュック・サックの口を開いた。『神のブタ』は震えていた。

「ごめんね、怖かったね。もう大丈夫だから。ここで大事にされるのよ」

額を撫でると、返事をするように鼻を鳴らす。

「感染研の一ノ瀬先生。お疲れさまです。改めまして、農研機構ベンチャー代表の藤原です」

「研究員の佐竹《さたけ》です。正門の前に不審者がいましたね。車は去りましたが、警察に連絡しました」

駿美たちは、IDカードを見せ合った。藤原が坂井に電話をかけて、駿美に替わる。

「到着したわ。今から藤原さんに『神のブタ』を渡す」

「本当にありがとう。よろしく頼む」

坂井との電話を切る。駿美はリュックごと、藤原に渡した。

藤原はリュックの中から『神のブタ』を取り出し、慎重にケージに入れる。佐竹はケージの載った台車を押して、立ち去った。

「しばらく、寛《くつろ》いでください」

藤原は、駿美にペットボトルのお茶を差し出す。

「今日は、こちらに泊まりますか？　館内に宿泊室があります」

「先に、この馬に水を飲ませたいです。あそこの掃除用のバケツを使いますね」

バケツを綺麗に洗って、水をたっぷりと入れる。セバスチャンの口元に差し出すと、喉を鳴らして飲み干す。

バケツに水をもう一杯汲んで、床に置く。駿美は藤原に向き直った。

「お待たせして失礼しました。まだ、感染研で仕事が残っているので、急ぎの連絡をした後に帰ります。お茶をいただきますね」

ペットボトルに口を付ける。カラカラの喉にお茶が染み渡る。

「それなら、帰りはパトカーに先導してもらってください。三十分後に来てもらいますので、一ノ瀬先生も馬も、それまで休んでください。私は、いただいたブタの様子を見てきます。パトカーが来たら、知らせに来ます」

「助かります。パトカーに付いてもらえれば、安心して帰れます」

駿美は、藤原の申し出をありがたく受け入れた。

十一

藤原が立ち去ったので、駿美はすばやく行動の優先順位を考えた。

『神のブタ』の移動の事実と理由を、平原や森に伝えなくてはならない。

(でも、最初にやらなくちゃならないのは……)

胸ポケットから名刺入れを取り出す。騎馬隊の小野寺隊長の名刺には、携帯電話の番号も添えられている。

「一ノ瀬先生、先日はどうも」

電話をかけると、小野寺が即座に反応した。小野寺の携帯電話には、すでに駿美の番号が登録されていたらしい。

「小野寺隊長、お口添えいただきたい件があります」

「どうされましたか？」

駿美は大きく息を吸った。腹を括る。

「NRA競走馬総合研究所に所属する、新山透に家宅捜索、任意同行を懸けてください。警視庁騎馬隊のヘンドラ・ウイルス感染に関わった、強い疑いがあります。自宅か職場に、ヘンドラ・ウイルスを所有しているおそれがあります」

電話の向こうで息を呑んでいる。けれど、話し始めると小野寺は冷静だった。

「ヘンドラ・ウイルスとの関わりについて、もう少し教えていただけますか？　仰る内容が本当ならば、生物剤等発散罪と騎馬隊員に対する殺人罪も成り立ちます」

殺人罪と聞いて、駿美は動揺した。

「新山は、人に感染したら死ぬとまでは、考えていなかったようですが……」

「仮にも、NRA総研で馬の研究をしている専門家だ。知らなかったとは言わせない」

小野寺が、駿美の言葉に被せて断言する。駿美は、温厚そうな小野寺の剣幕にたじろいだ。

「本人が騎馬隊の事件に関与を仄めかした電話の録音は、提供できます。それから、本日、感染研にヘンドラ・ウイルスのアンプルを持ってきた疑いがあります」

「感染研の方に、犠牲者は出ませんでしたか？」

「幸い、人には出ていません。新山が持ってきたとされるアンプルは、感染研インフルエンザウイルス研究センターの滝沢正人先生が持っているはずです」

小野寺は礼を言い、「改めて、お話を聴かせていただくと思います」と電話を切ろうとした。

「すみません、もう一つお願いがあるんです。新山が自宅か職場に持っているヘンドラ・ウイルスと、今日、滝沢先生が回収したヘンドラ入りのアンプル。この二つの出どころを知りたいので、詳細を調べていただけませんか」

「警察としても知りたいところです。レベル４病原体ですから、調査は感染研に依頼すると思います」

「獣医科学部の平原弘治先生に連絡を取っていただければ、適切な診断ができると思います」

小野寺は「すぐに対応します」と電話を切った。

セバスチャンが携帯電話を覗き込んでいる。駿美はセバスチャンに話し掛けた。

「ちょっと良心の呵責を感じるな。新山のヘンドラ・ウイルスの所有状況を調べてほしい。今日、使われた、ヘンドラのアンプルの真相も知りたい。だから私は警察に、嘘じゃないけれど、曖昧な伝え方をしたの」

遠くから、サイレンの音が近づいてくる。きっと、先導してくれるパトカーだ。

駿美は、帰り道でさらに謎を整理しようと心に誓った。

第九章　決《けっ》戦《せん》―Jump-Off―

一

『神のブタ』殺害未遂事件の二週間後に、非常線は解かれた。村山庁舎では、早速、『神のブタ』によるヘンドラ治療薬に関する、記者発表と専門家セミナーが行われた。マスコミは専門家セミナーまで残って、熱心に取材した。追加質問も止まらなかった。坂井は一躍、時の人となった。

ヘンドラ・ウイルスの研究に携わるメンバー一同は、イベントを終えて、会場で打ち上げの宴会を開いていた。

「次の記者発表は、イヌに有効なヘンドラ・ワクチンを考案した、一ノ瀬さんの番だな。これで野犬の恐怖を一掃できるぞ」

平原の言葉に、駿美は大仰に手を振った。

「私の指摘は、大した成果ではありません。既存ワクチンを組み合わせたアイディアですから」

すでに赤ら顔の森が、口を挟む。

「既存の組み合わせだからいいんだ。ゼロから開発したワクチンは、たとえ動物用でも認可を取るのが大変だ。日本で未承認でも、海外で承認を受けていれば、投与に対するハードルはグッと低くなる」

「既存のオーストラリア製の馬用ヘンドラ・ワクチンに、従来の人用インフルエンザH5N1型プロトタイプ・ワクチンを混合して、イヌに予防接種すれば感染を抑えられる。この事実を証明したのは、非常に意義深いですね。シェイクも大変、喜んでいますよ」

専門家セミナーに来ていた中園が、後ろから現れた。駿美は慌てて挨拶をする。中園は興奮気味に続ける。

「坂井先生の治療薬と、一ノ瀬先生のワクチンには、シェイクのファンドから開発助成金が出ます。本年中にヘンドラが抑えられれば、レーシング・ホース世界選手権は予定どおりに開催です。迅速な成果を期待していますよ」

ウイルス学の権威たちに捕まっていた坂井が、駿美と中園に気づいて近づいてくる。

「中園先生。最近は、一ノ瀬さんと経口・経鼻ワクチンの開発も考えているんです」

駿美も研究内容を説明する。

「認可されるまでの道筋は長いと思います。けれど、坂井君が研究している豚熱のように、餌に入れてワクチンをばら撒ければ、野犬にも対応できます」

「そうすれば、外にばら撒いて、野犬にも対応できます」

「若手が活躍してくれれば、感染研も安泰だな！　坂井君は来春からうちの助教に内定しているし、一ノ瀬さんも残って研究を続ける。うちは論文の稼ぎ頭が今日でいなくなる。君たちでカバーしてくれよ。これからも、思いついたことは遠慮なく発言してくれ」

森は上機嫌で、駿美と坂井の肩を叩いた。

「実は、以前から考えていた仮説があります」

駿美の言葉に、一同が注目する。

「日本でH5N1型馬インフルエンザが発生する事態は、シェイクの予測の範囲内だった、と思います」

森が驚いて、「馬では、H5N1型は初登場だったのに、か？」と食い気味に尋ねる。

「シェイクは日本向けに、H5N1型馬インフルエンザのワクチンを三万頭分、提供してくれました。アラブ首長国連邦で認可されたばかりのワクチン、との触れ込みでした」

「四月に、いただいたワクチンですね。たしかに、海外で認可済みだから、日本では未承認でも投与が受け入れやすかった」

中園の確認に、駿美は同意する。

「私たちが知るH5N1型馬インフルエンザは、今年の一月初めに、タイからもたらされました。けれど、H5N1型馬インフルエンザのワクチンの開発は、少なくとも数年前から始まっていたはずです。数ヶ月の開発期間では、臨床試験まで終了するのは不可能です」

「つまり、かなり前から、タイではH5N1型馬インフルエンザが発生していた。それで、シェイクはワクチン開発を数年前から行っていたのか」

平原が唸っている。

「タイに限らず、どこかの国で、かつて小規模に発生していた可能性はあります。シェイクは世界中に馬を置いていますから、どこの国の情報でもすぐに入ってくるでしょう。ただ私は、シェイクは馬に関する病気の、あらゆるワクチンをすでに準備していると考えています。インフルエンザの様々なタイプや、ヘンドラ・ワクチンなどです」

「H5N1型馬インフルエンザ・ワクチンなら、他の動物種や、既存の馬のHN型ワクチンを参考に作れるな」

森が要領を得た顔をする。

「だから、ヘンドラ・ワクチンについても、シェイクは認可済みのワクチンを持っていると思います。その中には、経鼻ワクチンや経口ワクチンもあるかもしれない。これからも、私たちのアイディアをシェイクに積極的に伝えて、資材の提供を呼び掛けたいです。中園先生も是非、ご協力ください」

「頼もしいな。期待しているぞ。近々、研究チームの相談をしよう」

平原は駿美を激励した後に、会話の輪を抜けた。

「一ノ瀬先生、ちょっと」

中園が会場の端を指差して、駿美を誘う。

静かな場所に行き着くと、中園はすぐに用件を切り出した。

「新山が迷惑を掛けて、申し訳ありません」

「中園先生が、私に謝る必要はないです。先週、逮捕されたそうですね」

「NRAも懲戒免職です。分子生物研の超低温フリーザーに、新山が培養して増やしたヘンドラ・ウイルスのアンプルが隠してありました。ただ、騎馬隊の馬に使ったアンプルと鼻腔スワブは、証拠を隠滅されていました。新山は『冷凍アンプルは、あくまで研究用だ』と言い張っています。感染研にヘンドラのアンプルを持っていった件も、否認しているそうです」

「危険な生物剤を、個人用に所持しただけでも、重罪です。培養の元にしたヘンドラ・ウイルスは、総研が持つ二〇二一年オリンピック産のアンプルを、窃盗したものでしょうし」

中園が顔を顰める。

「感染研の実験ブタの毒殺の件も、今日、平原先生に聞いて、初めて知りました。感染研は、『神のブタ』のお披露目に水を差さないようにと、警察に知らせなかったんですね。初動が遅れて監視カメラの映像が上書きされたから、新山のせいとは断定できないそうですが」

駿美は話を合わせた。

「状況証拠と、本人の自白頼みになりますね。警察は、仲間の殉職には、厳しく追及すると思います」

「全ての解決には、時間が掛かりそうですね。免職になった元所員に振り回されるのは、勘弁してほしいですよ」

中園は知り合いの研究者を見つけて、手を振った。

駿美は、挨拶をして中園から離れた。

二

駿美は宴会場を出た。

(待っていても来ないなら、自分から出向くわよ)

インフルエンザウイルス研究センターの第四室に向かう。

第四室は、必要な箇所以外は消灯していた。スポットライトの中に、荷物整理をする滝沢の姿が浮かんでいる。

「一ノ瀬さんか。パーティは終わったの?」

「まだ続いています。滝沢先生の出勤は今日までと、森先生が仰ったので」

「別れを惜しみに来てくれたんだ」

滝沢を真っ直ぐに見る。

「それとも、鞭で叩きに来たの?」

滝沢は、目を逸らさずに、戯《おど》けた口調で尋ねる。

しばらく見つめ合った後に、駿美はついに目を伏せた。

「今さっき、中園先生と、新山について話していたんです」

「新山は、ＮＲＡはもう辞めたんだろ？　何の話をしたの？」

「騎馬隊の事件の捜査状況とか。捜査は、新山の自白頼みになるみたいです」

「ずいぶんと難航しているな。物証はないのか？　ＮＲＡは新山に全ての罪を押し付けて、誤魔化しているんじゃない？」

駿美は、もう一度、真正面から滝沢を見た。

「滝沢先生も誤魔化しているでしょ。実験ブタ殺しを自白しないんですか？」

滝沢は目をパチクリさせた。

「一ノ瀬さんは、俺が罪を犯したと思っているの？」

「坂井君の実験ブタの死亡は、滝沢先生の仕業です」

「どうして、そうなっちゃうのかな。理由を聞こう」

滝沢は、芝居掛かった口調で尋ねる。

「まず、坂井君が実験していたブタ舎です。いくら入室可能なＩＤカードがあっても、監視カメラがあります。新山は、若手勉強会の日に、ブタ舎を初めて見学しました。餌の種類も与え方も、知らなかったはずです。当日の揉み合いで滝沢先生のＩＤカードを手に入れて、これ幸いと、監視カメラを掻い潜って、ブタ用ペレットに毒を盛るなんて不可能です」

駿美は滝沢の反応を窺った。滝沢は表情を変えない。

「なるほど。じゃあ、犯人は、どうやって毒を盛ったの？」

「ペレットは袋詰で、餌は袋の上部から取り出します。体重あたりの摂取量は決められているため、一日に実験ブタ全体で食べる分量は決まっています。若手勉強会の日は、沢山の見学者がブタ舎に出入りしました。犯人の候補が沢山いて、捜査を攪乱《かくらん》できます」

「犯人にとって、絶好の犯罪日和だったね。少なくとも若手勉強会の参加者十名は、入室している。菊池君と北野君は、一緒には入室しなかったけれど、朝夕の餌の世話をしている」

「滝沢先生も、餌当番の日はありました。犯人は、若手勉強会の日に毒の部分が当たるように、逆算してペレットの袋に毒入り餌の層を仕込んだのでしょう。カメラのない部屋で毒を仕込んで、餌置き場に置けばいいだけです」

滝沢は、なぜか嬉しそうな顔をした。

駿美の推理を聞いて、ワクワクしているように見える。

「他にも指摘はあるの？」

「新山が、若手勉強会の日にヘンドラ・ウイルスを持ってくるのも、間が抜けています。そもそも、新山はヘンドラ・ウイルスへの関与は仄めかしていましたが、自分が騎馬隊でバラ撒いたと明言したことはありません。保身して、逮捕は免れたかったのでしょう。それならば、若手勉強会に、何で持ってくるのですか？」

「それは、つれない態度の一ノ瀬さんや、電話で話した俺が憎くて、ヘンドラを感染させたいと思ったからだろう」

滝沢は軽い調子で答えた。駿美は理詰めで反論する。

「だって、若手勉強会のテーマは『坂井君が村山庁舎で、ヘンドラの治療薬の目処を付けた』って話ですよ。新山も事前にテーマは知っていました。滝沢先生が憎くて殺したいなら、ナイフでも使えばいい。何で、治療薬のある村山庁舎でヘンドラを使うんですか？感染させても、恐怖を与える効果が薄くて、馬鹿げています」

「じゃあ、新山はなぜ、若手勉強会にヘンドラ・ウイルスのアンプルを持ってきたんだ？」

駿美は、滝沢を睨みつけた。

「新山は持ってきていません。ヘンドラのアンプルは、新山にブタ殺しの罪をなすりつけるために、滝沢先生が自分で用意したものです。アンプルは、新山と揉み合う状況を作り、滝沢先生のＩＤカードを奪われたフリをするための小道具です。しかも、滝沢先生はアンプルを三つ、用意しました」

もう一度、反応を窺う。滝沢の表情が、わずかに変わった。

「坂井君のプレゼンが終わって、参加者は荷物を全て会議室に置いて、実験ブタを見に行きました。滝沢先生は、最初に荷物番として会議室に残った。その時に、新山の鞄に、ヘンドラ・ウイルス入りのアンプルAを入れました」

「見てきたような言い方だね」

滝沢の皮肉な物言いを、駿美は無視した。

「菊池クンは、ブタ舎で参加者の着替えを手伝った後、滝沢先生と交代して、会議室の荷物番になりました。菊池クンは、滝沢先生に命じられていたとおり、新山の荷物を探りました。鞄からアンプルAを見つけ、警察に提出する証拠として取り上げました。滝沢先生は菊池クンに『新山に気づかれないために、無害なアンプルBを代わりに入れておいてくれ』と頼んだはずです。その後、生理食塩水の入ったアンプルCを使って、新山と揉み合う三文芝居《さんもんしばい》をしました」

「相変わらず口が悪いな。それほど下手な芝居だったかい?」

「最低でしたね」

滝沢は、しばらく思案した。

「一ノ瀬さんの仮説に論理的な破綻はない。けれど、俺がやった証拠や動機がわからなければ、単なる想像でしかないよ」

「滝沢先生は一つ、大失敗をしています」

滝沢は、思い当たる節がないようだ。怪訝な顔をする。

「警察に『新山が感染研に持ってきた、ヘンドラ・ウイルスのアンプルだ』と提出した物証です。これまでの話で『アンプルA』と名付けていたものです。

感染研に依頼が来て、平原研究室で調べました。最近の感染サンプルから培養した、二〇二四年型でした。新山は、総研に残っていた二〇二一年東京オリンピック由来のヘンドラ・ウイルス、つまりオリジナルで変異していないヘンドラしか持っていません。二〇二四年型は、感染研か、国際医療研究センター病院しか持っていません」

「……そんなところに綻びがあったとはね」

滝沢は、いっそ清々しい顔をして、微笑んだ。

「じゃあ、動機も想像がついているの？　俺は、ウイルスで世界転覆を目指す、悪の盟主か？　それとも、一ノ瀬さんに本気で惚《ほ》れて、新山を抹消したかったとか？」

「滝沢先生は、インフルエンザの時から終始一貫して、ウイルス抑制のために戦っています。研究者の誇りにかけて、撲滅《ぼくめつ》させるために、検査分析に専念していました。

態度が変わったのは、『神のブタ』が現れてからです。坂井君のブタだけに、悪事を働いています。……そんなに、坂井君の成果が、憎かったんですか？」

駿美は、滝沢を挑発する。

滝沢の形相が変わった。

「許せなかったんだよ。森先生が、ポスドクの俺を差し置いて、博士学生の坂井君をインフルエンザウイルス研究センターの助教に推薦するだなんてほざいた。しかも、来年を待たずに内定だって？　まだ博士号も取っていないし、論文数も少ないくせに！」

「だから、あなたは感染研を辞めるんですか？」

「自分より年下が助教になったら、今後、俺がポストを得るのは望み薄だ。坂井君の下働きをするのも、御免《ごめん》だ」

「ブタを殺しても、器物損壊罪でしかありません。でも、人類を救う『神のブタ』を抹殺しようとした重大さは、研究者として理解していますよね」

「表立った証拠はないし、今後も否定するよ。どちらにしても、俺は今日で感染研を去る。先輩が起こしたウイルス検査のベンチャーに行くんだ。最近は在野の研究者から大学教授になる人もいる。伸し上がってやるさ。一ノ瀬さんと会えなくなるのは、ちょっと淋しいけどね」

「滝沢先生は、プライドが高すぎて、他人から評価されたくないんでしょ？　ましてや今回みたいに、自己評価と乖離《かいり》していたら、何をしでかすかわからない。今回、逃げ切れても、あなたはいつか破滅します」

「手厳しいね。そういうの、嫌いじゃないけどね」

滝沢はいつもの口癖を呟いた。

駿美は、きっぱりと言い放つ。

「私は、自己愛で歪んだ、卑怯《ひきょう》なあなたは嫌いです」

滝沢は虚を突かれた顔をした。

「……どんな鞭よりも効くな。痛くて耐えられないよ。じゃあ、元気で」

滝沢は部屋を出ていった。

終章　結　末—Winning Run—

一

三ヶ月後。駒子は、一ノ瀬乗馬苑の事務所の外にある、蹄鉄を使った正月飾りを取り外していた。

(審査会での馬インフルエンザ騒動から、もう、一年になるのね)

のろのろと作業をしていると、事務所の目の前に車が停まった。ポーチで寝そべっている土佐犬が、尻尾を振る。シェルティとボーダー・コリーが車に走り寄り、歓喜の声を上げる。

「あっちゃん、久しぶり」

車から若宮が降りてくる。足元は、牧場用の長靴だ。

「家から履いてきたの？　ハイヒールは？」

「駒子のところに来るのに、そんなもの、履かないわよ」

駒子は噴き出した。若宮と共に、事務所に入る。

一ノ瀬乗馬苑で預かっている三匹のトイ・プードルが、若宮の足元にじゃれつく。駒子は、カウンターの上のホット飲料のケースを開けた。

「お茶とコーヒー、どっちがいい？」

「あっちがいい」

若宮は、ストーブの上の汁粉の鍋を指差した。

二つの椀に汁粉を注ぐ。二人は、ダイニングテーブルで向かい合わせに座った。

「中園先生の懲戒免職には驚いたわ。逮捕はされないの？　あっちゃんは、何か聞いている？」

警視庁騎馬隊員への殺人容疑で収監された新山は、厳しい取り調べを受けた。先日、ついに、ＮＲＡ総研の分子生物研究室に保存されていた『２０２１　ＨｅＶ』（二〇二一年型ヘンドラ・ウイルス）のラベルの付いたアンプルを培養したと自白した。

問題となったのは、総研はヘンドラ・ウイルスを、いつ、どこで導入したかだ。二〇二一年東京オリンピックでの、ヘンドラ発生時の剖検に立ち会った日本人の生き残り、かつ

NRA関係者は中園しかいなかった。

NRAは「調査中」と沈黙を貫いていた。だが昨日、中園がホルマリン固定の臓器以外に、密かに生のウイルスを採取したと認めた。ヘンドラ・ウイルスがレベル3から4指定になった時に、感染研に渡したが、総研内にも保管していた。NRAは、中園の懲戒免職を即日発表した。

「すぐに日本学術会議《にほんがくじゅつかいぎ》が、『研究者にサンプリングの自由を』と声明を出したでしょ。中園先生がバイオ・テロを企んでいた証拠があるわけではないし、逮捕はないと思うな」

若宮は、興味なさそうに汁粉をすする。

「それに、馬インフルの件も含めて、一番のワルは中園先生だよね。自業自得じゃない?」

「えっ?」

駒子が聞き返すと、若宮は「なんでもない」とごまかした。

「持っていると知られれば非難されるし、自分で使うわけでもないウイルスを、わざわざ採取したがるなんて。頭のいい人の考えることは、わからないな。……ごめん、あっちゃんも、都大卒《みやこ》の高級官僚だっけ」

「ただの高級官僚じゃないわ。三十年後には事務次官になって、日本を世界一の動物愛護国にしてみせるわよ」

「次官、モデルケースに一ノ瀬乗馬苑を選んでいただき、光栄至極に存じます」

駒子が敬礼ポーズを取る。二人は一緒に笑い転げた。

駒子と若宮は、農林水産省が公募した動物愛護の助成金を得て、一ノ瀬乗馬苑の敷地で犬の保護施設を開こうとしている。若宮は自分の犬を駒子に預けて、小淵沢に足繁く通っている。

保護施設は、アニマル・ウェルフェア（動物福祉）の精神に則って、犬が自由に運動できる広場や、介護が必要な犬のためのホームも備えている。

「今、何匹になった？」

「保護犬は七十三匹かな」

「着々と、犬の楽園に近づいているね」

「東京の野犬をずいぶんと引き取ったからね」

ヘンドラは二ヶ月前から新規発生が見られない。これまでに百二十名が亡くなり、その中には犬から感染した十名も含まれる。犬自身が発症するケースは未だにない。だが、ピーク時の野犬は東京だけで五千匹に及んだ。他の都道府県でも捨て犬が普段の五倍になった。馬では、警視庁騎馬隊での最初の発生のみだ。発症馬六頭を含む十六頭が殺処分された。

馬のウイルス禍の発端である狂騒型馬インフルエンザは、発症馬が六千頭で頭打ちとなった。国産ワクチンも完成した。同時に、ヘンドラが抑えられたことで、ヘンドラ・インフルエンザ症の憂慮も、今はほぼなくなった。

若宮は、足元のトイ・プードルを抱き上げる。

「駿美さんも犬が好きだったね。最近、来ているの？」

「まだ、外に出られないみたい。新山のせいで」

新山が「好きな女性に会うために、ヘンドラ・ウイルスを馬に与えた」と証言したせいで、駿美のまわりは喧《かまびす》しい。しばらくは、マスコミを避けて、村山庁舎の宿泊所に泊まり込むという。

「駿美さんの実家だから、ここにもマスコミが来るでしょ？　大丈夫？」

「あっちゃんの土佐犬が、追い払ってくれている。見た目も怖いし、知らない人には強烈に吠えるから、事務所に近づけないみたい。

野犬を追い払ってくれた時に、あっちゃんの車には土佐犬も乗っていたって聞いて、駿美ちゃんがびっくりしていたよ」

「トイ・プードル三匹のために、十二kg入のカリカリの大袋は買わないよ」

若宮は、膝の上のトイ・プードルを駒子に見せる。体重は三kgもなさそうだ。二人は、顔を見合わせて笑った。

「そういえば、若手勉強会にいたヘンタイ、名前は、えーと……」

（あっちゃんには、色々と明け透けに話しすぎたかな）

駒子は反省しつつ、即座に答えた。

「感染研を辞めた滝沢先生でしょ？　鞭が好きで、ウイルスの分析をしてた人」

「そう、滝沢先生。シンガポールのシェイクの研究所に移ったらしいよ。農林水産省のインフルエンザの研究者が言っていた」

「また、シェイクのところ？　国外逃亡ばっかりで、ずるい。シェイク側も、利用価値があると思っているのかな」

遊佐と息子も、タイのシェイクの牧場へ身を寄せているらしい。海外にいれば、罪を償わせるのは難しいだろう。

「インターポールは逮捕してくれないの？」

「国際刑事警察機構？　駒子はアニメの見すぎ！　ウマやブタは、殺したって器物損壊罪にしかならないからね。国際指名手配は無理だよ」

「動物って、軽んじられていて悔しいね。せめて、私たちが精一杯、大切にしようね」

二人は、互いの両手をガッチリと掴んで握手をした。

若宮は、急に額を叩き出した。何かを懸命に思い出そうとしているようだ。

「あと一人、馬インフル騒動の犯人がいたよね。遊佐先生の手下になって、馬インフルをばら撒いた人」

「三宅先生？　エクセレントが馬関係者に莫大な和解金を支払ったから、不起訴になって故郷の九州に帰ったみたい。九州って肉牛の産地でしょ？　駿美ちゃんいわく、肉牛ってサラブレッドに負けず劣らずの猛獣だから、腕の良い大動物獣医なら罪人でも重宝されるって」

若宮は面白くなさそうな顔をする。

「馬を発端とした一連のウイルス騒動は、農林水産省の見解では終了しているの。でも、関わった人のその後を知ると、モヤモヤするね」

「そうだね。小淵沢は馬を失っただけじゃなく、お客さんも戻ってこなくて大変なのに」

「そういえば、駒子はいつイギリスに戻るの？　次のオリンピックのために、ポイントを稼がなきゃいけないんでしょ？」

「そうなんだけど。……まだ、そういう気分にならなくて」

若宮が、何か言いたげな表情で駒子を見つめる。

「そろそろ行こうか。ちょっと早いけれど、手伝える作業はたくさんあるから」

駒子は、追及される前に立ち上がった。

二

佐々木の乗馬クラブに着くと、入口には白い粉が三m分だけ撒かれていた。

「駒子ちゃん、あっちゃん、早めに来てくれてありがとう」

入口横の受付テントから、佐々木が駆け寄る。

「佐々木さん、何を手伝えばいいですか？」

「あっちゃんと一緒に、表彰式のリボンを作ってくれる？　予想以上にたくさん来てくれたんだ」

「わかりました。車は、奥の倉庫の前に駐めますね」

馬場の周りには、近隣から集めた馬八頭と、子供たちが二十人ほど集まっている。カメラを構えた親たちもいる。

今日は『ヘンドラ禍』後に初めて、小淵沢で馬術大会が開かれる。日馬連公認の大会ではなく、乗馬ライセンス三級の演技を披露して点数を競い合う、手作りの大会だ。

最近は、子供が動物に近づくこと自体を嫌がる親が多い。以前は熱心に乗馬レッスンに通わせていた親であっても、同様だ。

そこで、小淵沢の乗馬クラブのオーナーたちが協力し合って、子供が乗馬の楽しさを思い出すような大会を計画した。

三級の演技は、速歩、駈歩、輪乗り、横木《おうぼく》通過など、初級者でもできる内容なのに変化に富んでいる。しかも、ジュニア選手になろうとする子供ならば、誰もが演技した経験がある。何よりも、何百回と練習した馬自身が内容を覚えていて、人が間違えそうになっても勝手に修正してくれる。

車を駐めて受付テントに戻ると、佐々木が片手を挙げて申し訳なさそうな顔をする。

「駒子ちゃん、そろそろ子供たちのリハーサルが始まるから、そっちを見てもらってもいい？　リボンは、あっちゃんだけでも大丈夫かな？」

「大丈夫です。佐々木さんの奥さんに教えてもらいますから」

「頼りになるね。すっかり小淵沢の一員だ。あっちゃん、ハイヒールより、その長靴のほうが似合うよ」

若宮は、恥ずかしそうに微笑んだ。

駒子は、演技を正面から見られる審査場所に向かった。馬場では子供たちが一人一回ずつ、本番と同じ演技を練習している。馬場の外は、ホウトウの振る舞いや抽選会で賑《にぎ》わっている。

「駒子！」

振り向くと、駿美が手を振っている。

「駿美ちゃん！　もう、外に出られるようになったの？」

「家に帰らなければ大丈夫だよ。家の周りは、ユーチューバーがまだ彷徨いているけど。本当に鬱陶《うっとう》しい。アックス・ボンバーをかましてやろうかな」

「ネットでニュースになるから、止めて。どうしてここに？」

「馬の健康について、大会で講義してほしいって頼まれたの。佐々木さんにお願いされたら、断れないよ」

駿美は、あっけらかんと笑う。駒子は拍子抜けした。

「軟禁状態かと心配していたのよ。話したいことが、いっぱいあるわ」

突然、馬が嘶いた。

馬場の中央で、落馬した十歳くらいの子供が腰をさすっている。馬は馬場の中を猛然と走り回っている。

やがて、子供は観客のほうに向かって歩き始めた。馬場の外から、母親が子供の名前を呼んで手を振っている。駒子は、母親の近くまで駆け寄った。

「翔馬《しょうま》、いつもは上手にできるのにどうしたの？」

馬場の柵ごしに、母親が咎めるように尋ねた。翔馬は、小鼻をふくらませる。

「馬が勝手に走った。キョーソー型の馬インフルエンザだよ」

一瞬で聴衆が静まり返る。一呼吸置いて、平手打ちの音が響く。

「縁起でもないことを言わないで！」

母親が金切り声を上げる。翔馬は頬を押さえて、火がついたように泣きじゃくった。

馬場の中で、駿美が馬を捕まえて引き手を付けている。付け終わると、馬を引いて、ゆっくりとこちらに歩いてくる。

馬が横に来て、翔馬はやっと泣き止んだ。

「お兄ちゃん、どうして落馬したの？」

駿美が尋ねる。翔馬は黙りこくっている。

「サラ先生にはわかるよ。駈歩が出なかったから、思い切り拍車を使ったでしょ？　馬は痛くて驚いちゃったんだよ」

馬の脇腹から血が流れている。翔馬はハッとした顔をした。

「それでも、急に走るのは良くないから、私が馬を叱っておいたよ。お兄ちゃんは、あとで馬に謝ろうね」

翔馬は俯いている。注目を浴びていることに気づいて、恥ずかしくなったようだ。

「駈歩が出なかったら、拍車を入れるんじゃなくて、くるぶしで馬のお腹をギューッと押すの。ほら、こんなふうに」

駿美は翔馬の脇腹をゲンコツで押した。ついでにくすぐると、翔馬は声を上げて笑った。駿美をくすぐり返す。

しばらくして、くすぐりっこが落ち着く。駒子と駿美の目が合った。

駿美は翔馬の肩を抱いて、駒子を指差した。

「駈歩の出し方は、模範演技を見るといいわ。あとで、このお姉さんがしてくれるから。オリンピック候補だったのよ」

「オリンピック？　すげえ！　次のオリンピックには出るの？」

翔馬が、期待を込めた目で駒子を見る。

「もちろん。二〇二八年のロサンゼルス・オリンピックには、絶対に出場するわ！」

するすると言葉が出てきた。

周囲から拍手が湧く。駒子は、お辞儀をした。涙が零れてくる。

首筋をポンポンと叩かれる。馬への愛撫の方法で、駿美と駒子が互いに相手を励ます合図だ。

いつの間にか、駿美は駒子の隣に立っていた。駿美から馬を預かった佐々木が、馬場を横切っていく。

駿美は力強い声で聴衆に訴える。

「今のご時世ですから、動物の病気は心配だと思います。ちょっとでも怪しい症状を見つけたら、遠慮なく知らせてください。私が必ず解明します。私一人では難しくても、私には一緒に力を尽くす仲間がいます。皆さんも、仲間です」

聴衆からの拍手が止まない。

病気の動物を見て、ビクビクする日はしばらく続くかもしれない。新しい感染症は、必ず、再び現れる。

「真実を追求すれば、必ず答えに辿り着く。だから、これからも克服できるよ」

駿美の囁きに、駒子は明るい未来を確信した。

解説

井上夢人《いのうえゆめひと》
（作家）

この原稿を、私は２０２２年の11月末日に書いている。

現在、私たちはまだＣＯＶＩＤ－19――新型コロナウイルス感染症によって引き起こされたパンデミックの真っ只中にいる。ＷＨＯ（世界保健機関）の発表によれば、現時点で、この感染症による死者は全世界で６６０万人を超え、感染者数の総計は６億４千万人に迫っている。

この日本では、街を行き交う人々の大半がマスクで顔の下半分を覆い、店舗の入口には検温計と手指のアルコール消毒を促すスプレーが備えられている。マスクを着用しない者は入店を断られるところだって少なくない。人と会うことが制限され、仕事ではリモート会議、学校でもリモート授業などが常態化した。行事、イベントなどは延期・中止が当たり前のこととなり、倒産する会社や、店仕舞いする飲食店、失業者が増加した。全国の医療機関は軒並みパンク状態になり、その忙しさに医師も看護師も極限まで疲弊している。

そもそも、人類は創生から現在に至るまで数多くのパンデミックを体験してきた。黒死病（ペスト）、天然痘、コレラ、様々なインフルエンザ、エイズ等々——国の存亡を左右し、果ては人類の存続さえ危ぶまれる事態を、私たちは幾度となく経験してきた。パンデミックについて書かれたものを読むと、人類が現在まで絶滅せずに生きながらえていることが奇蹟のように思えてくる。

もちろん、人間以外の生命たちについても。

この『馬疫』は、２０２４年に起こった新型馬インフルエンザ騒動と、そこから派生する出来事の顚末を描いた小説である。作者の茜灯里さんは、この作品で第24回日本ミステリー文学大賞新人賞を獲得して作家デビューを果たした。

度胸のある作家だと思う。

単行本の『馬疫』が全国の書店で発売されたのは２０２１年2月28日だった。小説はその冒頭で物語の始まりが２０２４年1月であると示される。つまり、この小説を最初に手にした読者は、いきなり舞台が3年後の日本であることを告げられるのだ。

さらに、今お読みになっている文庫版（２０２３年3月刊）の読者は、翌年に始まる物語と対面することになる。

この設定を創出した作者の決断を、自分に置き換えてみると実に恐い。

火星の探査基地で発生した奇妙な事件を描く小説なら、その種の恐怖感はかなり薄められるだろう。しかしそれでも時代設定は百年後ぐらいにしたくなるのではないか。むろん小説で描かれる世界は、作者の自由な発想によって形作られる。小説家は、第二次世界大戦の勝者がナチスドイツとなった世界を描いてもいいし、日本列島が海の底に沈む話を書いてもいい。そこに描かれた小説世界が読者を取り込んでしまえるなら、どんな奇想天外な物語であっても、その創作を咎められることはない。

でも、ほんの数年先の未来の話、そしてそれが読者の現実と地続きな世界を描くには、かなりの勇気が必要となる。

なぜなら読者は、自分を取り巻く現実と、小説世界との違いを検証できるからだ。例えば《コロナが収まらないパリの代わりに、東京で二回続けてオリンピックをやる》という小説上の舞台設定が現実とは違っていることに——読者は気付いてしまえるってことなのだ。

やはり恐い。

でも茜灯里さんは、敢えて数年先に起こる物語を書いた。しかも、その小説で新人賞に応募するという賭けに打って出た。

驚きはそれだけではない。

単行本の発売は２０２１年２月だったが、当然、作品はそれよりずっと前に執筆されている。

第24回日本ミステリー文学大賞新人賞の応募締切は２０２０年５月10日だった。

私自身にも、小説の新人賞に応募した経験がある。締切の当日を迎えてまだ原稿の清書をしていたという恐ろしい記憶があったから、茜さんの場合はどうだったのだろうと思ってネット上を探ってみると、なんと彼女が『馬疫』を書き上げたのは締切２ヶ月前の３月半ばだったという記述にぶち当たった。さらに別のインタビュー記事では「長編小説は２ヶ月で書ける」という発言を見せられることにもなった！

つまり、事実を総合すると、茜さんがこの作品に着手したのは２０２０年が始まったばかり——遅くとも１月半ばには書き始められていたということになるのだ。

覚えておられるだろうか。

中国の武漢で病原体不明の肺炎患者59人が確認され、それを受けた厚生労働省が中国からの帰国者に医療機関の受診と渡航歴の申告を呼びかけたのが、２０２０年１月６日だった。そして、ＷＨＯが中国の患者から新型コロナウイルスを確認したとの発表を行なったのは１月14日。このときはまだ「今のところ大規模に感染が拡がっている状況ではない」というのがＷＨＯの見解だったのである。

つまり『馬疫』は、なんとパンデミックの予兆などほとんどの人が感じていないころに書き始められていたのだ。《コロナが収まらないパリの代わりに、東京で二回続けてオリンピックをやる》という舞台設定は、すでにここからスタートしていた。

茜灯里さんが、いかに度胸のある作家であるか、おわかりだろうか。

新人作家には、大胆さが求められる。小説界は既成作家が誰も書くことのなかった着眼や構想による小説を生み出せる新人を欲している。

言うまでもなく、賞の選考に当たった委員たちを驚かせたのは、設定の大胆さだけではない。

すでに『馬疫』をお読みになった方は、この小説が溢れんばかりの情報によって構築されていることに圧倒されたのではないだろうか。小説は、その冒頭から、馬に関する専門知識によって埋め尽くされている。オリンピックで催される馬術競技及び近代五種競技についてはもちろん、馬の生態、医療、防疫、そして獣医師や研究者、乗馬関係者などの人間模様や彼らが所属する様々な機関や団体に関することまで——およそ馬を巡るすべての情報によって、物語は固められ牽引されていくのだ。おそらく大半の読者にとっては馴染みのない情報だ。週末は競馬を楽しむという人も、その競走馬が厩舎の中でどのように世話をされているかについては、ほとんど知らないのではないか。

小説の主人公一ノ瀬駿美は、国立感染症研究所で研究する獣医師である。新型馬インフルエンザの発症に立ち会うこととなった駿美の目が、読者を物語の中へ導き入れる。それは大多数の読者には無縁だった世界だ。普段の生活では関わることのない〈馬の防疫〉という異次元の世界。ウイルスに翻弄される登場人物たちと同様に、読者は膨大な馬の情報に翻弄されることとなる。

しかし読者は、その小説の流れにいつの間にか身を委ねている自分に気がつくことだろう。常歩《なみあし》、速歩《はやあし》、駈歩《かけあし》と章が進むにつれ、ウイルスの感染経路が次第に姿を現わしてくる。湧き上がる興味を抑えられなくなり、そして読者は、異次元に見えていた世界がくっきりとした輪郭を見せ始めているのに驚かされるのだ。

作者の茜灯里さんは、国際馬術連盟の登録獣医師という経歴を持ち、馬術選手の経験も持っている。出身の東京大学では理学部地球惑星物理学科などという物凄いところに在籍していた理学博士でもある。現在は大学で教員をされているそうだ。

大胆な小説の設定を生み出し、それをモノにする度胸を持ち合わせ、裏打ちされた豊富な知識と経験によって『馬疫』を書き上げた茜灯里さんが、次はどんな作品を読ませてくれるのか。

楽しみでしょうがない。

《主要参考文献・資料》

Erica Spackman “Animal Influenza Virus（Methods in Molecular Biology）2nd Edition”, Humana.

Debra C. Sellon and Maureen Long “Equine Infectious Diseases 2nd Edition”, Saunders.

Bonnie Rush and Tim Mair “Equine Respiratory Diseases”, Wiley-Blackwell.

中央畜産会『馬インフルエンザ 第4版』

中央畜産会『馬の感染症　第4版』

Murray, K., Rogers, R., Selvey, L., Selleck, P., Hyatt, A., Gould, A., Gleeson, L., Hooper, P. & Westbury, H.: A novel morbillivirus pneumonia of horses and its transmission to humans. Emerging Infect. Dis., 1: 31-33, 1995.

Murray, K., Selleck, P., Hooper, P., Hyatt, A., Gould, A., Gleeson, L., Westbury, H., Hiley, L., Selvey, L., Rodwell, B. & Ketterer, P.: A morbillivirus that caused fatal disease in horses and humans. Science, 268: 94-97, 1995.

Hooper, P.T., Gould, A.R., Russell, G.M., Kattenbelt, J.A. & Mitchell, G.: The retrospective diagnosis of a second outbreak of equine morbillivirus infection. Austral. Vet. J. 74: 244-245, 1996.

Murray, K., Eaton, B., Hooper, P., Wang, L., Williamson, M. & Young, P.: Flying foxes, horses, and humans: a zoonosis caused by a new member of the paramyxoviridae. Emerging Infections 1: 43- 58, 1998.

Butler, D.: Fears grow over lab-bred flu. Nature, 480: 421-422, 2011.

Kirkland, P.D., Gabor, M., Poe, I., Neale, K., Chaffey, K., Finlaison, D.S., Gu, X., Hick, P.M., Read, A. J., Wright, T., Middleton, D.:Hendra Virus Infection in Dog, Australia, 2013. Emerging Infect. Dis., 21: 2182-2185, 2015.

Manyweathers, J., Field, H., Longnecker, N., Agho, K., Smith, C., Taylor, M.:“Why won’t they just

vaccinate?" Horse owner risk perception and uptake of the Hendra virus vaccine. BMC Vet Res. 13: 103, 2017.
山中隆史：―日本における競走馬医療の現状（XI）― 馬インフルエンザについて　日本獣医師会雑誌第70巻第11号：702-706, 2017.
山田学：―最新の家畜疾病情報（XXIV）― 馬のヘンドラウイルス感染症（馬モルビリウイルス肺炎）　日本獣医師会雑誌第70巻第1号：18-21, 2017.
米田美佐子：ニパウイルスの病原性発現機序とワクチン開発の研究　ウイルス第64巻第1号：105-112, 2014.
甲斐知恵子：新興再興ウイルス感染症：現状と病態　7．ニパウイルス感染症　日本内科学会雑誌第93巻第11号：45-50, 2004.
国立感染症研究所「インフルエンザ診断マニュアル（第3版）平成26年9月」
国立感染症研究所「ヘニパウイルス感染症検査マニュアル（第1版）平成24年度」
全国家畜畜産物衛生指導協会『消毒法Q&A　第1版・補訂版』
農林水産省「清浄国復帰後の馬インフルエンザの防疫対応について」（第9回［平成21年7月24日］食料・農業・農村政策審議会家畜衛生部会牛豚等疾病小委員会　配布資料）
軽種馬防疫協議会「軽防協ニュース速報　２００９年№３」
日本近代五種協会、ＪＲＡ日本中央競馬会「近代五種競技（馬術）の競技馬に関する協力のお願い　２０１９年１月」
日本馬術連盟、国際馬術連盟の関連規程集

二〇二一年二月　光文社刊

※刊行にあたり、加筆修正しました。
※本作品はフィクションであり、実在する人物、団体などとは一切関係がありません。

光文社文庫

馬《ば》　疫《えき》

著者　茜《あかね》　灯《あか》里《り》

2023年3月20日　初版1刷発行

発行者　三宅貴久
印刷　新藤慶昌堂
製本　ナショナル製本

発行所　株式会社 光文社
〒112-8011　東京都文京区音羽1-16-6
電話 (03)5395-8149　編集部
8116　書籍販売部
8125　業務部

落丁本・乱丁本は業務部にご連絡くだされば、お取替えいたします。
ISBN978-4-334-79506-1　Printed in Japan

組版　萩原印刷